산

자들

산
자들

장강명
연작소설

민음사

1부

자르기

2부

싸우기

3부

버티기

1부

자르기

알바생 자르기

사장이 혜미에게 처음 관심을 보인 것은 태국 바이어들을 접대한 회식 때였다.

바이어들은 미스터 쏨싹과 미스터 싹다우 두 사람이었다. 저녁에 뭘 먹고 싶으냐고 묻자 두 태국인은 수줍어하며 삼-켭-쌀, 이라고 대답했다. 그 대답을 재미있어 한 이사가 저녁에 태국인들과 삼겹살을 먹을 거라고 사장에게 말했다. 그러자 사장도 그 사실을 재미있어 하며 다른 약속이 없는 직원들을 불렀다. 신임 사장은 틈만 나면 회식 자리를 만들며 직원들과 스킨십을 하려 했다. 그렇게 태국인 바이어의 환송회가 커져 회사 전체 회식이 되었다. 그래 봤자 서울 사무실에 상주하는 직원은 10여 명 정도였다.

이사가 데려간 고깃집에서 미스터 쏨싹과 미스터 싹다우는 다소 당황해했다. 삼겹살집은 보다 허름하고 시끌벅적한 곳인 줄 알았다고 했다. 은영은 태국인들이 어떻게 한국의 삼겹살집을 잘 아는지 궁금해져서 이유를 물었다. 그러자 그들은 드라마 「호텔킹」, 「아이리스 2」, 「미스 리플리」, 「에덴의 동쪽」, 「헬로! 애기씨」, 「왕꽃 선녀님」, 「낭랑 18세」를 보았다고 대답했다. 한국인들은 눈을 둥그렇게 떴다. 뭔 우리는 들어 보지도 못한 드라마를 태국 사람이 보고 있어?

"이 친구들 잘 모셔야 돼. 우리가 한류를 꺼뜨리면 안 돼."

사장이 말했다.

사장은 미스터 쏨싹과 싹다우에게 '코리안 밤샷'을 가르쳤다. 소폭을 몇 잔 마시자 다들 기분이 좋아졌다. 은영은 태국인들의 본명이 쏨싹과 싹다우 뒤로 깍따따따 으랏차차 빡까가야 깐따삐야 하는 식으로 길게 이어지며, 그들이 탤런트 이다해의 열렬한 팬이라는 사실을 알게 되었다.

"이 친구가, 미스 혜미를 좋아해요! 딸꾹! 이다해 닮았다면서!"

싹다우가 쏨싹의 팔을 붙잡고 말했다. 쏨싹은 얼굴이

빨개져 부끄러워했으나 잠시 뒤에 정신을 차리고 물었다.

"미스 혜미는 왜 회식에 안 왔나요?"

"혜미 씨는 파트타이머예요."

은영이 대답했다.

"파트타이머는 컴퍼니 디너에는 못 오나요?"

"그게 아니라…… 혜미 씨는 집이 멀어요. 그래서 저녁에는 다른 사람들과 잘 어울리지 않고 곧장 집에 가요."

은영의 말에 싹다우가 고개를 끄덕였다.

"쏨싹이 말을 붙이고 싶어 했는데 미스 혜미가 너무 차갑게 보여서 그러지 못했대요."

싹다우가 일러바쳤다.

"우리도 혜미 씨한테는 말 잘 못 붙여요."

엔지니어가 고개를 저으며 말했다. 자리에 앉아 있던 사람들이 모두 웃음을 터뜨렸다.

*

이사가 차도에 뛰어들다시피 해서 태국인들에게 모범택시를 잡아 주었다. 아이 러브 유, 코리아! 아이 러브 유 오올! 쏨싹과 싹다우가 택시를 타기 전에 외쳤다. 노래 주점에서 잔뜩 흥이 오른 한국인 직원들은 한 사람도 빠지지 않고 모두 3차 장소인 이자카야로 갔다.

"태국 애들 보기에도 그 아가씨가 쌀쌀해 보였나 보네."

사장은 오뎅탕과 마른오징어를 주문했다.

"성혜미 씨요?"

은영이 물었다.

"그 아가씨는 하는 일이 정확히 뭐야? 박 차장이 뽑은 거야?"

박 차장은 지금은 그만둔 은영의 상사였다.

"박 차장님이 출산휴가 들어갈 때 빈자리를 메우려고 뽑은 아가씨예요. 우리 회사 오기 전에는 무슨 중학교에서 서무를 했다던데요."

"어째 교직원 같은 분위기더라. 맨날 뚱한 표정으로 앉아 있는 게. 박 차장은 지금 그만둔 거지? 육아휴직 상태가 아닌 거지?"

사장이 서울에 올라온 지는 이제 겨우 한 달이었다. 그전까지는 포항과 울산을 오가며 영업을 담당했다. 외국인 사장이 독일 본사로 돌아가고, 한국인으로는 처음으로 사장이 된 케이스였다. 막 자기 업무 파악이 끝났고, 다른 사람들의 업무에 대해 알아보는 중이었다. 이 순간까지 사무 보조에 대해서는 신경 쓸 겨를도 없었을 것이다.

"그만두셨어요. 사장님이 서울 올라오기 며칠 전에."

박 차장이 육아휴직을 마치자마자 사표를 쓴 데 대해서는 은영도 괘씸하다고 생각했다. 하지만 그런 이야기를 남자들 앞에서 하고 싶지는 않았다.

　　"박 차장이 하던 일을 지금 그 아가씨가 하는 거야? 그 아가씨가 그런 걸 할 능력이 되나? 박 차장은 원래 하던 일이 정확히 뭐였지?"

　　"원래 박 차장님이 하시던 일은 총무였어요. 이것저것 잡다한 것들 다요. 회계랑 세무 처리도 하셨고."

　　"그런데? 지금은 그걸 그 아가씨가 해?"

　　"혜미 씨가 하는 일은 원래 박 차장님이 하던 일의 3분의 1쯤 될 거예요. 독일에서 브로슈어 오는 것들 정리하고, 울산이나 포항으로 부품 보내고, 청소 아주머니들한테 청소할 곳 알려 주고, 그런 것들요. 우리 교육 교재들 제본하고, 음료수랑 커피 캡슐 같은 것도 채워 놓고요."

　　"그러면 나머지 3분의 2는 누가 하지?"

　　테이블 반대쪽에서 누가 재미있는 농담을 했는지 폭소가 터졌다. 은영은 괜히 사장 옆자리에 앉았다며 후회했다.

　　"3분의 1은 제가 합니다. 독일에서 이런저런 문의가 오면 제가 답장하고, 회계나 세금 관련 일도 제가 넘겨받았어요."

　　"최 과장은 원래 하던 일이 뭐였지?"

"영업지원이요. 사장님 포항 계실 때 저랑 일 많이 하셨잖아요!"

"맞다, 맞다."

사장이 자기 이마를 때렸다.

"그러니까 박 차장이 원래 하던 일의 3분의 1은 그 아가씨가 하고, 또 다른 3분의 1은 최 과장이 넘겨받았고, 그러면 나머지 3분의 1은 누가 해?"

"나머지 3분의 1은…… 음…… 그냥 없어졌어요. 원래 박 차장님이 닐스 사장님 개인 비서 역할을 하셨거든요. 통역도 하고, 레지던스 호텔도 잡아 주고, 애기들 학교 등록도 해 줬어요. 그런 건 이제 더 할 필요가 없게 됐죠. 또 어떤 일들은 다 조금씩 나눠 하게 됐고요. 전에는 엔지니어들 출장 갈 때 비행기표나 호텔 예약을 다 회사에서 해 줬잖아요. 그게 원래 박 차장님이 하셨던 건데, 지금은 출장 가는 사람들이 각자 예약하고 영수증도 직접 시스템에 입력하는 식으로 바뀌었어요."

"해외 출장 그거 얼마나 귀찮은지 과장님은 모르시죠? 저희가 출장을 가면 다 공장엘 가는 거예요. 공항에 내려서 한참 가요. 도시하고는 완전 반대 방향으로. 잠도 다 공장 안에 있는 숙소에서 자요. 그런데 여자들은 맨날 화장품 사 달라, 뭐 사 달라, 왜 너만 외국 가냐……."

갑자기 엔지니어가 끼어들었다.

"이 대리님, 지금 그 얘기하는 거 아니거든요?"

"그럼 무슨 얘기하는 건데요?"

"성혜미 씨 이야기하고 있었어요."

"제가 지금 혜미 씨 얘기를 하려던 참이었다니까요. 저희가 메뚜기처럼 남의 공장만 다니다가 우리 회사에는 가끔 들어오잖아요. 그런 날에는, 딸꾹! 오늘은 남의 회사가 아니라 우리 회사다, 이런 반가운 느낌이 있는데! 성혜미 씨 제일 처음 봤을 때 제가 사무실을 잘못 들어온 줄 알았어요. 모르는 사람이 문 앞에 앉아서는, 저한테 눈길을 주지도 않아서."

"뚱한 표정인 건 그렇다 쳐도, 지각은 왜 그렇게 자꾸 하는 거야? 아침에 자리가 자주 비어 있더라."

이사도 끼어들었다.

"요즘 지하철 1호선이 고장이 자주 나서 그렇대요. 혜미 씨가 인천에서 1호선 타고 오거든요."

"나도 도봉구에서 출근해요. 지하철이 고장 나는 거야 고장 나는 거고, 회사는 제시간에 와야지. 그리고 그게 진짜 지하철 고장 때문인 거 맞아?"

"보면 뭐 일을 하는 거 같지도 않아요. 뚱한 얼굴로 맨날 무슨 뮤지컬 사이트랑 일본 여행 사이트 같은 거 찾아

보고 있어. 점심때도 맨날 혼자 나가서 밥 먹고. 커피점에 혼자 앉아서 책 읽고 그러는 거 내가 자주 봤어요."

엔지니어가 말했다. (유심히들 봤네. 걔가 진짜 이다해 닮았나?) 은영은 생각했다.

"그 아가씨 그거 안 되겠네. 잘라! 자르고 다른 사람 뽑아!"

사장의 말에 다 같이 웃었다. (자기한테 그럴 힘이 있다는 사실을 과시하고 싶은가 봐.) 그날은 거기까지였다.

*

월요일에는 지난 금요일에 있었던 일들을 거의 잊은 상태였다. 그랬다가 여자아이의 문자메시지 덕분에 회식 때 나눴던 이야기가 다시 생각났다.

―거의 다 왔는데 좀 늦을 거 같아요. 지하철이 중간에 멈췄어요. 죄송합니다.

15분가량 지각한 여자아이는 은영을 향해 고개를 한번 숙이고 자리에 가서 앉았다.

그날은 오전에 일이 많아서 화장실을 갈 틈조차 없었다. 은영이 떠안게 된 회계 업무는 분량 자체는 대단치 않았지만 일들이 월말에 몰린다는 점이 문제였다. 고개를 들어 건너편을 봤더니 여자아이가 무료한 표정으로 마우스 버튼을 까딱까딱 누르는 모습이 보였다. (또 뮤지컬과 일본 여행 정보 검색하나? 이번 마감을 하고 나서 천천히 회계일을 좀 가르쳐 볼까?)

은영은 속으로 고개를 저었다. 회계 담당자는 독일 본사의 매니저와 메일을 주고받아야 한다. 비용 처리에 대해 본사 매니저가 궁금해하는 사항들이 많았다. 특히 각종 접대비에 대해서. 여자아이의 영어 실력이 그런 문의 메일에 답할 수준은 아니다. (점심은 대충 때워야겠다. 혜미에게 밥 먹고 들어올 때 샌드위치나 사다 달라고 부탁해야지.)

그때 여자아이가 걸어왔다.

"과장님, 저 밥 먹고 병원에 갔다가 조금 늦게 들어와도 될까요?"

미묘하게 어긋난 타이밍이었다. 사무실에는 은영과 여자아이뿐이었다. 다른 직원들은 막 엘리베이터를 타고 내려갔다. 이제 은영은 굶어야 했다.

"왜요, 어디 아파요, 혜미 씨?"(그런 말을 하려거든 좀 미리 하란 말이야. 그리고 무슨 이유로 병원에 가는지, 몇 시까지 들어올 예정인지도 제발 좀 같이 말해 줘.)

"제가 옛날에 버스에서 내리다 오토바이에 치인 적이 있거든요. 그 뒤로 계속 다리가 저려서……. 그런데 이 근처에 좋은 한의원이 있다고 해서 다녀 보려고요."

"그래요. 다녀와요. (한의원?) 몇 시까지 올 수 있을 것 같아요?"

"거기가 버스로 한 정거장이거든요. 늦어도 2시 반까지 올게요. 괜찮을까요?"

"그래요. 다녀와요."

"돌아올 때 소견서를 한 부 받아 올까요? 그냥 이렇게 갔다 오면 제 맘이……."

은영은 헛웃음을 지었다. (아니, 소견서는 당연히 제출해야지. 이 아가씨가 지금.)

*

"이 아가씨 어디 갔나?"

사장이 여자아이의 자리 앞에서 어슬렁거리다 은영에게 와서 물었다. 여자아이가 한의원을 다니기 시작한 지 보름 남짓 되었을 때였다.

"지금 병원 갔는데요. 뭐 시키실 일 있으세요? 급한 거면 저 주세요."

사장은 묘한 표정을 짓더니 여자아이에 대해 이것저것 물었다. 다니는 병원이 어디인지, 언제부터 다녔는지, 왜

다니는지. 급기야는 혜미가 병원에서 받아 온 소견서까지 달라고 했다. (뭐야, 사무 보조 아르바이트생 병원 보내는 것도 내 마음대로 못하나?)

하지만 사장의 표정이 딱딱했던 것은 은영의 짐작과는 전혀 다른 이유 때문이었다. 사장은 휴대폰을 꺼내 소견서에 적힌 번호로 전화를 걸었다. 그러고는 병원이 언제 문을 열고 닫는지, 점심시간은 언제인지를 물었다.

"퇴근하고 나서도 갈 수 있는 병원이면 이 아가씨 혼을 내 주려 그랬는데."

사장이 입맛을 다셨다. 은영은 사장이 그런 사소한 일까지 확인한다는 사실에 조금 놀랐다.

"이 아가씨는 이렇게 병원에 다녀온 날에는 퇴근을 늦게 하나?"

"사실 혜미 씨 근태가 좀 문제이긴 한데요, 그렇다고 제가 퇴근을 늦게 시키진 않고 있습니다. 혜미 씨 일 자체가 많지 않거든요. 일도 없는데 굳이 사무실에 남길 이유는 없잖아요. 벌주는 것도 아니고."

"그 아가씨가 하는 일, 몰아서 하면 하루에 네 시간만 해도 충분한 거 아냐?"

"그렇긴 합니다."

"그러면 저 아가씨한테 연봉을 60퍼센트 줄 테니 오전

근무만 열심히 하고 가라면 어떨까? 우리는 인건비 절감
해서 좋고, 저 아가씨도 그 시간에 뭐 다른 걸 준비할 수
있으니 좋지 않겠어? 공무원 시험 같은 거."

"예……."

"아니면 그냥 자르자. 최 과장이 이 아가씨 하는 일 다
넘겨받고 그만큼 연봉을 올려 받으면 어때? 한 2000만 원
이면 돼?"

"사장님, 혜미 씨 연봉이 2000만 원 안 돼요. 그건 오히
려 비용이 더 드는 거예요."

"이 아가씨 연봉이 2000이 안 돼?"

"한 달에 165만 원 받습니다."

"160이면 160이지 165만 원은 또 뭐야?"

"작년까지는 160이었는데 올해 5만 원 인상해 준 거예
요."

"누구 맘대로?"

"박 차장님이 닐스 사장님한테 부탁해서 그렇게 됐습
니다. 5만 원 인상해 봤자 1년에 60이잖아요."

사장은 잠시 생각에 잠겼다.

"그 아가씨가 박 차장 출산휴가 갈 때 들어왔다며. 그
러면 몇 달 더 있으면 우리 회사에서 일한 지 2년이 되는
거 아냐? 2년 되면 정규직으로 고용해야 하는 거 아냐?"

"알바도 그 규정 적용받나요?"

은영은 뜻밖의 질문에 허둥댔다.

"내가 사장 달고 서울에 와서 처음 거래처 사람들 만나고 인사할 때 그중 한 명이 그러더라고. 문 앞에 있는 아가씨 자르라고. 회사에 들어온 고객들이 그 아가씨 얼굴 보고 첫인상 안 좋게 갖는다고 말이야. 그런데 내가 그 아가씨를 처음 봤을 때 똑같이 생각했거든. 최 과장은 어떻게 생각할지 모르겠지만 조직 운영하는 입장에서는 그런 게 중요해. 지금 그 아가씨가 상습 지각하고 근무시간 중에 병원 다니는 게, 그 자체로 회사에 큰 손해를 끼치지는 않지. 그 정도로 가치 있는 일을 하는 것도 아니니까. 하지만 이러다 다른 직원들도 우리 회사는 지각쯤은 해도 상관없구나, 나도 평소에 지병 있던 거 근무시간 중에 통원 치료를 받아야겠다, 그렇게 생각하면 어쩌겠어?"

할 말이 없어진 은영은 고개를 숙였다.

"내가 앞에서 어슬렁거리니까 최 과장은 뭐 시키실 일 있느냐고, 급한 거면 자기가 하겠다고 하잖아. 나는 여태까지 그 아가씨가 그러는 걸 본 적이 없어. 사무실에 손님이 와도 불러서 시키기 전에는 차 한잔 내오지를 않아. 외국인 사장들이야 한국 지사를 그냥 거쳐 가는 곳으로 여겼으니까 그런 거 신경 쓰지 않았겠지. 나는 아냐."

"이게 그 아가씨를 자르라는 얘기야? 나보고 자르라고 시킨 거야?"

은영은 남편에게 물었다. 그녀는 남편과 집에서 배달 치킨을 먹고 있었다.

"잘 모르겠는데? 자기네 사장이 그다음에는 아무 말도 안 했어?"

"그 아가씨가 그때 막 사무실에 들어오고, 사장님도 독일에서 전화가 와서 더 말을 못했어. 그냥 사장님이 뭐라고 지시할 때까지 기다리고 있어야 하는 건가?"

"애매하네. 그 아가씨 하는 일 자체가 참 애매한 거 같아. 원래 총무니 홍보니 마케팅이니 하는 자리가 일을 해도 티가 잘 안 나잖아. 그런 비슷한 관리직이 두세 사람이라도 더 있으면 끼리끼리 뭉치면서 자기들 바쁘다, 일 많다, 그런 티를 낼 텐데."

"그렇지. 우리 회사가 제대로 된 회사가 아냐. 그냥 독일 본사의 아시아 영업점 겸 애프터서비스 센터인 거야. 그러니까 영업 사원이랑 엔지니어만 필요한 거고, 장부 보고 잔일 해 주는 사람은 한 명 정도 필요한데 그게 그 아가씨인 거고. 영업직이나 기술직들 보기에는 어딜 나가서 계약을 따 오는 것도 아니고 기계를 고치고 오는 것도 아니니까 이 아가씨는 뭐 하는 사람인가 하지. 이 아가씨가 처세를 잘하는 것도 아니고."

"자기는? 자기에 대해서는 사람들이 이상하게 생각하지 않아?"

"나는 관리직이 아니라 영업지원이야. 내가 뭘 하는지는 영업직들이 잘 알아."

"박 차장한테는 어땠어? 그 사람은 총무였다며."

"그게 차장님하고 이 아가씨의 결정적인 차이점인데, 차장님은 독일인 사장이랑 친하고 본사의 직속 상사들하고도 의사소통이 잘 됐잖아. 그러니까 잘은 모르지만 뭔가 하는 일은 있나 보다, 다들 그렇게 생각했지. 차장님은 오히려 사내의 숨은 권력자였어."

"관리직이 잘 하면 또 그렇게 되지. 어느 회사나 인사나 재무가 제일 막강해."

"나 이 아이 어떻게 해야 돼?"

"자기가 하기 나름 아닐까? 자기네 사장도 별생각이 없을걸. 사장 자리에서 생각할 게 얼마나 많을 텐데 뭘 알바생 거취까지 깊이 고민하겠어. 자기가 당장 자르겠다고 하면 그러라고 할 거고 자기가 몇 달 더 쓰겠다고 해도 그러라고 하겠지. 이제 자기도 과장이잖아. 슬슬 어떤 문제는 직접 결정을 해야 할 단계지. 내 생각에는 박 차장이라는 사람이 그런 걸 잘했어. 자기가 결정 내리고 사장에게 승인받는 거."

"맞아. 차장님이 그런 걸 잘했어."

"자기도 그렇게 해."

"당신이라면 내 처지에서 어떻게 하겠어?"

"그냥 자르고 다른 사람 뽑을 거 같은데. 그 아가씨 일하는 태도가 바뀔 거 같지도 않고, 주변 상황이 바뀔 거 같지도 않으니까."

"그건 싫은데."

"왜?"

"불쌍하잖아. 지금도 거의 소녀 가장인 거 같던데. 아휴, 박 차장님은 왜 이런 애를 뽑아서 사람을 이렇게 애를 먹인담."

"내 생각에는 박 차장이 문제가 아니라 자기가 문제야."

"내가 뭐."

"그 아가씨도 처음 자기네 회사에 면접 볼 때에는 그런 태도가 아니었을걸? 성격이야 싹싹하지 않았다고 해도 최소한 근태는 나쁘지 않았을 거야. 그걸 자기가 망친 거지. 지각해도 아무 말 않고, 손님 접대를 안 해도 아무 말 않고, '불쌍한 애'라고 생각하면서 계속 아무 지적도 안

했지? 그러니까 애가 그렇게 된 거야. 사람들이 다 자기나 나 같지 않아. 어떤 사람들한테는 끊임없이 다른 사람이 동기를 부여해 주고 자세를 교정해 주고 질책을 해 줘야 돼. 자기는 알량한 동정심 때문에 그걸 안 한 거지.”

*

은영은 다음 날 오후에 회의실로 여자아이를 불렀다. ‘조직 생활을 하려면 붙임성이 있어야 한다.’는 충고에 여자아이는 눈이 붉어졌다.

“붙임성이 있다는 게 뭐예요? 사람들이 자꾸 저보고 퉁명스럽다고 하는데 저는 정말 모르겠거든요. 손님이 오시면 저도 뭔가 내 드려야 한다고는 생각해요. 그런데 저희가 제대로 된 찻잔도 없고 받침도 없잖아요. 그러면 종이컵에 받침도 없이 내 주기도 민망하니까 어떻게 해야 할지 몰라서 그냥 가만히 있었던 거예요. 제가 학교에서 일할 때에는 종이컵에 담아 가는 건 예의가 아니었거든요.”

“그냥 아무거나 내와도 괜찮아요. 정 모르겠으면 사장님이나 손님한테 물어봐도 되고요. 음료수 뭐 가져올까요? 커피나 주스, 어떤 걸로 가져올까요, 그렇게. 그러면 그 사람들 대답도 뻔해요. 아무거나 가져다주세요, 그럴 거예요."

"저번에는 캔 커피를 들고 갔더니 손님이 그러시던데요. 이거 너무 성의 없는 거 아니냐고."

"그건 사장님이랑 친한 분이 농담하신 거겠죠. 웃으면서 말씀하신 거 아니에요?"

"사장님한테 뭘 여쭤 보기도 그런 게, 사장님은 너무 과묵하시잖아요. 그래서 말 걸기가 겁나요. 또 사투리도 심하고 말도 너무 빠르셔서, 사장님이 뭐라고 말씀하시면 그게 무슨 말인지 알아듣지 못할 때가 많아요. 그럴 때 다시 여쭤 보기가 무서워요."

"우리 사장님 그렇게 과묵한 분 아니에요."

"제가 찻잔이랑 컵 받침 세트라도 하나 살 수 있었으면 이런 고민을 안 했을 텐데, 제가 그런 것도 하나 제대로 살 수가 없잖아요. 당하는 사람 입장에서는 아무래도 억울하죠. 사장님이 저를 그렇게 지켜보시는 줄 몰랐어요."

여자아이의 눈에서 눈물이 흘러내렸다.

"내가 우리 구매 카드로 결재해 줄 테니까 이따가 하나 사요. 아무튼, 사장님이 혜미 씨 붙임성 이야기를 저한테 여러 번 지적하셨어요." (넌 혼이 나도 이미 여러 번 혼이 났어야 했다고.)

"과장님이 사장님한테 혼이 많이 나셨군요. 저 때문에."

"혹시 혜미 씨는 월급을 100만 원쯤 받고 오전 근무만 할 생각은 없어요? 뭐 시험 같은 걸 준비하는 게 있다면 그게 훨씬 유리할 거 같은데."

그 말에 갑자기 여자아이의 표정이 바뀌었다. 은영은 상대가 여태까지 흘리던 눈물이 모두 연기였던 것 같은 인상을 받았다.

"사장님이 그래요? 사장님이 그러자고 하세요?"

"사실 혜미 씨가 하는 일이 그렇게 하루 종일 앉아 있어야 할 필요는 없는 거고, 또 그러는 편이 혜미 씨가 병원 다니는 데에도 좋을 것 같고…… 하루 네 시간씩 오전만 근무하고 월 100만 원을 받으면 시간당 임금은 오히려 올라가는 셈인데."

"과장님, 저 여기 출근하는 데 한 시간 반이 걸려요. 왕복 세 시간이 드는데 지금보다 월급이 깎이면 계속 다닐 이유가 없어요. 야간대학 학자금 빚진 것도 갚아야 하고…… 병원 다니는 것도 제가 다니고 싶어서 다니는 게 아니고 아파서 그러는 건데 그걸 트집 잡으시면 안 되죠."

은영은 알았다고 하고 여자아이를 자리로 돌려보냈다. 오전 근무 제안에 냉정해졌던 여자아이는 다시 슬픈 표정을 짓고 자리에 앉아 눈물을 뚝뚝 흘렸다. 남자 직원들이 여자아이가 우는 모습을 알아차렸으나 감히 말을 걸지는 않았다. 은영은 우는 아이에게 심부름을 시킬 수가 없어 직접 은행에 다녀왔다. (여자가 운다고 사람들이 신경 써 주는 것도 젊고 예쁠 때뿐이야. 네가 그렇게 변명만 늘어놓지 않았어도 내가……)

*

여자아이는 싹싹해지려고 노력하는 것 같았다. 사람들을 보면 로봇처럼 어색하게 인사하고, 손님이 오면 쭈뼛거리며 새로 산 찻잔 세트를 들고 사장실에 들어가기도 했다. 하지만 그뿐이었다. 더 부지런해지거나 더 적극적으로 일하지는 않았다. 은영에게 더 도움이 되지도 않았다.

은영의 마음이 결정적으로 돌아선 건 며칠 뒤였다. 파업 중인 A 자동차 회사에서 '긴급'이라고 적힌 공문이 날아왔다. 불법 파업 규탄 대회를 여의도공원에서 열 예정이니 협력업체에서도 직원을 한 명씩 보내 달라는 내용이었다. 현장에서 참석 확인증을 발급한다는 얘기에 사장은 여자아이를 보내라고 했다.

"그 아가씨 하루쯤 없어도 괜찮지?"

여자아이는 얼굴이 새파랗게 질렸다.

"저 여의도공원이 어디인지 모르는데요."

"아니, 혜미 씨. 여의도공원이 어디인지 모른다는 게 말이 돼요? 내가 검색해서 찾아 줄까요?"

"과장님, 그게 아니고요. 사실은 제가 다리가 계속 아파서요. 저번에 소견서에도 적혀 있었잖아요. 3주 정도 안정하면서 관찰을 해야 한다고……. 그 규탄 대회 가면 계속서 있어야 하는 거 아닌가요?"

"그 소견서 받아 온 지 3주일 되지 않았어요?"

"아직 안 됐는데요."

"혜미 씨, 그러면 이렇게 해요. 일단 가서 분위기 보다가 근처에 카페 같은 데 가서 쉬어요. 그럴 분위기가 아니고 정 못 있겠으면 나한테 전화를 하고."

집에 돌아온 은영은 남편에게 분통을 터뜨렸다.

"진짜 깜찍하지 않아? 여의도공원이 어디인지 모른대. 가라고 하니까 나중에는 나를 확 째려보더라고. 어이가 없어서……. 어떻게 사람이 그렇게 아군 적군도 구별을 못 해? 사장님이 자르라고 할 때 막아 준 게 누군데."

"그 아가씨 진짜로 다리에 무슨 장애가 있는 건 아니야?"

"장애가 있었으면 병원 소견서에 그렇게 써 있었겠지. 무슨 인대 손상 의심이라고 써 있었어. 그것도 한의원에서 떼어 온 소견서야. 지금 내가 그 병원 가서 다리 아프다고 징징대도 똑같은 소견서 받아 올 수 있을걸? 그리고, 그렇게 다리가 아프면 매일 아침마다 지하철은 어떻게 한 시간 반씩 타고 와?"

"그래서, 어떻게 할 거야?"

"내일 사장님한테 얘기하려고. 자르자고. 자기는 어떻게 생각해? 그 아가씨 자르고 내 연봉 올려 달라고 하는 건? 사장님이 진짜로 2000만 원을 올려 줄까?"

"그렇게는 안 올려 주지. 그리고 설사 올려 준다고 해도 그러지는 마."

"왜?"

"어느 회사고 간에 연봉 올려 주면 반드시 그 돈값 뽑아 먹어. 자기가 지금 하는 일에 그 아가씨 일만 딱 추가될 거 같아? 안 그래. 사장님이 포항에 있을 때부터 자기한테 영업 일 시키려고 했다며. 영업지원만 하면 미래가 없다고, 진짜 영업을 배워야 한다고."

"어, 맞아."

"만약 이 일로 연봉이 올라가면 사장님이 슬슬 영업 일을 자기한테 떠넘길걸? 그러면 어느 순간에 자기는 지금 하는 일의 두 배를 하게 될 거야. 내 생각에는 자기 사장이 2000을 한 번에 올려 줄 리도 없어. 4년 동안 매년 500씩 올려 주는 걸로 하자든가, 그 비슷한 식일 거야. 그리고 그거 물고 늘어지면서 연봉 협상 때 다른 인상 요인은 반영하지 않으려고 하겠지. 여러 가지로 손해야."

"그러면 어떻게 해?"

"새로 알바생을 뽑자고 해. 대신에 오전 근무만 하는 걸로. 그러면 그 아가씨한테 들어가던 돈도 확 줄일 수 있잖아. 그만큼을 자기 연봉에 조금 반영해 달라고 해. 아무래도 알바생이 전일 근무를 하지 않으니까 부담이 늘어났다고. 그러면 일은 늘어나지 않으면서 돈은 조금 더 받을 수 있게 되지."

*

여자아이를 해고하고 싶다는 말에 사장은 단박에 찬성했다. 은영이 오전 근무만 하는 알바생을 쓰고, 알바생에게 일을 다 맡기지 않는 대신 다음 연봉 협상 때 그 점을 어필하겠다고 제안하자 사장은 제법인데, 하는 표정을 지었다.

여자아이는 고개를 푹 숙이고 해고 통보를 들었다. 이 달 말까지만 나와 달라, 지금부터 다른 일자리 찾고 틈틈이 면접 보러 다녀도 된다는 말에 여자아이는 뭐라 대답하지 않았다. 은영은 이 모든 게 사장 때문이라는 뉘앙스로 설명했다. 근무 기간 2년을 채워서 정규직으로 만들

수는 없으니까, 그건 우리로서도 너무 큰 부담이니까.

"아무래도 첫 한국인 사장이 되시다 보니까 이것저것 의욕이 많이 생기나 봐요. 자기 스타일대로 회사를 운영하고 싶은⋯⋯."

"결국 싹싹하게 군다고 해결될 문제는 아니었네요."

여자아이가 말했다.

"혜미 씨, 오늘 저녁에 약속 있어요? 다른 약속 없으면 같이 밥이나 먹을래요?"

"학원에 가야 해서요."

"학원? 무슨 학원?"

"영어 학원요. 영어가 중요한 거 같아서요."

은영과 여자아이는 다음 날 패밀리 레스토랑에 가서 함께 저녁을 먹었다. 여자아이는 바비큐 립을 주문했다. (왜 못사는 집 아이들은 뭘 사 주겠다고 하면 꼭 패밀리 레스토랑에 가자고 해서 바비큐 립을 시키는 거지?) 은영은 여자아이에게 영어 학원에 대해 물어보았다.

"종로에 있는 학원이에요. 저녁 7시부터 강의를 듣거든요. 강의를 공짜로 듣는 대신에 칠판 지우고 청소하고 그런 일들을 해요."

"그래서 매일 저녁 그렇게 일찍 갔구나."

"수강생들 시험 치른 것 채점도 해요. 단어 시험 같은 거요. 채점은 저도 공부가 되는 거 같아서 좋아요. 종로에서 인천까지는 열차를 잘 타면 중간에 안 갈아타도 되거든요. 또 그 시간에는 자리가 많아서 앉아 갈 수 있으니까…… 지하철에서 막 단어 외우면서 가요."

여자아이는 자신이 했던 다른 아르바이트에 대해서도 말했다. 주유소, 식당, 편의점, 패스트푸드점, 피시방, 놀이공원에서 일했고 호텔에서 서빙과 하객 대행도 해 봤다고 했다.

"제가 어딜 가도 자꾸 안 좋은 꼴을 당하니까 사람들한테 마음을 못 열고 뚱해 있는 거 같아요."

"우리도 혜미 씨랑 더 오래 일할 수 있었으면 정말 좋았을 텐데……. (알바 할 때도 태도가 별로 안 좋았나 보구나. 그래도 유흥업소는 가지 않았으니 용하다고 해야 하나?) 회사라는 게 그래요. 조직에서는 합리적이라고 결정하는 게, 당하는 개인 입장에서는 참 매정하죠. 나도 혜미 씨랑 똑같은 처지예요. 이러고 일하다가 회사가 너 나가, 그러면 짐 싸야지."

"합리적이라고요……. 과장님, 지난달에 태국 바이어들 왔을 때 환송회 한 거, 제가 영수증 정리하다 보니까 일차 밥값만 제 월급보다 더 나왔던데요. 그 환송회에 서울 사무소 직원들이 다 갔잖아요. 사장님 오신 다음에 그런 식으로 회식을 몇 번이나 하셨잖아요. 그것도 합리적인가요?"

*

　31일이 되었다. 은영은 선물받은 뒤로 한 번도 쓰지 않은 명품 스카프를 종이 가방에 넣어 회사에 들고 갔다. 월말이라 오전에는 또 바빴다. 여자아이는 멍한 표정으로 모니터를 들여다보고 있었다. (마지막 날까지 저러다 갈 건가.)

　저녁에 은영은 선물, 이라며 여자아이에게 종이 가방을 내밀었다. 여자아이는 놀란 표정으로 가방을 받았다.

　"혜미 씨도 이런 아이템 하나쯤은 있으면 좋을 거 같아서."

　"과장님, 이걸 저한테 왜요……?"

　여자아이는 어머니한테 거짓말을 하다 들킨 어린애 같은 표정이었다.

　"마지막 날이니까, 작별 선물로 가져왔어요. 마음에 들었으면 좋겠네."

　"마지막 날이라니요?"

　시침을 뚝 떼는 연기가 너무 부자연스러워서 은영은 그만 웃고 말았다.

　"혜미 씨, 내가 혜미 씨한테 이달 말까지만 나오고 그만 나오라고 했잖아. 그게 기억이 안 난다고 할 참이야? 그래서 우리가 아웃백도 같이 가고 그랬잖아."

"이제 그만 나오라고 하기는 하셨지만 언제부터 그만 나오라는 말씀은 하지 않으셨잖아요."

"혜미 씨, 정말 기억이 안 나요? 3주쯤 전에 회의실에서 얘기했잖아요."

"회의실에서 과장님이 저더러 이제 그만둬야 한다고 말씀하신 건 기억나죠. 그래서 아웃백 갔던 것도 기억나고. 그런데 과장님이 언제부터 그만 나오라는 말씀은 안 하셨잖아요. 저는 과장님이 통보서를 언제 주실까, 하고 기다리고 있었어요."

"통보서?"

"해고를 할 때에는 서면으로 예고를 해 주셔야죠, 과장님. 동네 편의점에서도 그렇게 해요. 그리고 퇴직금 얘기 같은 것도 전혀 안 했는데, 저는 당연히 당장 그만두는 건 아니구나 생각했죠."

"퇴직금?"

은영은 어안이 벙벙해져 되물었다. 여자아이는 여전히 어색한 미소를 짓고 있었다.

알바가 무슨 퇴직금이냐 하고 묻지 않아서 다행이었다. 법규를 찾아보니 아르바이트생에게도 퇴직금을 지급하게 돼 있었다. 일주일에 열다섯 시간 이상, 1년 이상 일한 피고용인이라면. 해고는 반드시 서면으로 통보해야 했다.

명확한 이유를 명시해서, 30일 전에. 회사가 이걸 어기면 지방노동위원회에 민원을 접수하면 된다. 그러면 사장에게 출석요구서가 날아간다.

"죄송합니다, 사장님. 제가 미리 잘 알아보지 못해서……."

은영이 말했다. (뒤통수를 제대로 맞았습니다.)

"좋은 공부 했다 생각해야지, 뭐. 나도 법이 이런 건 지금 처음 알았네. 대한민국 좋아졌다, 정말."

사장은 웃었다.

"해고통보서를 보내는 것도 안 될 거 같습니다. 나중에 이걸 또 어떻게 부당 해고라고 우길지 모르니……. 5인 이상 사업장이고, 그 아가씨가 6개월 이상 월급 근로자로 일했기 때문에 확실히 하려면 권고사직 형태로 하는 게 좋답니다."

"그래서 그 아가씨는 돈을 얼마를 달라는 거야?"

"권고사직이면 위로금으로 석 달치 임금을 줘야 하는 거 아니냐, 그러고 있습니다."

"줘, 줘. 괜찮아. 나는 그 돈은 아깝지 않아. 왠지 알아?"

"아니요."

"그 돈이 그 아가씨가 아니라, 최 과장한테 가는 돈이라고 생각하는 거야, 나는. 그리고 최 과장은 그 돈값을 하는 사람이라고 생각하는 거고."

여자아이는 3개월치 임금을 현금으로 받고 사직서를 썼다. 서류상으로는 새로 시작한 달 말일까지 근무하는 걸로 되어 있었지만, 사직서를 쓴 다음 날부터 출근하지 않았다.

"그거 받고 내일부터 나오지 말라고 해."

사장은 결재 서류에 사인하면서 말했다. 은영도 그럴 생각이었다. 여자아이 앞에 있으면 부글부글 화가 끓어올랐다.

구인 사이트를 통해 새 아르바이트생을 뽑았다. 해맑은 인상의 청년이었다. 서울 시내 괜찮은 대학을 휴학 중이고, 집이 멀지 않고, 집안 형편도 나쁘지 않다는 점을 확인하고 채용했다. 월급 80만 원을 주고 오전 근무만 시켰다. 처음부터 근무 기간은 5개월이라고 못을 박아 두었다.

두 달이 지났을 때쯤 여자아이에게서 메일이 날아왔다.

"과장님, 제가 회사에 다니는 동안 4대 보험에 가입이 되지 않았더라고요. 알바몬에서 상담을 받아 보니까 그게 불법이라며, 이런 경우에 보험취득신고 미이행으로 회사를 고소할 수 있다고 합니다. 그러고 싶지는 않은데요. 회사가 부담하지 않았던 4대 보험료만큼을 저에게 따로 주실 수 없을까요?"

*

"검은머리 짐승은 거두는 거 아니라더니……."

은영은 얼굴이 벌게져 있었다.

"장 변호사님은 뭐래?"

남편이 물었다. '장 변호사님'은 은영의 아버지 친구를
가리키는 말이었다.

"고소할 필요도 없대. 무슨 노동청? 노동위? 거기다 진
정만 넣으면 된대. 보험에 따라서 페널티가 다 다른데, 건
강보험은 벌금이 있고, 산재보험이나 고용보험은 벌금 없
이 과태료만 있대."

"그러면 그 여자애가 하는 말이 다 맞는 거야?"

"응. 황당하지?"

"어떻게 할 거야? 사장님한테 말할 거야?"

"몰라. 어떻게 하지? 말해야 되나? 독일 사람들은 이런
거에 엄청 신경을 쓰거든. 걔네들은 기본적으로 한국 직
원들을 불신해. 자기들 몰래 법 어기고 횡령하고 그럴 거
라고 생각해. 그리고 근로조건 그런 것도 되게 중요하게
생각해서 슈퍼바이저가 따로 있어. 그러니까 걔네들 입장
에서는 이건 큰 건이지. 한국 지사가 돈 아끼려고 파트타
이머를 고용해 놓고는 공적 보험에 가입을 안 시켰다, 심

지어 근로계약서도 작성을 안 했다, 이런 거는……. 그 여자애도 그걸 아는 거지. 그러니까 나한테만 메일을 보낸 거고."

"그래서, 장 변호사님은 어떻게 하라셔?"

남편이 물었다.

"그냥 돈 주고 합의 보는 게 제일 좋은 방법이래. 대신에 합의서에, 이후에 소송을 포함해서 어떤 문제 제기도 하지 않는다고 적으래. 그런데 그 돈은 회삿돈으로는 못하지. 근거를 남기면 안 되니까. 걔가 얼마나 달라고 할까? 500? 1000?"

"설마. 뭐 이걸 갖고 1000만 원이나 달라고 하겠어."

"우리 사장님 연봉이 3억이야. 1000 달라고, 대신 독일에 알리지 않겠다고 하면 줄걸?"

"이렇게 하자. 일단 그 여자애한테 전화를 걸어. 그리고 얼마 원하는지 물어보자. 그래서 500 미만으로 달라고 하면 그냥 우리가 주자. 합의서 받고. 500 넘게 달라고 하면 그때는 사장님한테 말하고."

"그래도 괜찮아?"

"주식으로 잃은 셈 치지 뭐."

"생각해 보면 이게 다 박 차장 그 인간 때문이야. 영어 좀 하는 거 말고는 제대로 하는 게 하나도 없는 여자였어.

외국계 회사에 그런 여자들 많아. 뭘 알아보지도 않고 사람을 그렇게 뽑아 놔? 그것도 그렇게 딱 뒤통수 칠 애로?"

은영이 전화기를 집어 들다 말고 이를 갈았다.

"그건 자기도 몰랐잖아."

"뭘?"

"걔 불쌍하다고, 잘 봐주려고 했었잖아. 가난하고 머리가 나빠 보이니까 착하고 약한 피해자일 거라고 생각하고 얕잡아 봤던 거지. 그런데 실제로는 그렇지 않거든. 걔도 알바를 열몇 개나 했다며. 그 바닥에서 어떻게 싸우고 버텨야 하는지, 걔도 나름대로 경륜이 있고 요령이 있는 거지. 어떻게 보면 그런 바닥에서는 우리가 더 약자야. 자기나 나나, 월급 떼먹는 주유소 사장님이랑 먹살잡이해 본 적 없잖아?"

부아가 치밀었지만 남편 말이 옳았다. 은영은 입술을 깨물고 혜미에게 전화를 걸었다.

"뭐래?"

전화를 끊자 남편이 물었다.

은영은 헛웃음을 지었다.

"150만 원 달래."

그들은 그날 저녁 술을 마셨다. 사람이 제일 무섭다, 정말. 맥주를 마시다 말고 은영은 한숨을 쉬었다.

다음 날 사무실에 찾아온 여자아이는 돈을 받고 합의서에 서명한 뒤에도 바로 나가지 않았다.

"과장님, 경력증명서 다섯 부만 받을 수 있을까요?"

여자아이가 물었다.

"경력증명서?"

"네. 전에 까먹고 못 받아서요."

(그 증명서를 보고 너를 경력 채용하려는 회사가 나한테 평판 조회를 부탁하면 내가…… 아니, 됐어. 그런 걸 너한테 가르쳐 줄 필요는 없지. 너는 모르고 나만 아는 세계도 있거든.)

은영은 입을 다물고 영문 경력증명서를 다섯 부 발급해 주었다. 여자아이는 그 증명서를 유심히 읽었다.

"과장님, 제가 여기 스태프 어시스턴트라고 돼 있는데요, 어드미니스트레이터로 바꿔 주실 수 없을까요? 제가 여기에서 혼자 총무일을 한 거지, 누구를 어시스트한 건 아니잖아요."

은영은 여자아이가 원하는 대로 서류를 만들어 주었다. 여자아이가 사무실을 나설 때 은영은 겨우 입을 열었다.

"이게 처음부터 다 계획이 돼 있던 거니?"

여자아이는 걸음을 멈췄다. 말문이 막힌 듯했다. 여자아이는 그렇게 몇 초간 꼼짝 않고 서 있었다.

"안녕히 계세요."

여자아이는 대답 대신 고개를 숙이고 엘리베이터 앞에 섰다.

*

엘리베이터를 기다리면서 여자아이는 가방에 손을 넣어 봉투를 확인했다. 봉투를 땅에 떨어뜨리고 돈을 잃어 버리게 되지 않을까 겁이 났다. (이렇게 주지 말고 계좌로 바로 부쳐 주면 좋을 텐데.) 건물을 나서자마자 은행을 찾아갈 참이었다. 학자금 대출금을 제때 갚지 못해 독촉을 받고 있었다. 여전히 발목이 아팠다. 인대 수술을 받느라 퇴직금을 다 썼지만 별로 나아진 게 없었다.

엘리베이터 문이 닫히자 주변에는 아무도 없었다.

대기발령

소속: 경영지원 부문

직위: 사원

성명: 조연아

위 사람에게 대기발령을 명함.

대기발령도 사령장을 받는구나. 연아는 사령장을 받으며 생각했다. 그녀가 회사에 들어와서 두 번째로 받는 사령장이었다.

첫 번째 사령장은 입사 동기들과 함께 받았다. 거기에는 '행복동행팀 근무를 명함.'이라고 적혀 있었다. 그 사령장을 준 사람은 회사 대표였고, 사령장을 받은 장소는 대회의실이었다. 입사 동기들이 한 사람씩 자리에서 일어나 앞으로 나가 총괄 CEO에게서 사령장을 받고, 90도로 허리를 숙여 인사했다. 모두 정장 차림이었다.

두 번째 사령장은 대기발령자들과 함께 받았다. 두 번째 사령장을 준 사람은 인사팀장이었고, 사령장을 받은 장소는 인사팀 사무실이었다. 대기발령자 다섯 사람은 앉은자리에서 한꺼번에 사령장 다섯 장을 받았다. 허리를 숙여 인사하는 사람은 아무도 없었다. 연아는 정장을 입고 있었으나 2년 전만큼 차려입지는 않았다. 연아의 바로 위 선배인 희정도 정장 차림이었다. 윤수, 지연, 중훈은 평소 옷차림이었다.

"이윤수 님, 최지연 님, 김중훈 님, 이렇게 세 분은 앞으로 인사팀으로 나오시면 됩니다. 저 자리에 앉으시면 됩니다."

인사팀장이 가리키는 방향에는 책상 세 개가 2미터 간격으로 떨어져 있었다. 복도는 아니었지만 복도나 다름없는 장소였다. 복도를 지나 인사팀 사무실에 들어오면 왼편으로 근무 공간이 있고 그 주변에 파티션이 둘러져 있었는데, 인사팀장이 가리킨 책상들은 그 파티션 밖에 있었다. 인사팀 직원들이 사무실에 들어와 자기 자리로 들어가려면 대기발령자들이 근무하는 책상을 내려다보면서 지나게 되는 구조였다.

대기발령자들이 앉게 될 책상에는 파티션이 둘러져 있지 않았고 아무런 기물이나 비품도 없었다. 컴퓨터는커녕, 볼펜 한 자루, 필통 하나 놓여 있지 않았고 서랍도 없었다. 그건 사실 구내식당에서 쓰는 탁자였다. 탁자 바로 앞에는 창문이 있었고, 창문 너머로 옆 건물 사무실이 보였다.

"김희정 님, 조연아 님은 경영지원 부문으로 가시면 됩니다. 거기에 자리가 마련돼 있으니까 거기에서 일하시면 됩니다."

"오후 4시에 전화를 걸어서 5시까지 거취를 정하라고 하고, 거기에 답장을 안 했다고 다음 날 바로 대기발령을 하는 법이 어디 있습니까. 이래도 되나요?"

중훈이 따졌다.

"《행복동행》을 발간하지 않게 됐다, 행복동행팀원들은 티앤티로 고용승계를 할 수 있게 저희가 방도를 마련했다는 이야기는 분명히 한 달 전에 팀장님 통해서 전달했는데요. 기록도 남아 있습니다. 지난달 말까지 티앤티로 연락을 드리라고 말씀드렸죠. 어제가 지난달 말이었고요. 이렇게 사실 관계를 왜곡하시면 곤란합니다."

중훈이 뭔가 말하려다 입을 다물었다. '최종 시한이 어제 오후 11시 59분까지인 줄 알았다, 갑자기 오후 4시에 전화를 걸어올 줄은 몰랐다.'라고 항변하려니 민망해서였으리라.

인사팀장이 자리로 돌아가고, 행복동행팀 소속이었던 대기발령자 세 사람은 빈 책상에 앉았다. 희정과 연아가 우물쭈물 인사팀 사무실을 나올 때 중훈이 앉은자리에서 말했다.

"잘 버텨 보자. 화이팅."

경영지원 부문으로 가기 위해 엘리베이터를 기다릴 때, 희정이 조그맣게 "센 척하시네."라고 중얼거렸다. 연아에게는 희정 역시 그런 말을 내뱉으며 센 척하는 것으로 보였다.

엘리베이터 안에서는 모든 사람들이 자신을 쳐다보는 것만 같았다. 그렇지 않다고 아무리 머리로 생각해도 어쩔 수 없이 몸이 위축됐다.

*

경영지원 부문에서 희정과 연아가 앉아야 할 자리도 인사팀에서 고참 대기발령자들이 앉는 위치와 같았다. 사무실에 들어와서 파티션이 있는 진짜 근무 구역으로 가기 전까지, 복도나 다름없는 공간이었다. 희정과 연아는 오가는 사람에게 등을 보인 채 벽을 보고 앉아 있어야 했다. 역시 구내식당에서 쓰는 탁자와 의자였다.

그래도 거기에는 데스크톱 컴퓨터가 놓여 있었다. 컴퓨터를 보는 순간 안도의 한숨이 나온 것도 사실이었다.

대기발령 기간에는 근태가 중요하다고, 절대로 지각이나 결근을 하면 안 된다는 조언을 들었다. 점심을 오래 먹거나, 담배를 피운다며 건물 밖으로 자주 나간다거나, 동료들과 너무 오래 잡담을 해서도 안 된다고 했다. 자칫하면 불성실을 문제 삼아 회사 측에서 징계해고 절차에 들어간다는 것이었다. 컴퓨터로 웹툰이나 유머 사이트에 접속하면 기록이 남고 그것 역시 근태 불량의 사유가 된다고, 사내 메일이나 메신저도 주의해서 쓰라고 했다.

그래서 연아는 두 시간 가까이 아무것도 하지 않고 가만히 앉아 있었다. 휴대전화기도 스팸 문자메시지를 확인할 때 외에는 주머니에서 꺼내지 않았다. 옆을 보니 희정도 마찬가지였다. 그들은 점심시간이 될 때까지 멍하니 컴퓨터 모니터를 바라봤다. '070'으로 시작하는 전화가 걸려왔는데도 반가울 지경이었다.

12시 15분 전부터 경영지원 부문 직원들이 사무실을

빠져나갔다. 그들은 엘리베이터로 걸어가면서 연아와 희정을 흘끔흘끔 쳐다봤다.

"구내식당에 가서 빨리 먹고 올까?"

12시 2분에 희정이 연아에게 겨우 말했다. 연아는 고개만 끄덕였다. 식욕이 없었지만 사무실에서 잠시라도 나가 있고 싶었다. 구내식당이 아니라 건물 밖으로 나가고 싶었으나 오후 1시까지 돌아오지 못할지도 몰랐다. 희정과 떨어지는 것도 두려웠다. 그녀가 그다지 살가운 선임이 아니었고, 최근 들어서는 말수가 전보다 더 줄어든 것 같았음에도 불구하고.

대기발령자 다섯 사람은 구내식당에서 만났다. 연아는 미소를 지었다가 곧 얼굴을 수습했다.

"선배들은 오전에 뭐 하셨어요?"

식판을 내려놓으며 희정이 물었다. 윤수와 지연은 아무것도 안 했다고 대답했다. 중훈은 "명상 호흡"이라며 웃었다.

"우리 이렇게 모여 앉아 있다고, 뭔가 작당하는 것처럼 보이는 건 아니겠지."

최고참인 윤수가 말했다. 안 그래도 다들 그런 생각을 하던 참이었다.

"우리가 무슨 죄 지은 사람도 아닌데 구내식당에서까

지 따로 떨어져서 밥 먹어야 되나요." 연아가 소곤거렸다.

"회사 입장에서 보면 대역 죄인이지." 지연이 말했다.

"저녁에 맥주라도 한잔할까." 윤수가 말하자 다들 동의했다. 장소는 회사에서 지하철로 두 정거장 떨어진 곳으로 잡았다. 아무래도 회사 바로 앞에서 모여 술 마시는 모습을 보이면 그러니까, 하고 누군가 불필요한 설명을 덧붙였다.

점심을 먹고 오니 몸이 나른해졌고, 여전히 할 일은 아무것도 없었다. 여전히 모든 사람이 자신을 감시하는 기분이었다. 연아는 조심스럽게 사내 전산망에 접속했다. 사내 게시판에는 그 일자로 단행된 본사와 계열사 인사 소식이 올라와 있었다. 승진, 전보, 휴직, 복직자 명단과 함께 대기발령자 이름도 적혀 있었다.

어제까지 행복동행팀의 팀장이었던 선배는 두부박물관장이 되었다고 나와 있었다. 두부박물관은 본사 2층에 있는 작은 홍보용 박물관이었다. 연아는 신임 두부박물관장이 자신들을 대기발령 상황으로 몰아넣었다고 여기지는 않았다.

오후 3시쯤 중훈이 사내 게시판에 글을 하나 올렸다. 그사이에 컴퓨터를 지급받은 모양이었다. 중훈이 올린 게시물의 제목은 '굿바이, 행복동행'이었다.

중훈이 쓴 글에는 그들의 대기발령 상황이나 경영진에 대한 원망은 전혀 담겨 있지 않았다. 게다가 마음을 울리도록 잘 쓴 글이었다.

그 글은 36년 전 선대 회장이 왜 사외보를 만들기로 결심했는지, 그 사외보에 왜 '행복동행'이라는 이름을 붙였는지로 시작했다. 1990년대 중반에는 발행 부수가 10만 부가 넘었다든가, 아이템을 찾는 방송 작가들의 필독서였다든가, 사보협회에서 몇 번이나 상을 받았다든가 하는 이야기가 나와 있었다. 글을 연재한 유명 소설가와 시인의 에피소드, 《행복동행》이 발굴한 소소한 특종 이야기도 적었다.

그러나 시대의 흐름에 맞설 수는 없었다. 사외보는 물론이고 사보 발행도 구시대의 일로 취급되고 있었다. '김영란법'이 시행될 때 《행복동행》은 종이 잡지 발행을 포기하고 웹진으로 전환했다. 자칫하면 회사가 정기간행물을 내는 언론사로 분류되어 규제를 받을 수 있다는 우려에서였다. 웹진마저 몇 년 가지 못했다. 《행복동행》은 이제 문을 닫는다.

중훈은 거기서 글을 마무리했다. 음식과 음식 문화를 다룬 온라인 매체를 앞으로 계열사에서 운영할 계획이라든가, 하지만 그 매체 이름이 '행복동행'은 아닐 것이라든가 하는 말은 덧붙이지 않았다. 대신 그동안 독자로부터, 또 회사로부터 많은 사랑과 지원을 받았고 일하는 내내 보람 있었다, 자신은 《행복동행》을 영원히 잊지 못할 거라고 썼다. 특히 함께 일한 선후배들께 감사하다고도 적었다.

본사와 계열사의 몇몇 직원들이 중훈의 게시물에 '고생하셨다, 수고 많았다, 《행복동행》 좋았다' 등의 댓글을 달았다. 연아도 댓글을 하나 썼다. "고생하셨습니다, 선배." 딱 그 두 마디였다.

*

중훈이 올린 글에는 선대 회장이 어느 주간지와 가진 인터뷰 기사 내용이 인용돼 있었다. 원문 기사는 옛 행복동행팀 사무실에 액자로 걸려 있었다. 《행복동행》 100호 발행을 계기로 가진 인터뷰였다. 기사 제목은 "식품 회사 회장이 문화 잡지 발행인 된 까닭은"이었다.

선대 회장은 음식은 단순히 먹는 것이 아니라 문화이며, 자신의 목표는 이윤이 아니라 사회 공헌이라고 강조했다. 어렸을 때부터 가난한 집안 형편에 읽을 것이 없어서 은행이나 공공기관에 비치된 잡지를 닥치는 대로 읽었다고 했다. 그는 어느 날 잡지 발행 제작비가 라디오 광고 두 편 정도에 불과하다는 사실을 듣고 문화 잡지를 만들어야겠다고 결심했다. 그는 인터뷰에서 '행복동행'이라는 제목이나 보통 사람들의 따뜻한 이야기라는 제작 방침도 자신이 정했다고 밝혔다.

선대 회장은 국악 오케스트라와 씨름대회도 후원했다. 회사 안에서는 그 사업들을 회장의 펫 프로젝트라고 불렀다.

선대 회장은 고향에서 국회의원 선거에 세 번 출마했으나 모두 낙선했다. 그는 10년 전 명예회장이 되면서 일선에서 물러나 아들에게 경영을 맡겼고, 4년 전 심장 발작으로 사망했다.

선대 회장의 인터뷰에는 문화 잡지를 만들면서 편집부를 회사 내에 둔 이유에 대해서는 딱히 설명이 없었다. 아마 외주 제작이라는 개념 자체가 낯선 시대가 아니었을까 연아는 생각했다. 그러다가 모든 사람들이 아웃소싱이라는 개념을 익숙하게 여기는 시대가 왔다. 회사 안에서나 밖에서나, 보통 사람들의 따뜻한 이야기에 대한 인기도 식었다.

행복동행팀을 외주화한다는 소문은 2대 회장이 취임했을 때부터 돌았다. 선대 회장이 별세한 직후에도 소문이

돌았고, 종이 잡지를 포기할 때에도 소문이 돌았고, 생수 사업 부문을 매각할 때에도 소문이 돌았다. 그러다 어느 날 예고 없이 회사는 음식 관련 미디어 사업을 본사가 자회사인 티앤티로 양도했고 티앤티가 행복동행팀원 다섯 명의 고용도 승계할 거라고 통보했다.

팀원들은 당혹해하는 동시에 올 게 왔다는 분위기이기도 했다. 티앤티는 '테이블 앤드 테이스트'의 약자로, 마케팅 본부의 사업 아이템을 독립시킨 자회사였다. 영어 쿠킹 클래스를 진행하고 유기농 레스토랑 프랜차이즈에서 운영하는 블로그를 운영했다. 마케팅 본부의 부장 한 명이 회사 지원을 받고 자기 돈도 투자해서 차린 스타트업이었다. 음식, 식문화에 관련된 콘텐츠를 만들어 낸다는 점에서는 같은 일을 한다고도 볼 수 있었다.

팀원들은 팀장이 회사의 동향을 파악하고 있었으면서도 자신들에게는 마지막 순간까지 숨겼다며 불만스러워했다. 연아 한 사람만 그렇게 생각하지 않았다. 구조조정 소식 발표 하루 전날 팀장은 그녀를 따로 불러 "혹시 티앤티에서 연아 씨한테 무슨 연락한 게 있어?"라고 물었다. 무슨 영문인지 몰라 연아가 고개를 젓자 팀장은 "뭔가 듣는 이야기가 있으면 나한테도 꼭 알려 줘."라고 부탁했다. 연아는 팀장 역시 그날에서야 구조조정 이야기를 처음 들었을 거라고 생각했다.

　이건 좀 아니죠, 왜 이런 결정을 내렸는지 회사가 설명을 해 줘야죠, 티앤티에서는 어떤 일을 하게 될 건지도. 팀원들이 항의하자 팀장은 그렇지…… 라고 대답했다. 팀장은 늘 어딘가 겁에 질려 있는 듯한 얼굴의 50대 여성이었다. 남편은 암 투병 중이고 대학생 딸이 두 명 있다고 했다.

　그다음 주에 행복동행팀원들이 경영기획실장을 만났다. 12층에 있는 경영기획실장실은 행복동행팀 전체 사무실만큼이나 넓었다. 방 가운데 긴 직사각형 테이블이 있고 그 테이블의 세 면에 가죽 소파가 놓여 있었다. 경영기획실장은 그중 일인용 소파에 앉았다. 4인용 소파 하나에 전략기획팀장과 인사팀장이 앉았다. 다른 쪽 소파에 행복동행팀 직원 네 사람이 앉았다. 자리를 차지하지 못한 희정과 연아는 쭈뼛대다 전략기획팀장과 인사팀장 옆자리에 앉았다.

　경영기획실장은 소파의 팔걸이에 손을 올리고 다리를 꼰 채, 몸을 한쪽으로 비스듬히 기댄 자세로 행복동행팀 팀원들을 바라보았다. 그는 '바빠 죽겠는데 내가 이런 일까지 해야 하나'라는 표정이었다. 그래도 "궁금한 거 아무거나 물어보세요."라고 했다. 팀장은 본부장에게서 가장 멀리 떨어진 자리에서 고개를 푹 숙였다.

"왜 이런 결정을 내리셨는지, 저희한테 다른 길은 없는지 설명을 듣고 싶습니다."

중훈이 말했다.

"그 팀이 돈을 얼마나 버는지 아세요? 다른 부서에서 똑같이 여섯 명이 얼마나 벌어 오는지는 아세요?"

경영기획실장이 픽 웃으며 대꾸했다. 목소리는 부드러웠다. 어린아이를 타이르는 말투였다.

"저희는 돈 벌어 오는 부서가 아니라고 생각했는데요."

"돈이 아니면, 어떤 식으로 회사에 기여했나요? 사이트 방문자 수도 매달 줄고 있잖아요."

"방문자 수가 중요하다고 말씀해 주셨으면 거기에 맞춰서 일했을 겁니다."

"바로 그 일을 티앤티에 가서 하시라는 거예요."

티앤티에서의 처우에 대해서는 전략기획팀장이 대답했다. 티앤티는 그들 다섯 명을 모두 정규직으로 채용할 것이며, 근속 기간도 그대로 인정되고, 앞으로 1년 동안은 본사에서 받던 급여 수준을 보장한다고 했다. 티앤티는 모든 직원들이 매년 연봉 계약을 하기 때문에 이후 급여까지 본사에서 간여하기는 어렵다고 했다.

유능하고 젊은 직원들이 있고 사무실도 근사합니다, 굉장히 좋은 기회입니다, 하고 인사팀장이 거들었다. 하는 일도 그대로이고 고용조건도 그대로이기 때문에 법적으로는 아무런 문제도 없어요, 전략기획팀장이 덧붙였다.

그날 오후에 티앤티의 대표와 부장이 행복동행팀으로 찾아왔다. 티앤티 대표는 부루퉁한 얼굴로 질문에 대답했다.

행복동행팀원들은 정규직으로 채용될 것이며 첫 1년 연봉은 본사 수준으로 계약한다, 이후 연봉은 장담할 수 없다, 다른 직원들도 다 마찬가지다, 와서 하는 일은 기본적으로 콘텐츠 제작이지만 우리는 모든 직원이 올라운드 플레이어라고 보시면 된다, 티앤티는 지난해 매출이 10억 원이 넘었으며 3년 안에 영업이익을 내는 것을 목표로 하고 있다……. 아무 일이나 시키는 대로 해야 하고, 여태껏 이익을 낸 적도 없다는 얘기였다.

"퇴근은 몇 시에 하나요?"

"아무래도 이제 막 시작한 회사다 보니까……."

티앤티 대표가 한쪽 입꼬리를 올리며 말을 흐렸다.

"저희가 본사와 영업양수도계약을 맺으면서 고용 관계를 그대로 승계하는 것이기 때문에 따로 근로계약서를 작성하실 필요는 없어요. 오실 분들은 내일까지 저한테 티앤티로 오겠다고 메일을 주시면 됩니다. 솔직히 말씀드리면 저희로서는 여러분이 다 오시지 않아도 상관없습니다. 티앤티에 오시면 본사에서처럼 여유 있게 일하시지는 못할 거예요. 잘 생각해 보시고 각오가 된 분만 메일 주세요."

*

지하철로 두 정거장 떨어진 술집에 도착한 것은 7시 반이었다. 몇 시에 퇴근하면 될지 몰라 우물쭈물하다 회사에서 늦게 나왔기 때문이다. 희정과 연아가 술집에 왔을 때 고참 세 사람은 이미 맥주를 한두 잔씩 비운 상태였다.

지연은 아는 노무사에게 전화를 걸어 대기발령 상황에 대해 물었다고 했다.

"대기발령은 회사의 정식 인사 조치에 해당한대요. 직원이 동의하지 않아도 할 수 있고, 벽만 보고 앉아 있게 해도 법적으로 문제가 없대요."

"자기들도 다 알아보고 법적으로 문제 없을 조치를 했겠죠."

"대신에 직원이 버티면 회사도 자를 수는 없대. 그러면 부당 해고가 된대."

"그러면 버티면 되는 건가?"

"그거 쉽지 않대. 노무사가 하는 말이, 대기발령 한 달은 고사하고 일주일을 버티는 사람도 별로 없대."

"그건 나도 그렇더라, 가만히 앉아 있는 게 이렇게 힘든 일일 줄 몰랐다."라는 고백이 여기저기서 한숨과 함께 나왔다. 자신의 나약함에 놀라고 부끄러워하다가 남들도 마찬가지라는 말에 다들 위안을 얻은 듯했다.

"그래서 어떻게 하래요?"

"그건 회사에 달렸대. 회사가 징계를 하려는 거면 그냥 반성하는 척하면서 얌전히 있으면 살아날 수도 있대. 그런데 회사가 자르려고 그러는 거면 답이 없대."

"회사는 자르려고 하는데 직원은 끝까지 버티면?"

"너무 오랫동안 대기발령 상태로 두지는 못대. 회사에도 직원에게 맞는 일을 찾아 줘야 하는 의무가 있대. 전에 어떤 직원을 자르려고 2년 넘게 대기발령을 한 회사가 있었는데, 대법원에서 그런 대기발령은 무효라고 판결이 나왔대."

모두 왁자지껄하게 떠들면서 누가 뭐라고 말하는지 알 수 없는 상태가 됐다. 어떻게 2년씩 대기발령을 시키냐, 아니 그걸 어떻게 버티냐, 회사도 징그럽고 그 사람도 대단하다, 그런데 대기발령 중에 책 읽는 건 된대요? 그건 안 물어봤는데. 안 되지, 당연히. 책 읽는 게 되면 음악 듣는 것도 되고 영화 보는 것도 되겠지. 더 못 물어보겠더라고. 그 사람도 돈 받고 상담해 주는 사람인데. 그리고 자세한 사정 모르는 채로 뭐라고 말하기 어렵대.

어디 나가서 청소를 하는 게 차라리 낫겠어. 실존적 고민이 들더라니까. 내가 지금 뭐 하는 건가 하는. 이거 아주 실존적 형벌이야. 그런데 회사는 저희를 지금 자르려는 거예요, 벌을 주는 거예요? 그게 문제지. 자르려는 건 아니지 않아요? 이러다 다른 보직을 주지 않을까? 영업하라고 하면 어떻게 해요? 동네 슈퍼들 돌아다니면서 사장님이랑 술 마셔야 한다던데. 하면 되지. 못할 게 뭐 있어. 어떻게 보면 지금이 이직 준비하기 제일 좋은 시기예요. 난 벌써 잡코리아랑 인크루트에 등록했는데. 그렇게 이직할 거면 그냥 티앤티로 가면 됐잖아.

한창 술을 마실 때 연아에게 모르는 번호로 전화가 걸려 왔다. 상대가 자기 이름을 말했지만 연아는 그게 누군지 알지 못했다. 상대는 헛기침을 하더니 자기가 티앤티의 대표라고 했다. 연아는 술집 밖으로 나가 전화를 받았다.

"연아 씨, 단도직입적으로 말할게요. 일이 이렇게 꼬여 버려서 나도 참 당황스러운데, 우리는 연아 씨랑 희정 씨, 젊은 두 분은 받고 싶었어요. 사실 다섯 명을 다 받으라는 건 본사 요구였고, 우리는 처음부터 두 분만 받고 싶었어요. 지금이라도 마음 돌릴 생각 없어요?"

"네? 네…… 하지만……."

"왜요? 선배들이 단체행동 하자고 해요?"

티앤티 대표는 빠르게 말을 쏟아냈다. 조연아 씨 일 잘한다는 이야기 많이 들었다, 우리와 함께하자, 아직 젊지 않으냐, 여기에 오면 할 수 있는 게 얼마나 많은지 아느냐, 그 나이에 벌써 그렇게 안정만 추구해서야 되겠느냐, 이윤수, 최지연, 특히 김중훈, 그 세 사람 말에 귀 기울이지 마라, 회사에서 아주 소문난 꼴통들이다, 그 사람들 죽으려면 혼자 죽지 꼭 그렇게 젊은이 목까지 움켜쥐고 같이 죽어야 되나, 정말 나쁜 사람들이다, 지금 모양새가 이렇게 그려졌으니 바로 결정하라고 강요하진 않겠다, 기다리겠다, 그래도 너무 늦지는 않았으면 한다.

왜 '마음이 있다'고 대답했는지 그녀 자신도 몰랐다. '마음이 아예 없지는 않다, 고려는 하고 있다'는 뜻으로 답했는데 상대가 멋대로 오해한다 싶었다. 한편으로는 상대가 오해하도록 자신이 대답한 것 같기도 했다. 티앤티 대표의 전화가 구명보트처럼 느껴진 것도 사실이었다.

중훈이 행복동행팀장이었던 신임 두부박물관장을 불러야 한다고 고집을 부렸다. 지금 몇 신데, 와서 뭘 한다고 불러, 라며 다른 사람들이 말렸다. 윤수가 술값을 계산하는 동안 취한 중훈이 옆에서 구시렁댔다. 우리는 우리대로 끝까지 가 보자. 내가 굴욕이라고 생각하면 굴욕이지만 아무것도 아니라고 생각하면 아무것도 아닌 게 되는 거야.

"왜 또 바람을 넣으세요."

희정이 중훈을 향해 한숨을 쉬었다.

*

그들이 단체행동을 결의했던가? 중훈이 바람을 잡았던가? 분위기를 몰아갔던가?

행복동행팀원들은 아무도 티앤티로 메일을 보내지 않았다. 그리고 한동안 아무 일도 일어나지 않았다. 경영기획실이나 인사팀에서는 면담 다음 날 행복동행팀원들이 티앤티로 메일을 보내지 않았다는 사실을 며칠이 지나도록 알지 못했다. 어쩌면 티앤티가 전적(轉籍) 동의서 대신 간단히 메일을 받기로 한 것이나 그 마감을 면담 다음 날로 정한 것도 본사는 몰랐던 것 같기도 하다. 그들은 그렇게 서로 잘못된 신호를 보냈다.

나중에 남편은 연아에게 왜 티앤티로 가지 않았는지 물었다. 난 이해가 잘 안 된다. 요즘처럼 이직이 잦은 시대에…… 자회사로 가는 게 싫었던 거야? 망할 수도 있어서? 아니면 이름 없는 회사라서? 자기네 본사가 그렇게 큰 회사였나? 아니면 연봉이 높고 정년이 보장됐나?

"그 회사 내가 다닐 때는 오뚜기보다 컸어. 연봉도 높은 편이었고, 정년도 보장하는 분위기였고. 그런데 난 그런 것보다는 다른 사람들이 다 가지 않는다고 하니까 나 혼자 간다고 손 들기 미안했던 거지. 팀 분위기가 되게 좋았거든. 서로 간섭하지 않으면서 선배들이 후배들 잘 챙겨 줬어."

연아가 설명했다.

"다른 사람들은 왜 안 가려고 그랬던 거야?"

"내 사수가 희정 선배였는데, 그이는 처음에 말을 안 했어. 그냥 자기는 티앤티 안 가겠다고 했지. 윤수 선배나 지연 선배는 티앤티에 가서 거기서 잘리지 않을까 우려했던 것 같아. 전에 다른 부서에서 일한 경험이 있으니까 버티고 있으면 다른 보직을 받을 수 있으리라고 기대했던 거 같기도 하고. 회사 분위기도 온정적이고, 밖으로도 착한 기업이라는 이미지가 있는 곳이었으니까. 중훈 선배는 행복동행 자체에 애착이 많았어. 티앤티로 가면 철저히 상업적인 콘텐츠를 만들어야 하는데, 그게 싫었던 것 같아. 그 사람은 대기발령 기간에도 혼자 행복동행 콘텐츠

혁신 방안 보고서 같은 걸 만들었어."

"그게 뭐라고……. 난 자기 만나기 전에는 사외보가 뭔
지도 몰랐는데."

"그 잡지 좋은 잡지였어. 종이 잡지 없앨 때 발행 부수
가 1500부나 됐어. 학교나 병원, 교도소 같은 데서 계속
받아 볼 수 없느냐고 문의도 많이 받았어. 그리고 다들 자
존심이 상했어. 회사가 우리를 밥벌레 취급했잖아. 적선
하듯이 티앤티로 가라고 하니까 기분이 나빴지."

"자존심이 밥 먹여 주는 것도 아니잖아."

"자존심이 밥 먹여 주는 거 아니지. 그런데 그때는 사
람이 밥만 먹고 사는 건 아니라고 생각했어."

경영기획실장과 면담을 하고 나서 며칠이 지나 인사팀
장이 행복동행팀장에게 연락했다. 전출 대상자인 다섯 사
람에게가 아니라 행복동행팀장에게 연락한 것은 아마도
다섯 사람이 단체행동에 들어갔다고 판단해서였던 듯하
다. 인사팀장의 연락을 받은 행복동행팀장도 깜짝 놀랐
다. 팀원들이 티앤티로 가도록 잘 설득하는 게 자기 역할
이라고는 그때까지 생각하지 않았던 것이다. 행복동행팀
장은 인사팀장과 통화를 마치고서야 팀원들에게 물었다.
다들…… 티앤티에 가지 않겠다고 했다고요?

"가지 않겠다고 한 적은 없고, 그냥 거기서 메일 보내

라고 한 걸 안 보냈을 뿐인데요."

다섯 사람은 그렇게 대답했다. 그들은 자신들이 이상한 코미디 속에 있다고 느꼈다.

이번에는 경영지원부문장이 그들을 소집했다. 전략기획팀장은 오지 않았지만 인사팀장이 배석했다. 경영지원부문장은 다짜고짜 야단을 쳤다. 그는 행복동행팀원들을 세상 물정 모르는 철부지로 보고 있었다. 며칠 사이에 자신감을 얻은 행복동행팀원들은 발끈했다.

무슨 군사작전 하십니까. 저희들한테는 인생이 걸린 문제인데 이렇게 갑작스럽게 통보하고 결정하라는 게 정당하다고 보십니까. 무슨 배려를 해 주셨다는 겁니까.

군사작전이 아니라 구조 작전이다. 지금 홍수가 난 걸 모르겠느냐. 구조 보트가 왔는데 보트에 타라는 말을 고압적으로 했다고 안 탈 참이냐.

경영지원부문장은 최후통첩이라면서, 그달 말까지 거취를 정하라고 했다.

"잘 생각하셔야 합니다. 다음 달에는 보직을 받지 못하게 되실 수도 있습니다."

인사팀장이 덧붙였다.

*

　대기발령 둘째 날 오전에 인사팀에서 전체 메일을 받았다. '교육발령자 준수 사항'이라는 제목이었다. 대기발령을 교육발령이라고도 부르는 모양이었다.

　교육발령은 업무를 원활히 수행하기 위한 사전 단계입니다. 아래 사항들을 준수해 주십시오. 출근(09시) 및 퇴근(18시) 시간 엄수. 휴게 시간(12~13시) 엄수. 업무 시간 중에는 교육 장소를 이탈하지 말 것.(10분 이상 자리를 비울 시 해당 팀장의 승인을 받을 것.) 업무 시간 중 잡담 및 개인 용무(휴대폰 등) 금지. 휴게 시간 외 흡연 금지. 업무 외 사적인 용도로 회사 장비(컴퓨터, 메신저 등) 사용 금지. 어학 공부, 독서, 게임, 취침 등 금지. 경영지원팀으로 일일 업무 보고서 제출.(매일 퇴근 전) 회사 혁신 방안 보고서 제출.(매주 수요일 퇴근 전) 자기 주도 학습 보고서 제출(매주 금요일 퇴근 전)…….

　전날 술자리에서는 실존적 형벌이라는 얘기가 나왔는데, 이건 실존적이라기보다는 초현실적이라는 생각이 들었다. 업무를 하지 않는데 어떻게 업무 보고서를 쓰라는 건가. 회사 혁신 방안을 사무실 안에서 말없이 꼼짝 않고 앉아서 떠올릴 수 있는 걸까. 자기 주도 학습이라니, 나에게 뭘 가르쳐야 하는 걸까. 눈치? 적응력? 비굴함?

"그거 정말 당해 보지 않은 사람은 몰라." 연아가 남편에게 말했다.

"무의미하고 수치스러워. 몸도 마음도 감금된 기분이지. 화장실에 갔는데 줄을 서야 하면 '준수 사항'을 어기게 되지 않을까 겁이 나. 그런 자신을 자각할수록 스스로가 더 한심하게 느껴져. 삶의 의미를 박탈하고, 자존감을 깎고, 사회에서 격리하는 벌이야.

누가 업무 시간 내내 나를 감시할 리 없다는 사실을 알면서도 인기척이 들릴 때마다 긴장하게 돼. 당하는 사람 입장에서는 모든 사람한테서 매분, 매초를 감시당하는 거나 다르지 않아. 나중에는 어깨와 등이 얼얼할 지경이야. 천장에 붙은 화재경보기처럼 생긴 물건이 사실은 CCTV가 아닌지, 컴퓨터 모니터에 화상 카메라가 설치돼 있는 건 아닌지, 그걸로 회사가 나를 감시하는 건 아닌지 고민하게 돼. 그렇게 피해망상에 빠지게 되지."

그녀는 그즈음 거대한 팬옵티콘을 자주 상상했다. 한번은 실제로 자신이 지금 그런 감옥에 있다는 생각이 들었고, 그것도 아주 작은 방에 갇혀 있다는 생각에 빠졌고, 갑자기 숨이 막혀 왔다. 아무리 애를 써도 그 상상을 떨쳐 버릴 수가 없었다. 연아는 황급히 자리에서 일어나 사무실을 빠져나왔다. 승강기 앞을 왔다 갔다 걸으며 겨우 호흡을 정상으로 되돌렸다. 담당 팀장 승인을 얻지 못하고 자리에서 일어났으니 10분 안에 자리로 돌아가야 한다고 생각하자 서러워서 눈물이 나올 것 같았다.

무엇이, 어디서부터 잘못이었을까? 본사가 티앤티와 영업양수도계약을 체결한 순간 그들에게는 티앤티에서 모욕을 당하든지 본사에 남아 모멸을 겪든지 이 두 가지 시나리오 중 하나를 선택할 수밖에 없었던 걸까? 경영기획실장이 아무리 기분 나쁜 태도로 그들을 대했어도 군소리 없이 지시에 따라야 했던 걸까? 회사의 경영은 경영진이 결정하는 것이고, 그들이 어떤 신분으로 일하는지도 경영에 대한 사항이니까?

자회사로 가라는 통보를 받았을 때 '왜'라는 의문을 품었던 것 자체가 잘못이었을까? 그들은 이리 와서 일하라고 하면 이리 와서 일하고, 저리 가서 일하라고 하면 저리 가서 일해야 하는 잡부나 다름없는 처지였던 걸까. 그런 주제에 자신들이 대단한 일을 하는 것처럼 자부심을 느끼고 거기에 의미를 부여하고 스스로 중요한 결정을 내릴 수 있다고 착각했던 걸까.

대기발령 일주일째 되는 날 윤수가 출근하지 않았다. 그는 그날 오후에 사직서를 냈다. 윤수는 지연이 아닌 다른 팀원들에게 이유를 설명하지도 않았고 후배들을 찾아오지도 않았다.

"아침에 일어나서 회사 앞 지하철역까지 잘 왔는데 역에서 지상으로 오르는 계단을 못 오르겠더래. 몇 번이나 시도했는데 막 숨이 가빠지고 머리가 어지러워져서 도저히 안 되겠더래. 그래서 화장실에 들어가서 한참 숨어 있다가 그냥 집으로 돌아갔대."

회사에서 지하철로 두 정거장 떨어진 술집에서 지연이 다른 대기발령자들에게 설명했다.

공황장애…… 가 오셨었나 보네요. 광장공포증인가. 그렇게 한두 마디씩 하고는 한동안 아무도 말이 없었다.

"뭐니 뭐니 해도 건강이 최고야. 다들 아무리 풀이 죽고 자존심이 상해도 이상한 생각은 하지 말자, 우리. 힘들고 기분 너무 우울해지면 이렇게 모여서 한잔씩 하고. 알았지?"

지연이 그렇게 말하는 통에 분위기가 더 이상해졌다. 지연은 황급히 인사팀에서 들은 이야기를 덧붙였다. 만약 지금 사직서를 낸다면 위로금으로 기본급 한 달치를 줄 수 있다, 하지만 다음 달 이후에 사직한다면 지금 퇴직하는 것보다 퇴직금이 오히려 줄 것이라는 내용이었다. 그들은 대기발령 상태가 되면서 급여가 줄었는데 퇴직금은 퇴직 직전 3개월 급여의 평균을 기준으로 산정하기 때문이다.

"회사가 급식 부문을 독립시킨대요. 자회사를 만들어서 그리로 옮기려고 한대요. 그래서 지금 저희가 안 좋은 선례가 될까 봐 우려하고 있대요." 희정이 말했다.

"안 좋은 선례?" 지연이 물었다.

"직원들이 자회사로 가는 걸 끝까지 반대하면 다른 보직을 내준다고 오해하게 만들어서는 안 된다는 거죠. 그래서 우리한테 절대로 보직 안 줄 거래요."

"그게 사실이면 내가 큰 착각을 하고 있는 거네." 지연이 웃었다.

지연, 중훈과 인사하고 헤어진 뒤 버스정류장으로 걸어가는 희정을 연아가 쫓아가 붙잡았다. 오후 10시에도 커피점은 사람들로 북적거렸다. 연아와 희정은 커피 대신 허브차를 한 잔씩 주문하고 자리를 잡았다.

"선배는 왜 티앤티에 안 가셨어요? 지금은 티앤티에서 연락 안 오나요?" 연아가 물었다.

"난 원래 홍보팀에 가기로 내정돼 있었어." 희정이 말했다.

희정은 티앤티로 고용승계된다는 통보를 받은 날 저녁, 홍보팀장에게서 전화를 받았다고 했다. 홍보팀이 다 과장급이라 똘똘한 막내가 필요한데 와서 해 볼 생각 있느냐는 질문에 그녀는 열심히 해 보겠다고 답했다. 며칠 뒤 홍보팀장이 전략기획팀이랑 인사팀이랑 얘기 마쳤다고, 행복동행팀 네 사람은 티앤티로 가고 희정은 홍보팀에 오는 걸로 정리됐다고 설명했다. 그런데 행복동행팀원들이 티앤티에 가는 걸 거부하면서 일이 꼬였다.

"그 양반 설명은 그래. 나 혼자 홍보팀으로 발령 내고 다른 네 사람을 대기발령 시키는 건 보기 너무 안 좋고 그 네 사람한테도 잘못된 인식을 줄 테니까 당분간은 거기서 참고 있어라, 다른 사람이 거취가 정리되면 그때 바로 홍보팀으로 부르겠다…….

원래 홍보 해 보고 싶었어. 대학 전공도 그쪽이고. 홍보 업계에서는 식품 홍보를 꽤 인정해 준다더라고. 여태까지 이걸 속이려고 속인 건 아닌데, 연아 씨랑 나는 상황이 다르니까 나를 보면서 어떤…… 연아 씨가 중요한 결심을 하는 데 참고로 삼지는 마. 우리 다 각자도생하는 거야. 처음부터 그랬어."

"처음부터요." 연아가 고개를 끄덕였다.

"지연 선배는 나이도 있고 남편도 돈을 버니까 이런저런 생각을 하는 모양이고, 중훈 선배는 돈 좀 적게 받아도 세이브더칠드런이나 굿네이버스 같은 단체에서 일하고 싶은 모양이더라. 나는 나대로, 제대로 된 건지 썩은 건지 알 수 없는 동아줄 내려오기만 기도하는 신세고."

*

대기발령 12일째 되는 날 지연이 사직서를 냈다. 지연도 예고 없이 사직서를 제출했고, 희정과 연아를 만나 작별 인사를 하지도 않았다. 바로 옆에 앉은 중훈에게는 사무실을 나가며 "나 가요, 고생해요."라고만 말했다고 했다. 사직 절차라는 게 몇십 분이면 끝나는 모양이었다.

지연은 그날 저녁 남은 대기발령자 세 사람에게 메일을 보냈다.

"다들 고생하고 있는데 힘 빠지게 해서 미안해요. 내가 뭐하는 건가 싶기도 하고, 우울증에 걸릴 거 같아서 이렇게 정리했어요. 친구들이 나더러 바보래. 그런 취급 받으면서 붙어 있을 필요가 뭐가 있느냐고. 회사에서는 전에 받던 급여 기준으로 퇴직금을 주겠다네. 위로금은 얘기 없고. 남편도 장기 휴가를 받아서 둘이 같이 네팔에 다녀오기로 했어요. 애들은 시댁에 맡기고. 전부터 히말라야에 한번 가 보고 싶었는데, 이런 처지가 되지 않았다면 엄두도 못 냈을 거예요. 다들 고생 많았고 그동안 감사했어요. 나중에 얼굴 봐요."

원망해야 하나? 축하해야 하나? 붙잡아야 하나? 연아는 "선배도 그동안 고생 많으셨습니다."라고 답장 메일 첫줄을 쓴 뒤 다음 문장을 어떻게 써야 할지 몰라 한참 망설였다. 결국에는 그냥 "건강하세요, 나중에 얼굴 뵈어요."라는 두 문장을 보태고 발송 버튼을 눌렀다.

우정이나 동료애 같은 단어가 공허하고 기만적인 구호처럼 들렸다. 직장의 의미라든가 업의 본질이라든가 자아실현이라든가 하는 따위의 말도 마찬가지였다. 연아는 문득 그들이 만들던 사외보에 싣던 글, 명사가 돌아가며 쓰는 '추억의 그 맛' 칼럼이라든가 미식 기행이라든가 음식장인 인터뷰에는 어떤 의미와 가치가 있었을까 생각했다.

연아는 다음 날 아침 티앤티 대표와 부장에게 연락했다. 티앤티 대표는 입사 지원서를 작성해 자신에게 보내고, 오후에 티앤티로 찾아와 면접을 보라고 했다.

"면접요?"

"형식상으로는 연아 씨가 본사를 그만두고 우리 회사

에 재입사하는 형태로 해야 하거든. 그러니까 우리 회사에 입사 지원서를 보내고, 면접을 봐야지. 대단한 건 없을 테니 걱정 마."

"저희는 고용승계가 된다고 들었는데요."

"그런데 그 조건을 행복동행팀이 거절했잖아. 연아 씨, 내 입장도 좀 생각해 줄래? 우리도 이 회사 시작하면서 밖에서 사람 뽑았거든. 지금 연아 씨를 그냥 데려오면 다른 직원들이 항의해. 왜 저 사람은 특별 대우를 해 주느냐면서. 안 그래도 우리 직원들도 행복동행팀원들이 대기발령 상태로 버티는 거 보면서 마음에 상처를 입었어요. 그렇게 오기 싫으냐, 여기가 무슨 귀양지냐, 하고 말이지."

연아는 알았다고 대답하고 통화를 마쳤다. 오전에 입사 지원서를 작성해 보냈다. 점심시간에는 구내식당에 가지 않고 밖에 나가 혼자 커피를 마셨다. 그리고 1시가 조금 넘어 사무실로 돌아왔다.

오후에 티앤티 대표가 다시 전화를 걸어왔다. 이번에는 그 역시 당황한 기색이었다. 그는 연아에게 혹시 사내 게시판에 최근에 글을 올린 적이 있느냐고 물었다.

설마 중훈이 올린 글에 댓글을 단 것 말하는 건가? 연아는 그 댓글에 대해 티앤티 대표에게 말했다. 잠시 뒤 티앤티 대표가 "이거 말하는 거구나. 이걸 갖고, 이게 참⋯⋯." 하고 혼잣말을 했다.

티앤티 대표는 연아에게 그 댓글에 대한 반성문을 써 달라고 했다. 그 댓글을 보고 윗분 중 어떤 분이 기분이 상하셨다고. 뭔가 착각을 하신 것 같은데, 물론 말도 안되지만, 눈 딱 감고 반성문을 한 장 써 주면 그다음에는 자신이 알아서 처리하겠다고.

"'고생하셨습니다, 선배.'라고 두 마디 적은 걸 반성하라고요?"

"직장 생활이라는 게 이렇다, 연아 씨. 참 더럽고 아니꼽고 치사하고⋯⋯. 그래도 반성문 한 장 쓰는데 돈이 드는 것도 아니고 힘이 드는 것도 아니잖아. 이걸 우리 회사 실무 면접 과제라고 생각하면 어때? 그냥 대충 쓰면 돼. 회사에서 최선을 다해 직원의 고용을 유지하려고 애썼음에도 불구하고 제가 짧은 소견으로 반발하는 글을 올려 누를 끼친 데 대해 진심으로 사죄합니다, 라고, 진심 하나도 담지 않고 쓰면 되는 거야."

연아는 그 윗분이 누구냐고 물었다. 티앤티 대표는 특정 인물이 아니라 경영진 전체, 아니 회사 전체라고 생각하고 쓰면 된다고 했다. 그 지경이 되니 언쟁을 벌이는 것도 무의미하게 느껴졌다. 연아는 전화를 끊고 누구에게 보내는 건지 모를 반성문을 썼다. 그 순간 가장 도움이 됐

던 것은 중훈이 전에 술에 취해 했던 말이었다. 내가 굴욕
이라고 생각하면 굴욕이지만 아무것도 아니라고 생각하
면 아무것도 아니라고. 그게 굴욕이라고.

*

"고생했어. 연아 씨는 가서도 잘 할 거야."

희정이 말했다. 연아는 허리를 굽혀 인사했다. 희정은
일어나지 않았고 연아는 더 말하지 않았다. 연아는 인사
팀에 가서 사원증을 반납하고 개인형 퇴직연금에 대해 설
명을 듣고 경력 증명서를 발급받았다. 인사팀을 나와서는
벽을 보고 앉은 중훈의 등 뒤를 그냥 지나쳤다.

티앤티에서는 석 달 일했다. 웹 콘텐츠 업계는 이직도
잦고 부침도 심했다. 다음 직장은 '얇고 재미있는 자투리
지식'을 내세운 모바일 콘텐츠 회사였다.

다음은 디지털 저널리즘과 강연 플랫폼을 키워드로 내
건 회사였다.

그다음 회사는 경험 공유와 사용자 참여를 강조했다.

카드 뉴스를 만들기도 하고 유튜버들과 먹방 동영상을
제작하기도 하고 다음에 뜰지도 모른다는 블록체인 기반
SNS를 연구하기도 했다. 직함은 에디터가 되었다가 프로

듀서가 되기도 하고 콘텐츠 마케터가 되기도 했다. 별 의미 없었다. 비전, 핵심 가치, 컨센서스 같은 말도 모두 헛소리였다. 중요한 것은 '좋아요'나 하트의 개수, 그리고 기업 제휴 마케팅이었다.

가산디지털단지에서 일할 때 다른 직원의 소개로 남편을 만났다. 눈매가 곱고, 가끔 익살맞은 표정을 짓고, 옷을 못 입는 공대 출신 개발자였다.

결혼하고 몇 달이 지났을 때 '콘텐츠 크리에이터 데이'라는 이름이 붙은 행사에서 우연히 희정을 만났다. 희정이 건넨 명함에는 외국계 홍보 대행사의 커뮤니케이션 매니저라고 적혀 있었다. 결혼했어? 연락하지 그랬어. 내 전화번호는 그대로인데. 난 그냥 고양이랑 같이 늙어 가고 있어. 이렇게 혼자 살다가 죽을 것 같아.

조금 반가웠고 꽤 어색했다. 연아는 희정 역시 결혼하게 되더라도 자신에게 연락하지 않을 것임을 알았다.

둘은 행사장 뒤편에서 함께 커피를 마셨다. 연아는 자신들이 몇 년 전에 제대로 치르지 못했던 의식을 수행하고 있다고 생각했다.

"연락 안 하지, 그 사람들이랑은. 연아 씨 나가고 나도 얼마 안 있다가 나왔어. 더 못 있겠더라고. 중훈 선배는 우리 나오고 나서도 혼자서 석 달인가 버텼대. 윤수 선배는 친구가 하는 출판사에 들어갔다고 들은 거 같은데 잘은 몰라."

"선배는 인사팀에 사원증 반납하고 나올 때 중훈 선배한테 인사했어요? 저는 할 말이 없기도 해서 그냥 그 자리를 지나쳤거든요."

"글쎄, 잘 모르겠네. 기억이 안 나. 그때도 분명히 그 선배 자리가 거기이기는 했는데. 자리를 잠깐 비웠었나?"

희정은 생각에 잠겼다.

"아마 안 했던 것 같아. 그때는 그 사람이 미웠거든. 저 사람이 나가야 내가 홍보팀에 갈 수 있을 텐데, 하고."

두 사람은 예의 바르게 인사를 나누고 헤어졌다. 연아는 희정 역시 구내식당 탁자에 앉은 사내의 뒷모습을 가끔 떠올리는지 궁금했다.

*

그날 집에서 술을 마시며 그 이야기를 남편에게 했다.

"난 여전히 잘 모르겠는데." 남편이 말했다.

"회사가 자기네들 나가라고 몰아세운 건 알겠어. 당하는 사람 입장에서 변화가 두려운 것도 알겠고. 그런데 회사는 처음에 대안도 제시했고, 대기발령이라는 게 욕하고 때리는 것도 아니잖아. 솔직히 더 영세한 회사들에는 그런 프로세스도 없잖아."

"식품업계가 IT업계랑 분위기가 달라서 자기가 그렇게 생각하는 걸지도 모르지. 여기만큼 이직이 잦은 업계도 없으니까." 연아가 말했다.

"그런가?"

"그 회사 새 대표가 탄산수 사업이랑 농장 사업 진출했다가 엄청 말아먹었거든. 그런데 거기에 책임지고 회사를 나간 사람은 없어. 우리 팀 예산의 몇십 배는 더 손해였을 텐데. 씨름 대회나 국악 오케스트라 후원도 그만두지 않았어. 그 회사 화장실에 가면 휴지 한 장이 35원이라고, 한 장이면 충분하다고 세면대 옆에 적혀 있었지. 그래서 휴지 덜 쓰면 돈 얼마나 아낄 수 있다고 그걸 아끼라는 건가 싶은데, 휴지를 사는 사람 입장에서는 생각이 또 다른가 보지? 그런 휴지 취급을 받는 기분이었어."

"그게 기업이지. 쇼 미 더 머니. 사람이나 휴지나." 남편이 말했다.

'나는 그런 기만에 화가 났던 걸까?' 연아는 생각했다.

"그때 윗분이 화났다면서 나더러 반성문 쓰게 한 건 어떻게 생각해? 그건 옳은 일이야?" 연아가 물었다.

"그건 옳지 않지. 잘못한 게 없는데 뭘 사죄해. 아무리 회사라고 해도 그런 건 시키면 안 되지."

"쇼 미 더 머니라며. 돈만 준다면 얼마든지 시킬 수 있는 거 아냐?"

"그건 아니지. 그건 인간의 위엄이나 품위에 관계된 일이지. 자기가 돈이 있다고 남의 존엄을 무시하면 안 되지. 그게 갑질이잖아."

"그러면 대기발령은? 그건 옳은 일이야?" 연아가 물었다.

남편이 생각에 잠겼다.

공장 밖에서

그들의 자동차는 대단한 장점이 없어서, 잘 팔리지 않았다. 그것이 가장 근본 원인이었다.

경쟁사에서 연비가 높고 디자인이 매끈한 차들이 나오는 동안 그들은 '못난이 3형제'를 만들었다. SUV에 전적으로 의지하는 라인업에서 신차가 세 번이나 연속으로 시장에서 퇴짜를 맞으니 감당을 할 수가 없었다. 그러다 세계경제 위기가 왔다.

여기까지는 모두 동의했다. '우리 차는 왜 이렇게 후진가'에 대해서는 의견이 갈렸다. 중국인들 때문이라는 논리가 조합원들의 마음을 샀다.

'중국인들은 처음부터 기업을 경영할 능력이 없었다.

그럴 뜻도 없었다. SUV 기술을 빼돌리기 위해 우리 회사를 인수한 것이다. 그래서 연구 개발도 하지 않고 장기적인 투자도 하지 않았고, 이제 기술을 다 빼돌렸으니까 철수하려는 거다.'

노조는 중국인들을 기술 유출 혐의로 검찰에 고발했다. 노조는 자신들이 한국인 경영진에게 이 문제를 누차 경고했으나 한국인 간부들이 중국인들의 눈치를 살피면서 건의를 묵살했다고 주장했다.

노조 부위원장은 한국인 간부들은 못 믿겠다면서 부사장과 직접 만나 담판을 짓겠다고 했다. 부사장은 중국인 간부 중에서 가장 고위직이었다. 중국 공산당 고위 당직자의 아들이라고 했다.

중국인 부사장은 노조가 두려웠다. 그는 자신이 운영하는 회사에 대해 거의 아는 게 없었고, 노조와의 기싸움에서 밀리면 안 된다고 생각했다. 부위원장이 면담을 하러 노조 간부들과 찾아왔을 때 부사장은 자리에서 일어나지도 않았다. 부사장은 다리를 꼰 채 담배를 피우며 부위원장 일행을 맞았다. 고개를 삐딱하게 돌린 채.

부위원장은 부사장에게 걸어가 의자 다리를 걷어찼다. 부사장은 바닥에 쓰러져 데굴데굴 구르는 시늉을 했고, 비서진들은 앰뷸런스를 불렀다.

누군가는 그 사건 때문에 중국인들이 철수를 서둘렀다고 주장했다. 누군가는 중국인들이 기회만 엿보고 있었다고 했다. '절대로 철수하지 않겠다'는 약속을 믿었던 사람은 술을 마셨다.

한국인 간부들은 상하이에서 투자 유치 로드쇼를 하던 중에 중국인들이 철수한다는 소식을 들었다. 한국인 간부들은 법인 카드가 사용 정지되는 바람에 호텔 방값을 치르느라 곤욕을 치렀다.

정치인들은 '처음부터 중국인들에게 회사를 팔지 말았어야 했다'며 정부를 탓했다.

그러면 누가 삽니까? 이런 부채 덩어리 회사를.

장관은 국회에서 몇 번이나 이렇게 되물으려다 참았다.

장관은 중국인들도 피해자라고 생각했다. 중국인들은 미국에서, 독일에서, 영국에서, 스웨덴에서 자동차 회사를 사들였다. 그들은 한국의 작은 회사에서 특별히 가져갈 게 없었다.

그때 이 회사를 사려고 했던 게 중국인들 말고 또 있었습니까? 이 회사가 브랜드 이미지가 좋습니까? 기술력이 탁월합니까? 한국 자동차 시장이 미국이나 중국처럼 큽니까? 회사 주인이 중국인인데 기술만 한국인 것일 수가 있습니까? 우리나라 기업들이 외국 회사 샀을 때에는 선진 기술 보유할 수 있게 됐다면서 좋아하지 않았습니까?

장관은 그렇게 생각했지만 그 말을 입 밖으로 내지는 않았다. 한번, 어느 조찬 간담회에서 실수로 본심을 드러낸 적이 있었다. 졸려서 제정신이 아니었다. "한국에 적정한 완성차 업체 수는 서너 개 정도"라고 말한 것이다. 그날 밤에 기자 두 명이 불쑥 장관 집에 찾아와 문을 두드렸다. 장관은 겁을 먹고 경찰에 전화를 걸었다. 그는 조합원들이 기자를 사칭해서 찾아왔다고 오해했다.

*

만들 수 있는 자동차와 살릴 수 있는 사람들 숫자가 모여서 큰 숫자가 정해지는 게 아니었다. 큰 숫자가 먼저 정해진 뒤 만들어야 하는 자동차와 사람들의 수가 정해지는 것이 순서였다.

회사를 망하게 하자는 말은 할 수 없다. 그러니까 살릴 경우의 경제적 가치가, 망하게 할 경우의 경제적 가치보다 높아야 한다. 그렇다면 망하게 할 경우 얼마로 하자. 살리면 그거보다 몇천억쯤 더 가치가 있는 걸로 하자. 그래야 회사를 살리자는 이야기를 할 수 있다. 망하게 하느냐, 살리느냐, 얼마나 정직해지느냐. 이것은 법원의 산수였다.

법원의 산수에 회계사들이 살을 붙였다. 그들의 산수는 회사를 살리려면 사람을 최소한 35퍼센트는 줄여야 한다는 것이었다. 사람 한 명은 돈으로는 몇억 원, 차로는 몇 대에 해당했다. 사람을 한 명 줄이면 차를 연간 몇 대 더 파는 것과 똑같고, 회사 가치는 그만큼 높아졌다.

노조는 다른 숫자를 들고 나왔다. 그들의 산수 역시 거꾸로 되어 있었다. 사람을 아무도 자르지 않고서도 회사를 살릴 수 있어야 하기에 나온 숫자들이었다.

그들의 표에서는 회사를 살릴 때 가치가 훨씬 높게 나왔다. 새 차를 개발하는 데 드는 비용은 턱없이 낮았다. 공장 자산을 담보로 수천억 원을 대출받을 수 있고, 그들이 만드는 차는 베스트셀러가 될 것이라고 주장했다. 지역 주민과 다른 회사 노동자들이 연대를 이뤄서 펀드를 만들어 줄 거라는 계산도 있었다. 힘든 산수였다. 그들은 정부를 끌어와 새로운 셈을 덧붙였다. 예산을 1조 원만 여기에 쓰면 수천 명을 살릴 수 있다. 치수 사업이 중요하냐, 노동자들의 생명이 중요하냐, 하는.

경영진의 산수는 여러 결로 복잡했다. 그들의 산수에는 부문별로 일하는 사람들의 가치를 계산한 수식도 있었다. 그에 따라 연구 개발자와 사무 관리직, 단순 생산직을 각각 얼마씩 감원할 것인지가 정해졌다. 희망퇴직 신청자가 예상에 못 미칠 때 무급 휴직은 몇 명으로 할 것인지, 영업직으로 직종을 전환하거나 자회사로 보낼 사람은 얼마인지, 그리고 최종적으로 몇 명을 해고해야 하는지도 정해졌다.

해고계획이 회생계획이었고 회생계획이 해고계획이었다.

회사가 회생계획안을 발표하자 주가가 올랐다.

*

조합원들은 목요일 저녁에 공장을 점거했다. 다음 날은 법원이 회생계획안을 인가하는 날이었다.

노조는 파업 결의 대회를 준비하며 공장 정문에서부터 본관 뒤편까지 주 진입로 양편으로 천막을 설치했다. 금요일 아침에 여자는 가족대책위원회 천막에 쪼그리고 앉아 행사를 기다리고 있었다. 아내와 자녀들이 쉬라고 만든 천막은 꽤 컸으며, 천이 두꺼워 방음이 생각보다 잘됐다. 바닥에는 스티로폼을 깔아 아늑했다. 부인들이 천막 안팎에 남편들의 사진이나 힘내라는 문구가 적힌 색종이, 아이들이 그린 그림을 붙여 놓았다.

여자는 그날 자기가 그 천막에서 잠을 자거나 밤을 새워야 하는 건지 아니면 저녁에 집으로 돌아갈 수 있는 건지 알지 못했다. 지부에서 나눠 준 팸플릿에는 촛불 문화제와 규탄 대회 다음 일정은 추후에 공지하겠다고 돼 있었다. 남편은 갈아입을 옷과 세면도구를 챙겨 갔다. 지금이라도 집에 가서 세면도구와 점퍼를 가져올까. 친정에도 아이들을 오늘 데리러 갈 건지 아닌지 알려 줘야 하는데.

생활비를 빌리는 여자에게 어머니는 딱 두 가지만을 물었다.

그 회사 괜찮은 거니?

김 서방은 무슨 생각이 있다니?

남편의 생각은 여자도 몰랐다. 남편은 공장에서 전화를 걸어 돼지고기를 사 가지고 와 달라고 했을 뿐이다.

"한 일주일 붙어야 할 거야. 좀 많이 싸 와. 막걸리랑 소주도."

남편은 애써 태연한 척했다. 여자도 그 사실을 알았다. 남편은 여자를 만나러 나오지도 않았다. 다른 동료를 내보내 고기와 술, 그리고 여자가 쓴 편지를 받아 갔다.

돼지고기가 일주일 동안 상하지 않고 버틸 리 없다. 남편이 제 후배들에게 그 고기로 한턱내고 싶어 한다는 걸 여자도 알았다. 월급이 반년 동안 두 번 나왔는데 제때 나오지도 않았고, 그나마도 반만 나왔다. 부부 자신이 고기 반찬을 줄이고 있는 형편이었다. 아이들 학원을 끊고 적금과 보험을 깬 다음 카드 빚을 졌다. 전기와 수돗물을 끊겠다는 독촉장까지 받았다. 평소 같으면 "대의원 감투 참 높다."고 비꼬아 줄 만한 일이었으나 이번에는 그냥 넘어가기로 했다. 남편의 마지막 자존심에 상처를 주고 싶지 않았다.

남편의 말과 달리 공장 안에는 모인 사람도 많지 않았고, 열기도 높지 않아 보였다. 천막 밖에서 남자들은 뒤숭숭한 표정으로 삼삼오오 모여 담배를 피우며 말했다.

"금속노조에서 1000명이 온다는데."

"금속 잔치네."

"그놈들, 밤 안 새우고 다 갈 거야. 오늘 쌀쌀하잖아."

그리고 남자들은 목소리를 낮춰 본론으로 들어갔다.

"넌 전화받았어?"

전날 밤에 전화가 돌았다고 했다. 몇몇 집에 전화가 와서 "당신은 정리해고자 명단에 없으니 내일 파업에 동참하지 마라. 결의 대회에 나갔다가는 불이익을 당할 수 있다."고 회유인지 협박인지를 했다고 들었다. 그러니 전화를 못 받은 사람은 정리해고 대상이라는 것이다.

전화를 받은 집에서 부인들이 남편더러 결의 대회에

나가지 말라고 울고불고 난리를 쳤다. 부부 싸움이 난 곳도 여러 집이라고 했다. 노조 대의원을 일괄적으로 구조 조정할 수는 없어 누구는 대상에 올리고, 누구는 넘어가기로 했다는 루머도 돌았다. 기본 점수는 74점, 고과 비율이 14점, 표창이 있으면 5점, 부양가족이 없으면 마이너스 10점. 믿어야 할지 말아야 할지 알 수 없는 숫자들이 입에 오르내렸다.

대의원의 아내는 전날 밤 친정집에 있느라 집으로 전화가 걸려왔는지 아닌지 알지 못했다.

'남편이 사장 표창까지 받았었는데.'

여자는 실낱같은 희망을 포기하지 않았다. 그게 어이없는 기대에 불과하더라도. 전문대를 나온 30대 후반의 자동차 회사 생산직 직원이 공장을 떠나 할 수 있는 일이 얼마나 있단 말인가? 그러니 희망이 있어야만 했다.

'대의원이라고 전부 해고 대상인 건 아니라고 했으니까.'

가족대책위에서 간부를 맡은 언니 한 명이 법원에서 온 문서라면서 천막에 들어와 종이 한 장을 주고 갔다. 팩스 용지를 여러 번 복사한 듯 글자가 번지고 흐려져 읽기 힘들었고, 복잡한 숫자가 들어간 내용은 더 이해하기 힘들었다.

"직원 37퍼센트가 회사를 떠나는 것을 전제로 회생계

획을 승인한다.”

여자는 법원이 그런 수치까지 정하는 곳인 줄 알지 못했다.

‘판사들은 이게 누구 잘못인지에 대해서는 왜 아무 말도 하지 않을까? 왜 책임지는 사람은 아무도 없지? 우리가 잘못한 게 뭐기에?’

여자는 그것이 억울해서 견딜 수가 없었다.

천막 밖에서 남자들과 경비업체 직원 사이에 실랑이가 붙었다. 대나무를 가득 실은 트럭을 놓고 시비가 붙었다.

“왜 못 들여오게 하는 거야? 우리는 깃발도 세우지 말라 이거야?”

“기정님, 저희 입장 아시잖아요.”

기정은 생산직 직급의 명칭이었다. 사무직은 부장, 차장, 과장, 대리, 사원 순으로 높았고, 생산직은 기성, 기정, 기장, 기사 순으로 높았다.

“사장 어디 있어? 사장이 직접 와서 설명하라고 해.”

기정이 말했다.

공수부대 대원 같은 복장의 경비업체 직원이 남자들에 둘러싸여 진땀을 흘렸다. 대나무 봉은 보기에 따라 깃대도 죽창도 될 수 있었다. 사무직에서 부장이라는 사람이 와서 경비업체 직원에게 “됐어, 들여보내.”라고 말해 상황이 정리됐다. 부장은 남자들과 경비업체 직원의 시선을 피하며 자리를 떠났다.

*

"관리인 너는 내 손으로 죽이고야 만다."

공장을 점거한 지 보름이 지났을 때 조합원들은 점거한 공장 건물 사이 도로에 이런 문구를 라커로 썼다. 조립 공장과 차체 공장 사이 진입로였다. 운율도 맞지 않고 글씨체도 삐뚤빼뚤했다. 구호 아닌 구호가 그들의 감정이 얼마나 날것인지를 드러냈다.

관리인은 사장의 정식 직함이었다. 회사 안에서는 사장이라고 불렸지만 사실은 법원을 대신해 이 회사를 관리하는 사람에 불과했다. 상대편도 마찬가지였다. 노조의 정확한 이름은 지부였고 노조 위원장의 정식 직함은 지부장이었다. 그는 회사 밖에 있는 거대한 조직의 한 간부였다.

조합원들은 구호 아닌 구호 옆에 타이어를 쌓아 놓았다. 타이어 무더기 위에는 기름에 전 헝겊을 올려놓았다. 공장 설비를 닦던 헝겊들이었다. 경찰이 공장에 들어오면 불바다를 만들겠다는 경고였다.

진짜 구호도 있었다. "해고는 살인이다."라는 문구가 적힌 현수막이 도장 공장 옥상에 걸렸다. 해고는 살인이었으므로 그들은 '죽은 자'들이었고, 해고자 명단에 오르지 않은 사람은 '산 자'가 되었다.

'웃기지 마.'

그 구호를 볼 때마다 사장은 입에 힘을 꽉 주었다. 뭔가를 다짐할 때 입 주변에 힘을 주는 것이 그의 버릇이었다. 그즈음 그는 몸무게가 1년 전에 비해 10킬로그램이나 줄었다. 거의 매시간 입에 힘을 주고 있어서, 얼굴 표정이 달라지다 못해 전과 아예 다른 사람이 된 것 같다는 말을 들었다.

사장은 노조가 비겁한 소리를 한다고 여겼다. 그는 이회사의 생산 현장에 대해 자신만의 판단 기준이 있었다. 자동차 한 대를 만드는 데 100시간이 넘게 걸리고, 직원 1인당 생산 대수는 두 대가 되지 않았던 현장. 특근 수당을 타려고 억지 잔업을 하는 일이 많아 잔업 때 라인 가동률은 절반을 좀 넘기는 수준이었고, 설비 장애율도 높았다.

근태 사고 비율이 10퍼센트를 웃돌았으며, 제시간에 출근하는 직원들도 라인을 정시에 가동하지 않았다. 직원들은 점심시간이 시작되기 훨씬 전에 자리를 떴고, 점심시간이 끝난 다음에도 이를 닦거나 신문을 읽으면서

라인 근처에서 한동안 어정거렸다. 이 공장에서 얼마 전까지 2교대를 해 왔다는 것 자체가 정신 나간 짓이었다.

'당신들이 정말 죽지 않을 각오로 여태까지 일을 해 왔나. 이미 회사를 떠난 사람들에 대해서는 뭐라고 할 텐가. 당신들은 진짜로 죽는 게 어떤 건지 몰라. 해고를 당한다고 해서 죽지는 않는다. 더 낮은 임금을 주는 일자리로 옮겨 간다고 죽지는 않아. 인정하기 싫겠지만. 진짜로 죽을 수 있는 건 회사뿐이다.'

게다가 회사를 살릴 수 있는 힘은 이미 사측이고 노측이고, 회사 안에 있지 않았다. 회사는 거대한 빚 덩어리였다. 사람을 줄이지 않겠다고 하면 해외에 있는 투자자들은 회사가 앞으로 이윤을 낼 가능성이 없다고 판단하리라. 해외 투자자들은 한국 법원의 산수를 믿지 않았다. 그들에겐 그들의 산수가 있었고, 차라리 공장 문을 닫고 땅과 설비를 내다 파는 것이 더 이익이라고 판단할 때 주저 없이 그렇게 할 것이었다.

파업이 끝나고 계획대로 해고를 하더라도 돈이 턱없이 부족하다. 만들던 차를 계속 만들 수 있을지는 몰라도 새 차를 개발할 수는 없다. 새 차를 내지 못하는 자동차 회사는 말라죽는다.

자력으로 회사가 살아날 길은 없었다. 새 주인을 찾아

제대로 투자를 받는 것이 유일한 살길이었다. 그러나 이런 불경기에, 세계적인 자동차 명가들도 휘청거리는 판국에, 훨씬 더 유명한 브랜드들이 매물로 나온 마당에, 어느 누가 이 회사를 인수하려 할 것인가? 새 주인에게 인수되기 위해서라도 사람을 줄여 생산성을 높이고 강성 노조를 해체해 경영하기 쉬운 회사라는 것을 보여 줘야 하지 않겠는가.

보름 이상 차를 만들지 못하면서 영업망이 급속도로 붕괴되고 있었다. 다른 회사로 옮겨 가는 영업 사원들은 당당했다.

"팔 차가 없는데 그러면 어떻게 합니까?"

정비용 부품이 부족하게 되면서 기존 고객들의 불만도 감당하기 어려운 수준이 되었다. 파업이 끝나도 그 불만은 쉽게 사라지지 않겠지. 브랜드 이미지도 회복하기 어려울 것이다. 어쩌면 회사는 생사의 기로가 아니라 그저 빨리 망하는 길과 천천히 망하는 길 사이에 있는 건지도 몰랐다.

'산 자'인 직원들은 인터넷 매체 기자가 노조 위원장을 만나 쓴 기사를 출력해 보고했다. 공장이 점거된 뒤로 할 일이 없어진 직원들은 집에서 하루 종일 인터넷 검색만 했다. 건설 경기가 불황이어서 막노동 아르바이트도 할

게 없었다. 위원장은 자기는 우울한 표정을 지을 수도 없다고 말했다. "오늘 얼굴이 어둡다. 위원장이 그래서는 안 된다."고 조합원들이 면박을 준다는 것이었다. 하지만 사장의 표정이 달라진 것을 지적하는 직원은 없었다. 위원장에 비하면 관리인은 보다 대체하기 쉬운 존재라서 그럴 터였다.

어쩌면 위원장을 가장 잘 이해하는 사람은 자기일지도 모르겠다고 사장은 생각했다. 두 사람은 이 상황에서 자유의지라 할 것이 거의 없다는 공통점이 있었다. 회사를 살려야 한다는 명제와 채권자, 직원 들의 요구에 갇혀 사장이 옴짝달싹하지 못하는 것처럼 위원장도 총고용 보장이라는 구호와 조합원들의 요구에 갇혀 있었다. 두 사람 모두 타협을 하는 순간 변절자가 될 처지였다.

지금의 위원장은 이전까지 집행부에 들어가 본 경험이 한 번도 없었다. 지난해까지 그가 속한 계파는 주장이 워낙 극단적이고 강경해 조합원의 지지를 거의 얻지 못했었다. 회사가 법정관리에 들어가고, 온건한 정파와 현실적인 계파들이 중국인들을 상대로 별일을 하지 못하는 것을 보면서, 조합원들은 전면 파업과 자력 회생을 주장하는 소수 정파에 힘을 실어 주었다. 그렇게 구성된 새 집행부는 조합을 장악하지 못했고 그래서 주장이 점점 더 강경해졌다.

지원군이 없다는 점도 사장과 위원장의 공통점이었다. 노조 상급 단체는 처음에 회사가 정리해고를 감행하면 총파업에 나서겠다고 으름장을 놓았다. 그랬다가 회사가 정리해고를 실시하자 공권력이 투입되면 그때 총파업에 나서겠다고 말을 바꿨다. 사장은 상급 단체가 총파업을 하지 않으리라는 것을 알고 있었지만, 그렇다고 해서 그가 처한 상황이 달라지는 것도 아니었다.

한편으로는 정부도 회사를 도와줄 생각이 없었고, 사장은 위원장이 그 사실을 알고 있는지 궁금했다. '자본과 권력' 운운하는 비판은 잘못된 것이었다. 시장 점유율이 2~3퍼센트에 불과한 이 회사가 한국 자동차 산업에 미치는 영향은 미미했다. 망한다 해도 하청 회사 몇백 개와 공장 주변 식당가들이 타격을 받는 정도였다.

정부가 이곳에 개입할 리도 없었다. 재개발 철거 현장에 무리하게 경찰을 투입했다가 큰 사고를 낸 정부에게 최우선 과제는 이곳에서 사람이 죽거나 다치지 않는 일이었다. 정부는 이 회사가 파산해 본보기가 되는 게 국가 경제에 더 유리하다고 생각할지도 모른다. 그러니 사장과 위원장은 정확히 같은 처지에 있었다. 그들은 각자 비탈에서 굴러 내려온 바위를 지고 낭떠러지 끝에 서 있는 사람들이었다.

협상장에 나갔을 때 사장은 위원장에게 "영웅이 될 생각은 말라."고 충고했다. 위원장은 그 말을 듣는 둥 마는 둥 했다. 이미 그는 마음을 굳히고 있는지도 몰랐다.

조합원들은 "회사를 싼 값에 팔아 치운 뒤 바지 사장이 아닌 진짜 사장이 되려는 게 관리인의 속셈"이라는 소문을 퍼뜨리고 다녔다. 회사는 "파업으로 영웅이 되고 감옥에 다녀와서 상급 단체로 가려는 게 위원장의 본심"이라고 맞대응했다. 그 말이 먹혀들지는 않았다.

*

점거 파업이 한 달을 넘어갈 것이라고는 아무도 예상하지 못했다. 여름이 되면서 죽은 자도 산 자도 조금씩 미쳐 갔다. 누가 먼저 나가떨어지느냐의 싸움이었다. 이러다 정말 죽겠구나, 정말 망하겠구나, 라는 생각이 말없이 퍼졌다.

스스로 할 수 있는 일이 아무것도 없었기에 그들은 다른 이들의 관심을 얻으려 발버둥을 쳤다. 그들은 호소 대회, 규탄 대회, 걷기 대회, 릴레이 편지 전달, 선전전, 서명 운동을 벌였다.

죽은 자들 편에 선 사람들은 청와대, 시청, 산업은행, 국가인권위원회, 민주노총 사무실 앞에서 행사를 벌였다. 산 자는 국회, 과천 정부 청사, 세종로 사거리, 서울역에서 집회를 열었다. 죽은 자들은 경찰이 음식물 반입과 의료진 출입을 막고 있다며 공권력의 부당한 개입을 규탄했다. 산 자들은 명백한 불법 파업을 정부가 수수방관하고 있다며 즉각 공권력을 투입하라고 요구했다.

　보는 사람들이 냉담해질수록 양쪽은 점점 더 절박해져 갔다. 급기야는 집회 전체가 거대한 종교 행사처럼 되었다. 구세주 대신 총고용을 빌거나, 휴거 대신 경찰 병력 투입을 기다렸다. 여자와 아이들이 무대 위에 올라와 통곡했으며, 남자들 몇도 그 아래서 흐느꼈다.

　파업이 50일째 되던 날, 산 자들은 국회 앞 공원에서 대형 집회를 열었다. 월간 내수 판매 0대, 수출 판매 0대라는 전무후무한 실적을 발표한 직후였다. 집회에는 협력업체 직원들도 왔다. 처음에 쭈뼛거리던 협력업체 사장들이 나중에는 더 열성이었다. 사람들은 "불법 파업 엄단하는 법치국가 좋은 나라", "우리는 일하고 싶다. 불법 파업 그만해라."와 같은 문구가 새겨진 피켓을 들고 섰다. 부품업체들은 "정신 나간 옥쇄 파업, 죽어나는 협력업체"라는 구호를 들고 왔다.

임직원 대표 다음으로 연단에 오른 과장의 아내가 무릎을 꿇고 우는 바람에 대회가 시작되자마자 분위기가 격해졌다.

"우리를 살려 주세요. 남의 집 싸움 구경이 그렇게 재미있습니까. 더 이상 버틸 수가 없습니다. 남편이 아르바이트 자리 더 안 구해도 되게 해 주세요. 정부에 호소합니다……."

소복 차림의 여자가 말을 끝맺지 못하고 울음을 터뜨렸다. 사람들이 여자를 부축해 무대에서 데리고 내려가야 했다.

판매대리점협의회 회장은 말을 요령 있게 아주 잘했다.

"공장에 들어가서 저 불법 점거단들을 끌어내야 합니다! 정부가 할 수 없다면 우리가 직접 나서야 하지 않겠습니까!"

사람들은 속이 뻥 뚫리는 것 같다며 박수를 쳤다.

"다치거나, 인질로 잡히거나, 설령 맞아 죽는 한이 있더라도 우리가 공장을 되찾아 와야 하지 않겠습니까, 여러분!"

"옳소!"

협력업체 대표는 연설 도중 너무 흥분한 나머지 자기가 어디에 있는 건지, 무슨 이야기를 해야 하는 건지를 잊어버렸다.

"대기업 자동차 회사 직원이라고 호의호식할 때에는 우리 중소기업 직원들이 얼마나 울분 삼키고 서러움 참으면서 일하는지 몰랐지이! 그렇게 말로만 상생 협력 상생 협력 외치다 이제 와서 자기들만 살겠다고 공장 문 걸어 잠그고 들어앉아 있느냐, 이 비겁한 놈들아아!

너희들 900명 살리자고 우리 20만 협력업체 직원 가족 다 죽어야 되느냐아! 너희들이 무슨 원천 기술이 있어어! 자동차에 대해 아는 게 뭐 있어어! 다 우리 중소기업 고혈을 짜서 이윤 내고 떵떵거렸던 거 아니냐아!"

*

택배 상하차를 고작 하루 했는데 허리가 덜덜 떨렸고, 손에 감각이 없었다. 새벽부터 저녁까지 일하고 6만 5000원을 받았다. 실제로 손에 쥔 건 6만 원이었다. 5000원은 식비여서, 급식을 먹은 걸로 대신 처리되었다. 차장과 대리는 "화물 투기 적발 시 벌금 조치"라는 문구 아래서 뭇국과 김치, 밥을 먹었다.

물류 센터에서 집으로 가는 길에는 어차피 공장 입구 근처를 들러야 했다. 차장과 대리는 공장 근처 감자탕집을 찾았다. 전에는 회사 작업복만 입고 있어도 외상을 달아 주던 가게였다.

"형님, 다리가 후들후들하시죠?"

"뭐 이 정도로……."

차장은 말을 얼버무렸다.

"이 기장님도 부를까요?"

대리가 물었다.

"공장 들어가 있는 사람을 뭐 하러 부르나?"

"이 기장님 공장 나왔어요. 며칠 전에. 전화도 받아요."

차장이 망설이는 사이 대리가 기장에게 전화를 걸었다. 기장은 차장과 대리가 소주를 반 병씩 마셨을 때 가게에 왔다. 그들은 서먹한 인사를 나눴다.

"잘 지냈나."

"잘 계셨어요?"

"얼굴이 많이 상했네. 공장에서 밥은 잘 먹었나?"

"예. 집사람들이 반찬 갖고 오고 그래서……."

"잠은 어디서 잤나?"

"라인 사이에 스티로폼 깔고 잤습니다."

기장은 순한 사람이었다. 얼굴이 희고 고와서 기름밥 먹을 것같이 생기지 않았다. 다른 사람이 보면 차장을 생산직으로, 기장을 사무직으로 알았을 것이다. 노조 활동도 하지 않던 기장은 당치 않은 의리 때문에 공장에 들어갔다.

그는 공장에서 쇠 파이프를 하나 받았고, 비상 상황이 생기면 도장 공장 안에서 사람들 길을 안내해 주라는 임무를 맡았다고 했다. 안 그래도 미로처럼 복잡한 시설인데 곳곳에 바리케이드를 치고 문을 용접해서 공장 안에 들어온 외부인이 퇴로를 찾기 어렵게 만들었다. 하루는 소방 사이렌이 이유 없이 울렸는데 그조차 도장 공장 안에서 길을 잃을 뻔했다. 진압대가 들어왔을 때 불을 지르면 도료들이 폭발할 것이다. 들어온 사람들은 죽거나 크게 다칠 것이다.

"안에 분위기 많이 안 좋나?"

"다들 억울해하죠. 매일 일 안 하고 놀던 놈은 살아남았는데 표창받은 사람은 해고 대상자고. 내가 왜 리스트에 들어가 있느냐, 그런 거죠. 되놈들은 기술 챙겨서 달아났는데 그거는 아무 말도 못하고."

차장은 소주를 쭉 들이켰다. 기장은 아직도 도료 냄새가 나는 것 같아 머리가 아프다며 술을 잘 마시지 않으려 했다.

"몇 명이나 있나?"

"잘 모르겠습니다. 숫자는 집행부 사람들만 체크해서.

한 700명? 800명? 처음에 1000명 있었다고 하는데 안 보이는 사람들이 꽤 되니까 그 정도 남았겠다 하죠."

"공장 못 나가게 감시한다면서요? 화장실 갈 때도 도망 못 가게 여러 명이 같이 가게 하고."

대리의 말에 기장은 어이가 없다는 표정을 지었다.

"누가 그런 말을 하나? 그러면 난 어떻게 나왔겠나? 들락날락 자유롭게 합니다. 나 이번에 나올 때도 집에 가서 가족회의 하고 나서 나왔고. 나가겠다 그러면 안 막습니다. 자기들이 뭐 내 인생 책임져 줄 건가? 어이가 없네."

"아니, 뭐 다들 그렇게 이야기하기에……."

대리가 머리를 긁으며 멋쩍어했다.

"그런 루머가 많아요. 나도 공장 앞에서 출근 투쟁 하시는 분들 다 사측이 동원해서 관제 데모 하는 건 줄 알았어요. 안에서는 그렇게 설명해요. 공장 안에 인터넷은 조합이 끊은 건지 회사가 끊은 건지 지금도 모르겠고."

기장의 표정이 성불한 사람처럼 태연한 것이 차장은 마음에 들지 않았다. 일을 못하게 돼 고생하는 사람들에 대해 미안한 표정을 짓든가, 공장에 두고 나온 이들에 대해 죄스러운 표정이라도 지어야 하는 거 아닌가.

"나올 때는 왜 나왔어?"

차장이 물었다.

"한 달을 넘게 있으니 페인트 찌꺼기 냄새가 너무 독해서……. 회사가 뿌린 삐라 보니까 무급 휴직 신청해도 국민연금이랑 건강보험료는 회사가 내주는 걸로 돼 있데요. 솔직히 공장 계속 있어도 이게 어떻게 될지 모르겠고. 나와서 무급 휴직 신청했습니다."

"이제 뭐 할 건가?"

"모르겠습니다. 다른 일자리 알아봐야죠."

"그러게 처음부터 공장은 왜 들어갔어."

차장의 핀잔에 기장은 덤덤한 목소리로 반문했다.

"형님은 잘리지 않아도 되니까 그런 말씀 하시는 거 아닙니까. 정리해고 대상이 됐더라도 공장에 들어가지 않았을 거라고 장담하실 수 있으세요?"

차장이 대꾸를 못하자 기장이 말을 이었다.

"형님, 저희도 같이 좀 살면 안 됩니까?"

*

출근 투쟁이라고 해 봐야 별거 없었다. 공장 앞 주차장에 모여 출석을 부르고 노조를 규탄하는 구호를 외친 뒤 해산하는 게 전부였다. 확성기를 들고 공장을 향해 선전 방송을 하거나 힘 빠지는 구슬픈 노래를 틀었다. 그러면 공장에서도 볼륨을 최고로 높여 민중가요를 내보냈다.

주차장과 공장 사이 도로에는 전경 버스가 다닥다닥 붙어 있었다. 산 자들이 도로를 건널라치면 순식간에 경찰이 달려들어 제지했다.

"왜 남의 재산 불법 점거하고 있는 놈들은 내버려 두면서 출근하려는 사람은 못 가게 막냐?"

"대한민국 경찰이 강도들 보호해 주는 거냐?"

직원들의 항의에 경찰은 대꾸하지 않았다. 경찰의 계산은 간단했다. 여기서 충돌이 발생하면 안 된다.

그래도 출근 투쟁 참가율은 높았다. 달리 할 일이 없고, 그렇게 나오면 정보라도 서로 교환할 수 있기 때문이었다. 몇몇 직원들은 경찰 병력이 많지 않은 일요일에 주차장에 모였다가 기습적으로 공장에 쳐들어가자고 계획을 세우기도 했다. 10여 명이 그렇게 공장에 들어가자 공장을 지키던 조합원이 지게차를 몰고 침입자들을 향해 돌진했다. 밖에서 누군가가 그 광경을 휴대폰으로 찍어 유튜브에 올렸다. 사람들은 그 영상을 보고 분개했다.

"저건 진짜 살인미수 아냐? 어떻게 저렇게 전속력으로 달려올 수가 있어?"

그들은 인터넷 카페에 아이디어들을 올렸다. 공장에서 청와대까지 3보 1배를 하자는 아이디어. 이 지역 출신 연예인 누구를 설득해서 공장 앞에서 콘서트를 열자는 아이디어. 공장 주변을 포위해 물과 음식 공급을 끊자는 아이디어. 누구는 수면 가스를 구해서 살포하자는 황당무계한 이야기도 올렸다.

그날의 새로운 정보는 두 가지였다. 사장이 위원장과 최후 협상을 벌일 예정인데 사장의 안에 파격적으로 양보하는 내용이 담겼다는 정보. 최후 협상이 타결되지 않으면 채권자들이 법원에 조기 파산 신청서를 내기로 했다는 정보. 채권자들은 이 회사를 망하게 한 뒤 우량 자산만 모아 이름이 비슷한 새 회사를 만드는 방안을 추진 중이라고 했다. 차장에게 그 정보를 알려 준 대리는 이렇게 덧붙였다.

"다는 몰라도, 저 새끼들 중에 몇 놈은 절대 받아 주면 안 되죠. 라인으로 복귀하면 제가 반 죽여 놓을 겁니다."

산 자들이 스무 명씩 줄을 맞춰 섰다. 그 앞에 앰프를 올려놓은 픽업트럭이 한 대 섰다. 머리가 허옇게 센 부장이 트럭 위에서 확성기를 잡았다.

"여러분이 주장하는 것처럼 우리 회사의 모든 책임이 외부 요인에 의해서만 일어난 것입니까. 우리 잘못은 전혀 없었던 것입니까. 희망퇴직이라는 용단을 내려 준 동료 1600여 명의 진심을 생각해서라도 파국으로 치닫는 극단적인 상황은 막아야……."

"야, 이 사측의 앞잡이 새끼야! 거기 내려와! 내려와아아악!"

검은 상복을 입은 여성들이 트럭 아래에서 부장을 향해 악을 쓰고 생수병을 던졌다. 남편이 공장 안에 있는 여자들은 몇 달 동안 독해졌다. 몇몇 여자들은 줄을 선 직원들에게 가서 가슴에 "해고는 살인"이라고 적힌 리본을 달아 주었다. 다듬지 않은 머리가 먼지바람에 휘날리고 손이 급해 미친 여자들 같아 보였다.

"공장 안에 있는 사람들도 다 여러분 동료입니다. 사측의 선동에 속지 마세요."

앞줄에 선 직원들은 못마땅한 기색으로 여자들이 리본을 달지 못하게 하거나 여자들이 지나간 뒤 몸에서 리본을 떼어 냈다. 뒷줄에서는 성난 고함이 터져 나왔다.

"거 존나 시끄럽네!"

"아, 씨발년들."

*

최후 협상 결렬.

홍보팀이 주차장 한구석에 마련한 천막에서 사장이 기

자들에게 협상 결과를 설명했다.

"노조가 단 한 명의 구조조정도 수용할 수 없다는 종전의 주장을 고수해 협상이 결렬됐습니다. 이제는 청산형 회생도 검토해야 할 단계로 보고 있습니다."

"청산형 회생이라는 게 뭔가요?"

그 말이 무슨 뜻인지 몰라 기자들도 직원들도 술렁였다. 사장은 대답하지 않았다. 그는 질문을 받지 않고 자리에서 일어나다 현기증이 나 잠시 비틀거렸다.

잠시 뒤에 산 자들 사이에 새 정보가 퍼졌다. 몇몇 사람들이 주변 아는 이들에게 전화를 걸어 물어본 덕이었다.

"그냥 청산을 돌려서 하는 말이래. 망하게 하는 거."

사장과 기자들이 떠난 뒤에 산 자들은 무엇을 해야 할지 몰라 주차장에 남아 있었다.

그들은 어리둥절한 상태였다. 이제 뭘 해야 하지? 술이라도 마셔야 하나? 정말 이렇게 끝나는 건가?

패닉 상태에서, 그들은 걸었다. 근처 아파트에 사는 사람들은 아파트 단지가 있는 방향으로 걸었다. 가족을 마주 대하기 부담스러운 사람들은 해장국집을 향해 걸었다. 몇몇은 이유 없이 걸었다.

전경 버스가 멀어졌다. 그들은 도로를 건너 펜스를 따라 걸었다. 펜스 안에서는 경비를 맡은 죽은 자들이 한 손에 파이프를 들고 밖을 걷는 사람들을 노려보았다. 경비 담당들은 검붉은 손수건으로 마스크를 만들어 코와 입을 가리고 그 위에 안전모를 썼다. 눈만 밖으로 내놓은 죽은 자들은 얼굴 표정이 보이지 않았다. 붉은 수건 위 까맣게 탄 피부에 핏발이 선 눈. 로봇이나 거대한 매미 같은 인상이었다. 그네들끼리도 구분이 안 갔다.

산 자들 중에 몇몇이 나뭇가지를 들어 펜스를 긁으며 걸어갔다. 차르르르르……. 나뭇가지가 펜스의 창살을 치면서 귀에 거슬리는 소리가 났다. 죽은 자들은 꼼짝도 않고 산 자들을 노려보았다. 펜스 밖에서 몇몇 대담한 사람들은 나뭇가지 대신 손가락으로 펜스를 긁었다.

"니들 고집 때문에 다 죽게 생겼다, 이 새끼들아. 다 죽게 돼서 이제 속이 시원하냐."

공장 주변 도로에서 해장국집으로 가는 도로가 갈라지는 지점에서 몇몇 사람들은 옆으로 빠지지 않고 계속해서 공장을 옆에 끼고 걸었다.

변전실과 기숙사 사이에 펜스가 무너지다시피 휘어진 곳이 있었다. 나뭇가지를 든 사람은 한두 발짝 옆으로 비켜났다. 손가락으로 철사를 긁던 사람은 휘어진 펜스를 손으로 잡고 흔들었다. 펜스가 위태롭게 휘청거렸다. 여러 사람이 끝에 매달리자 펜스가 확 휘면서 구름다리처럼 끝이 땅으로 내려왔다. 한 사람이 거기 올라갔다가 휘어졌던 펜스가 다시 원상대로 서는 바람에 몸이 퉁겨져 공장 안쪽 마당에 떨어졌다. 그는 당황한 눈으로 밖에 서 있던 동료들을 쳐다보았다.

붉은 수건을 두른 조합원들도 당황해서 그 광경을 보았다. 서로 목줄이 묶인 채 으르렁거리다 갑자기 줄이 풀려 버린 개들처럼 산 자와 죽은 자들은 양쪽 모두 몸이 얼어붙었다.

"씨발. 뭘 봐."

공장 밖에 있던 사람들 몇이 펜스를 다시 잡아당겨 그 위를 타고 넘었다. 조합원들은 그들이 공장을 공격하는 것인지 아니면 사람을 구하러 온 것인지 헷갈렸다. 넘어 온 사람들 자신도 헷갈려 하고 있었다. 달려온 조합원들이 어설프게 파이프를 휘두르자 몇몇은 도망을 갔고, 몸이 날랜 자들은 덤벼들었다.

조합원들은 처음에는 파이프를 한 손으로 쥐고 수평으로 크게 원을 그리며 사람들이 다가오지 못하게 했다. 그러다 파이프를 양손으로 잡고 위아래로 내리치거나 내리찍었다. 머리가 터지고 무릎이 꺾인 동료를 본 산 자들은 짐승처럼 고함을 치며 죽은 자들에게 달려들었다. 이제 양쪽이 모두 파이프를 들고 격투를 벌였다. 쇠 파이프들이 부딪칠 때 깡, 깡, 하는 소리가 났다.

마침내 머릿수가 많은 산 자들이 기숙사 앞을 장악했다. '이러다 공장을 뺏을 수도 있겠다'는 생각과 '이러다 공장을 뺏길 수도 있겠다'는 생각에 양편이 모두 흥분했다. 산 자들은 펜스를 뜯어내 다른 사람들이 들어오기 쉽게 했다. 전화기를 들고 위치를 설명하며 동료를 불렀다. 보도블록을 깨 던질 돌을 만들었다. 차체와 부품 적치대로 세운 바리케이드는 흔들어 무너뜨렸다.

쌔애애애액 — 조립 공장 옥상에서 무언가가 총알처럼 날아왔다. 새총으로 날리는 볼트였다. 새총 볼트는 산 자들이 서 있던 자리를 지나 뒤쪽에 있는 기숙사 창문을 뚫었다. 볼트 총알이 어찌나 빨랐던지 유리창이 와장창 깨지지 않고 돌을 맞은 창호지처럼 중간에 구멍만 동그랗게 뚫렸다. 쌔애애애액 — 기숙사 근처를 점거한 산 자들이 손으로 머리를 가리고 허리를 숙이고 허둥지둥 숨을 곳을 찾았다.

"이런 걸 사람이 맞으면 죽어! 이 새끼들아!"

조립 공장까지 도망쳤던 죽은 자들이 지원군과 함께 다시 나타났다. 타이어 무더기에 누군가 불을 질렀다. 불길 위로 시커먼 연기가 솟아올랐다. 고무 타는 냄새가 코를 찔렀다. 죽음과 폭력의 냄새였다. 몇몇이 공장 건물을

향해 무모하게 돌진했다. 대리도 그중 한 명이었다. 그들
은 곧 포위되어 정신없이 얻어터졌다.

2진이 동료들을 구해 냈다. 죽은 자가 다시 밀렸다. 대
리는 한 손으로 코를 막고 있었다. 손가락 사이로 시뻘건
피가 주룩주룩 흘렀다.

"야, 괜찮아? 괜찮아?"

차장이 대리를 일으키며 물었다.

"저는 괜찮으니까 저기나 좀."

대리가 피를 마시며 공장 건물을 가리켰다.

"이런 기회 다시 안 옵니다."

하늘에서 뭔가 떨어지더니 땅바닥이 몇 초간 묵직하게
떨렸다. 공장 옥상에서 죽은 자들이 타이어 휠을 아래로
떨어뜨리고 있었다. 무게가 몇 킬로그램은 나갈 금속 덩
어리였다.

차장이 공장과 대리의 얼굴을 번갈아 보다가 고개를
끄덕였다. 그는 바닥을 구르는 쇠 파이프를 주워 들었다.
그 촉감이 낯설었다. 검은 연기가 그들을 에워쌌다. 차장
은 뭐라 알아들을 수 없는 고함을 치며 조립 공장으로 달
려갔다.

2부

싸우기

현수동 빵집 삼국지

한강 남쪽에서 서강대교를 타고 밤섬을 지나 북으로 올라가면 처음 나오는 교차로가 하중동 사거리다. '하중동'이라는 이름이 강(河)과 연관이 있다든가, 아랫(下)마을이라는 의미에서 온 게 아닐까 짐작할 수도 있겠지만 실제로는 하례 하(賀) 자를 쓴다. 하중동 사거리는 반듯한 십자 모양이 아니다. 남북으로 이어진 도로가 하늘에서 내려다봤을 때 20도가량 시계 방향으로 돌아가 있다. 그 도로를 따라 한 블록을 더 북으로 올라가면 지하철 6호선 광흥창역이 나온다.

길 모양이 이렇기 때문에 근처 주거 구역도 반듯한 직사각형이 아니라 평행사변형 또는 사다리꼴 형태다. 하중동 사거리에서 동쪽으로 불과 100미터 떨어진 곳에 구수동 사거리가 있다. 하중동과 구수동은 교차로 이름에만 쓰이는 옛 명칭이며, 주민들은 이 동네를 뭉뚱그려 현수동이라고 부른다. 하중동 사거리와 구수동 사거리 남쪽 작은 삼각형 모양의 땅은 공원으로 쓰고 있는데, 낮에는 찾는 사람이 없지만 아침에는 동네 노인들을 대상으로 체조 강좌가 열린다.

현수동 남쪽은 오랫동안 홍수 피해를 자주 입는 낙후 지역이었으나, 2000년 즈음부터 재개발, 재건축이 진행되며 고층 아파트들이 섬처럼 생겨났다. 탑처럼 솟은 아파트들은 한강을 내려다볼 수 있도록 강변을 따라 지어졌다. 강남에 집을 마련할 정도로 부유하지는 않지만 경기도로 밀려나지는 않아도 되는 젊은 부부들이 그 아파트에 입주했다.

아파트 주민들은 아침에 강변에서 일어나 구수동 사거리와 하중동 사거리를 거쳐 광흥창역으로 갔다. 거기서 지하철이나 버스를 타고 출근하거나 등교했다. 저녁에는 반대 방향으로 걸어 집으로 갔다. 그 경로를 따라 상점들이 생겼다. 그것은 작은 돈의 법칙이었다. 구수동 사거리 북동쪽으로는 대형 마트가 들어섰다. 그것은 큰돈의 법칙이었다.

하은의 어머니가 운영하는 베이커리 점포는 구수동 사
거리 남서쪽에 있었다. P 프랜차이즈 빵집 매장이었다.
주방과 매장을 합해 열여덟 평이었고, 커피를 마실 수 있
는 테이블이 네 개 있었다.

대형 마트에도 입구에 마트가 자체적으로 운영하는 빵
집이 있었다. 2주에 한 번 마트가 쉬면 하은의 가게 매출
이 30만 원씩 올랐다. 마트가 매장을 리뉴얼하며 빵집을
없앴을 때 하은은 어머니에게 농을 던졌다.

"이제 우리 월 900씩 더 들어오겠네. 사장님 차 바꿔도
되겠네?"

하은의 어머니가 모는 소형차에서는 가끔 바닥에서 금
속으로 된 물체가 굴러다니는 기분 나쁜 소리가 났다.

"그럴 리가 있냐. 근처에 빵집 하나 곧 생길걸."

어머니가 말했다. 그것은 그녀가 몸으로 터득한 법칙이
었다.

"그리고 돈이 들어오면 빚을 먼저 갚아야지."

어머니가 옳았다. 매장을 점검하러 들른 프랜차이즈 본
사의 영업 담당 대리가 하중동 사거리 북동쪽에 B 프랜차
이즈 빵집이 들어설 예정이라고 말해 주었다. 지하철역에
보다 가깝고, 버스 정류장 바로 앞인 자리였다.

"새로 생긴 프랜차이즈예요. 여러 나라 전통 빵을 흉내

낸 제품을 팔아요. 자기네 빵들은 발효 빵이라고 홍보하는데 우습죠. 발효 안 한 빵이 어디 있다고."

본사 대리가 설명했다.

"브랜드는 약해도 목이 좋네. 초반에는 손님 좀 뺏기겠다."

어머니가 미간을 찌푸렸다.

"출근길 손님은 우리가 갖고 퇴근길 손님은 저기서 갖고, 그렇게 나눠 가지면 좋겠네."

하은은 그렇게 말했다가 어머니에게 혼이 났다.

"나눠 갖긴 뭘 나눠 가져. 처음부터 확 밟아 줘야 돼."

"전쟁이죠, 전쟁. 그래도 사장님 걱정 마세요. 저희가 빵빵하게 행사 지원해 드릴게요. B 프랜차이즈가 새로 생긴 곳이라 판매 노하우가 없어요."

본사 대리가 말했다.

그들은 그렇게 각오를 다졌다. 정작 도로 건너 자기들 가게 바로 맞은편, 구수동 사거리 북서쪽에도 새 빵집이 들어온다는 사실을 그때까지는 몰랐다. 그 자리에 빵집이 들어설 거라고는 미처 예상하지 못했다.

맞은편 빵집이 먼저 문을 열고 이틀 뒤에 B 프랜차이즈 빵집이 영업을 개시했다. 하중동 사거리에서 구수동 사거리까지, 100미터 길이의 거리에서 빵집 세 곳이 경쟁을 벌이게 된 것이었다. 게다가 맞은편 가게는 이전까지 하은의 어머니도, P 프랜차이즈의 본사 대리도 본 적이 없는 형태의 빵집이었다.

*

그 자리에는 오랫동안 문방구가 있었다. 네다섯 평쯤 되는 작은 공간이었다. 문방구가 나간 뒤에는 세탁 전문점이 들어왔다가 나가고, 약국이 들어왔고, 다음에는 만듯집, 그리고 전자 담배, 최근까지는 휴대폰 할인 매장이 있었다. 뜨내기들이 한철 장사하고 떠나는 자리였다.

"너무 작아서 사람들이 무시하지 않으려나 모르겠네."

가게 자리를 처음 봤을 때 순임은 남편에게 그렇게 말했다. "여기를 권리금까지 주고 들어가야 하나요?"라는 말은 입 밖에 내지 않았다. 그들 부부는 40년 동안 여러 동네에서 빵을 만들어 팔았는데 이 가게가 가장 작았다.

남편은 마음이 급해 빵을 먼저 팔고 보름 뒤에야 아크릴 간판을 달았다. 빵을 사 줄 사람들이 사는 아파트의 명칭을 그대로 가게 이름으로 삼았다. '힐스테이트 베이커리.' 간판을 걸기 전에는 색종이에 붉은색 매직펜으로 쓴 홍보 문구들이 가게 유리창에 붙어 있었다. 딸이 혀를 차며 적어 준 글이었다.

"방부제를 넣지 않아 많이 먹어도 더부룩하지 않고 빵 트림이 나지 않는 빵"

"좋은 재료로 직접 반죽하고 구워서 아이들이 좋아해요. 아토피 걱정 無"(남편은 옆에 "우유는 서울우유, 땅콩버터는 미제 스키피만 씀"이라고 적어야 한다고 고집을 부렸다.)

"제빵 경력 50년. 대한과자협회 부회장, 관악구 과자협회장 역임"

그들은 치즈가 들어간 빵이나 음료는 팔지 않았다. 대신 저렴한 가격으로 승부를 걸었다. 크루아상이 세 개 1000원, 유기농 밀로 만든 모닝빵은 열 개에 3000원이었다. 단팥빵, 크림빵, 소보로빵, 찹쌀 도넛은 개당 500원, 슈크림빵은 700원이었고, 국산 찹쌀 꽈배기와 아몬드크림도넛은 1000원씩이었다. 그래도 어떤 사람들, 특히 젊은이들은 개인 빵집을 끝내 꺼렸다. 순임의 남편은 요즘 것들은 빵 맛을 모른다며 화를 냈다.

"빵 너무 싸게 판다고 앞집에서 항의하는 거 아닐까 모르겠네."

순임이 문득 생각났다는 듯이 말했다. "빵값을 그렇게 받으면 하나 팔아서 이문이 얼마나 남겠어요."라는 말은 입 밖에 내지 않았다.

"그놈들보다 크기를 조금 작게 만들면서 더 싸고 맛있게 만들어야지. 내가 그놈들 아주 쫓아내 버릴 거야."

남편이 대꾸했다.

다시 빵을 굽게 되자 남편은 10년은 젊어진 것 같았다. 순임은 그런 남편의 모습이 좋았다. 평생을 오븐과 튀김기 옆에서 사느라 화상 흉터가 가득한 남편의 몸이 좋았다. 딸을 임신 중일 때 남편이 가스 사고로 크게 다친 적도 있었다. 당시에는 전기가 아니라 가스를 사용하는 제빵 기계들이 많았다. 그때는 남편 얼굴도, 머리카락도 홀랑 다 타 버리는 바람에 앞으로 대머리와 살아야 하는 건가 잠시 걱정하기도 했다.

남편은 여전히 머리숱이 많고 눈썹도 짙었다. 키가 크고 눈이 부리부리한 남편을 보고 진 해크먼과 닮았다고 한 손님도 있었다. 그 손님은 얼굴이 작고 귀염성 있게 생긴 순임에게는 오드리 헵번 같다고 했다. 키는 150센티미터도 되지 않지만 허리가 꼿꼿한 순임이 있는 듯 없는 듯 구석에 서서 그런 얼굴로 미소를 짓고 있으면 사람이 아니라 커다란 인형처럼 보였다. 그녀는 손님이 빵을 다 고를 때까지 조용히 기다리다가 딱 맞는 시점에 봉투를 들고 손님 곁에 다가갔다.

"이거 아주 맛있어요. 우리 아저씨가 직접 만들었어요."

순임은 매번 그렇게 말하며 빵을 봉투에 담았다. 집게를 든 손도, 봉투 입구를 벌리는 손도 미세하게 떨렸다. 몇 년 전부터 그 떨림은 멈출 수가 없었다.

조금씩 단골이 생겼다. 손님들이 빵 너무 맛있다고, 과자만 먹던 아이들이 이 집 빵을 먹고 피부가 깨끗해졌다고, 두 분 장사하는 모습이 보기 좋다고 말하면 순임은 헤헤헤, 웃기만 했다. 맞장구를 치거나 뽐내지는 않았다. 방정을 부리면 금방 불행한 일이 닥칠 것 같아 두려웠다.

그녀는 자신들이 마분지로 만든 배를 타고 강을 건너고 있다고 생각했다. 무사히 강기슭에 이를 가능성은 거의 없었다.

*

어머니와 아버지가 프랜차이즈 빵집을 연다고 했을 때, 주영은 언젠가는 두 사람이 자기를 가게로 부를 것임을 알았다. 그러나 여름에 있을 지방직 9급 시험일까지는 기다려 줄 줄 알았다. 그리고 자신을 부를 때에는 '공무원 시험 언제까지 준비할 거냐'라든가 '동사무소 직원보다 빵집 주인이 더 낫지 않으냐'는 식으로 운을 띄우리라 예상했다. 그런 질문에 어떻게 방어할지도 궁리했다.

실제로 벌어진 일은 그런 예상과는 전혀 달랐다. 부모님이 주영에게 빵집으로 나와 일하라는 말을 한 것은 가게 문을 정식으로 연 당일 오후였다. 어머니는 주영에게 전화를 걸어 이렇게 말했다.

"네가 우리 가족 맞냐?"

그러고는 바로 전화를 끊어 버렸다. 대체 뭔 소리야, 싶어 가게로 나갔더니 MD라고 하는 프랜차이즈 본사 직원이 환하게 웃으며 주영을 맞았다.

"아, 따님이시군요! 이거 입으시고 일단 여기서 트레이를 닦아 주세요."

"네?"

주영은 얼떨떨해하며 MD가 건네는 앞치마와 모자를 받았다. 그때부터 다섯 시간 동안 쉬지 않고 고객이 사용한 접시의 빵가루를 행주로 훔치고 거기에 새 기름종이를 깔았다. 오후 9시가 되어서야 주방에 숨어 겨우 저녁으로 빵을 몇 조각 먹고 화장실도 다녀올 수 있었다.

매장은 사람들로 북적였다. 개장 기념으로 식빵을 반값에 팔고, 어떤 제품을 사든지 아메리카노를 한 잔 무료로 제공하는 행사를 벌이는 중이었다. 프랜차이즈 본사에서 나온 지원 인력들이 손님을 맞고 질문에 답변하고 카드를 받고 계산을 했다. 아버지와 어머니는 하인들처럼 겁먹은 눈으로 예, 예, 굽실거리며 지원 인력들의 지시에 따랐다.

주영의 아버지와 어머니는 카드 결제조차 제대로 하지 못했다. 빵에는 바코드가 없었다. 제품이 어느 카테고리에 속하는지, 이름이 뭔지를 전부 외워야 단말기에 가격을 입력할 수 있었다. 아버지는 단말기 옆에서 빵을 봉투에 담으며 로프, 캄파뉴, 치아바타, 푸가스 같은 낯선 이름들을 외우려 애썼다. 어머니는 아무 도움도 주지 못하면서 가게에 들어온 손님들을 졸졸 따라다녔다. 주영은 밤에 커피 내리는 법과 과일 주스 만드는 법을 배웠다.

첫째 날은 새벽 1시에 문을 닫았다. 주영의 가족은 그날 밤 아무도 잠을 제대로 이루지 못했다. 너무 배가 고파 남은 빵을 허겁지겁 입에 넣은 탓이기도 했고 낮의 흥분이 가시지 않은 탓이기도 했다. 세 시간을 자고 일어나 다시 가게에 나갈 준비를 했다. 아침 7시에 본사 인력들이 오기로 했기 때문이었다.

전날 가게 문을 닫을 때까지 하루종일 서서 웃는 얼굴로 손님을 상대하던 MD는 조금도 흐트러지지 않고 같은 차림, 같은 표정으로 제시간에 나타났다.

"몇 시간 자지도 못했을 텐데 어쩜 그렇게 쌩쌩해요, 우리 가족은 아주 정신이 없는데."

주영의 어머니는 MD를 칭찬했다가 되레 면박을 들

었다.

"어머, 사장님, 벌써 못 따라오시면 안 돼요. 빵 장사가 원래 잠을 못 자요."

빵 장사가 왜 잠을 못 자는지 주영은 곧 이해하게 됐다. 아침에는 빵을 사러 오는 사람들이 많았고, 밤에는 빵을 한 번에 많이 사는 손님들이 띄엄띄엄 왔다. 밤이면 야근이나 회식을 마치고 지친 사람들이 탄수화물에 끌리기도 했고, 할인하는 떨이 상품이 많기도 했다. 술에 취해 얼큰해진 아저씨들이 아내나 아이들에게 주려고 호기롭게 케이크를 사 가기도 했다.

프랜차이즈에는 온갖 규정이 있었고, 아침에는 몇 시에 문을 열라는 규정도 있었으나, 가게를 몇 시에 닫으라는 규정은 없었다. 오후 10시가 넘으면 주영은 녹초가 되어 새벽 1시 전에 집에 들어갈 수 있을지 없을지만 생각했다. 가게를 정리할 즈음 문을 밀고 들어와 "여기 몇 시까지 해요?"라고 묻는 사람이 없기를 빌었다. 끝나는 시간을 가게 입구에 적어 두자는 주영의 제안을 아버지와 어머니는 받아들이지 않았다.

손님이 뜸해지면 밖으로 나가서 구수동 사거리의 두 빵집이 문을 닫았는지 살피고 왔다. 지하철과 버스 막차 승객들이 자기들 가게에서 빵을 사지 못하면 아파트 단지로 가는 길에 그 빵집들에 들를 거라고 믿었기 때문이다. 주영은 간혹 돌을 던져 그 가게들의 간판 조명을 깨뜨리고 싶은 충동을 느꼈다.

자신들의 가게가 목이 좋기 때문에, 문을 닫는 시각은 오히려 자신들이 정할 수 없음을 주영은 깨달았다. 목이 좋다는 것이 덫이고 함정이었다.

*

하은 모녀의 가게 매출은 과거의 절반 아래로 뚝 떨어졌다. 완제품과 조리 빵 고객은 B 프랜차이즈 매장에, 식사 빵 고객은 힐스테이트 베이커리에 뺏겼다. 사람들은 날이 더워지면 빵을 먹지 않았다. 여름이 오자 결국 적자가 났다.

세 빵집이 모두 식빵을 경쟁적으로 할인하는 바람에 함께 죽는 싸움이 되어 버렸다. 사람들은 집에 식빵이 남으면 빵집을 찾는 일 자체를 꺼린다. 더구나 식빵은 만드는 데 시간이 오래 걸리고 이윤도 박하다. 그렇다고 다른 두 곳이 식빵을 반값에 파는데 먼저 할인을 거둘 수도 없는 노릇이었다.

끝까지 버티는 사람이 이기는 싸움이라고 하은의 어머

니는 말했다. B 프랜차이즈의 빵들이 새로워 보이는 것은 이름 때문이지, 맛이 새로운 건 아니다. 가격도 비싸다. 사람들이 익숙해지면 B 프랜차이즈의 인기도 시들해질 것이라고 그녀는 주장했다.

힐스테이트 베이커리는 도저히 지속할 수 없는 방식으로 가게를 운영하고 있다. 아르바이트생을 쓰지 않는 박리다매 주제에 빵을 반죽부터 직접 만들고 잼과 마요네즈도 수제다. 할아버지는 아침부터 밤까지 주방에서 일하고 할머니가 종일 혼자 손님을 맞는다는 얘긴데, 저렇게 해서는 몸이 견디질 못한다.

하은은 어머니의 말이 옳다고 생각했다. 그러나 자신들이 최후의 승자가 될 수 있을지는 확신이 서지 않았다. 이곳 주민들은 B 프랜차이즈 빵보다 하은네 가게 빵에 더 질려 있을 테고, 자신과 어머니의 체력 역시 소진되고 있었다. 하은의 어머니는 스트레스로 대상포진에 걸렸다.

그들은 근무 체제를 3교대에서 2교대로 바꾸면서 아르바이트생을 한 명 줄였다. 그때까지 정해진 시간 없이 수시로 나와 가게를 관리하던 어머니가 아침과 낮을 맡고, 하은이 오후와 저녁을 맡았다. 하은은 초조하게 문을 열었다 닫았다 하며 근무시간을 지켰다. 문을 열어 놓으면 행인들이 빵 냄새를 맡고 무심결에 매장에 들어온다고 그녀는 믿었다.

어느 날부터 손님들이 빵에 왜 곰팡이가 안 생기느냐고 묻기 시작했다.

"네? 그게 무슨 말씀이세요?"

"프랜차이즈 빵은 방부제가 들어가서 곰팡이가 안 슨다고 그러던데. ……저쪽 빵집에서."

"에이, 요즘 누가 빵에 방부제를 넣어요. 그리고 빵은 원래 두고 먹는 게 아니에요. 오래 드실 빵은 냉동실에 넣으시면 돼요."

처음 몇 번은 그렇게 얼버무렸으나 나중에는 대응 전략을 바꿨다. 모녀는 상의 끝에 대꾸할 말을 정했다.

"그거 순 거짓말이에요. 우리 손님 중 한 분이 저 집 식빵이랑 우리 식빵이랑 사서 같이 뒀는데, 똑같은 날 곰팡이가 피더래요. 이름도 없는 빵집에서 퍼뜨리는 엉터리 얘기예요."

상대가 먼저 없는 이야기를 지어내는데 어쩌란 말인가. 모녀는 속으로 변명했다. 그들은 그렇게 말을 꾸며 냈다. 매장만 보지 말고 주방을 봐라, 그 집 주방이 그렇게 지저분하다, 그 프랜차이즈는 요즘 강남에서 철수했다, 신제품이 안 나온다, 젊은 유학파 사장이 무리하게 사업 확장하다가 자금난을 겪는 중이다……. 모녀는 악인이 아니었으므로 그런 이야기를 한 뒤에는 죄책감에 시달렸다.

그들은 몇몇 빵은 재고가 남으면 하루 더 팔기로 했다. 생지를 받아 매장에서 굽는 빵에는 유통기한이 따로 없었다. 본사는 당일 생산 당일 판매 원칙을 강조했지만 빵은 그리 쉽게 상하는 물건이 아니었다. 점주들 사이에서는 빵 위에 눈가루를 뿌려 주거나 포장을 다시 하거나 크림을 보충해 식감을 부드럽게 만드는 요령이 공공연하게 퍼져 있었다. 실은 본사도 그런 실태를 알면서 모른 척한다고 하은은 생각했다.

하루는 가게를 정리할 시간에 어머니가 와서 진열대를 둘러보고는 빵을 몇 개 골라 주방으로 가지고 들어갔다. 하은이 따라갔더니 어머니가 모카빵 사이에 생크림을 넣고 있었다.

"엄마, 그건 아니다. 그 빵 이틀 된 거야. 이틀은 안 돼."

"너 진짜 까다롭다. 내가 빵 장사가 몇 년인데. 이 빵은 괜찮아."

"괜찮긴 뭐가 괜찮아. 그렇게 하면 손님들이 다 알아."

"들고 와서 항의할 정도는 아냐."

"그렇게 손님 떨어져 나간다고. 그런 손님은 앞집 망해도 여기 안 온다고. 여기 맛없다고 찍힌다고."

"뭐 어쩌라고? 일단 살아남아야 할 거 아냐!"

어머니는 고집을 부렸다.

자동차를 타고 푸드 뱅크까지 가서 남은 빵을 기부하던 자신들이 이런 지경에 몰렸다는 사실이 하은은 믿어지지가 않았다.

*

"생크림 케이크 예약 주문 받습니다. 엄선한 재료로 맛있게 만들어 드려요."

매장 한구석에 그런 문구를 써 붙였지만 반년이 넘도록 케이크 주문은 없었다. 케이크 종류나 가격이 쓰여 있지 않아서이기도 했고, 그 문구 아래 붙인 사진 석 장 때문이기도 했다.

제일 왼쪽 사진에는 3단 정사각형 케이크가 있었는데, 각 층의 네 모서리마다 설탕으로 만든 장미꽃이 꽂혀 있었다. 가운데 사진은 2단 케이크였는데, 원형으로 생긴 1층과 하트 모양으로 생긴 2층이 모두 레이스와 물방울 모양으로 정성스럽게 장식되어 있었다. 오른쪽 사진의 케이크는 실로 역작이었다. 돌담길 위를 날아가는 학이 멋들어지게 그려져 있었다. 장수를 기원하는 의미로 '수복(壽福)'이라는 한자도 크게 쓰여 있었다.

순임은 그 케이크들이 모두 멋있다고 생각했다. 사진들을 보면 젊은 남편이 그런 케이크 무늬를 익히기 위해 볼펜을 감아쥐고 손을 바닥에서 띄운 상태로 여러 가지 그림과 글자를 연습하던 모습이 떠올랐다. 그러나 그녀는 요즘 젊은이들이 그런 케이크를 좋아하지 않는다는 사실도 알았다. 요즘 사람들은 덜 달고, 덜 화려한 케이크를 좋아했다.

그래서 케이크 주문이 들어왔을 때 순임은 무척 놀랐다. 주문자가 교회 장로이고, 교회에서 쓸 케이크라는 설명을 듣고서야 의아한 마음이 다소 가셨다. '아직도 이런 케이크를 먹는 사람이 있구나.' 신이 나서 반죽을 만지는 남편 옆에서 순임은 속으로 중얼거렸다. 남편은 자기가 만든 케이크를 먹고 너무 행복했다며 찾아와 감사 인사를 한 손님의 일화를 늘어놓았다. 20년 전 일이었다.

장로가 전화를 걸어 와서는, 미안하지만 케이크를 교회로 가져다줄 수 없느냐고 했다. 대신에 그만큼 돈을 더 드리겠다고. 10만 원짜리 수표로 계산을 할 테니 거스름돈을 가지고 오라고도 당부했다. 순임이 케이크 상자를 들고 가게를 나섰다.

"그거 ○○ 교회로 가는 거지요?"

교차로를 건넜을 때 여름 양복을 입은 중년 신사 한 명이 순임에게 말을 걸었다. 순임이 그렇다고 하자 신사는 자기가 케이크를 주문했다며 거스름돈을 먼저 달라고 했다. 꽃을 사러 꽃집에 가야 한다면서. 케이크를 교회에 가져다주면 수표를 줄 거라면서.

"꽃 살 돈을 안 들고 나오셨어요?"

순임이 묻자 상대는 얼굴색 하나 변하지 않고 카드로 계산하는 게 내키지 않아서 그렇다고 둘러댔다. 순임은 수표를 먼저 받아야 거스름돈을 줄 수 있다고 대꾸했다. 남자는 그러면 자기는 꽃집으로 가겠다고 말했다. 순임이 교회에 갔더니 케이크에 대해서도, 주문인에 대해서도 아는 사람은 아무도 없었다.

"늙은 사람을 이렇게 이용해 먹나."

순임과 남편은 허탈해하며 팔지 못한 케이크를 먹었다.

"저 종이는 그만 떼요. 케이크 사는 사람은 이제 없으니까."

순임이 "생크림 케이크 예약 주문 받습니다."라는 문구를 가리키며 말했다.

"내가 케이크를 만들고 싶어서 빵을 배운 건데."

남편이 투덜거렸다.

"어쩌겠어요, 사람들이 사는 걸 만들어야지."

순임이 말했다. 오랫동안 자신만 알고 남편은 몰랐던

돈의 법칙이었다. 그 법칙의 아주 작은 조각이었다.

"빵 가짓수도 줄여요. 우리 빵 종류가 너무 많아요. 마흔 가지나 돼요. 반으로 줄입시다."

순임이 말했다.

"그러면 앞집, 옆집이랑 어떻게 경쟁을 해? 거기는 빵이 종류가 100가지도 넘는데."

"어쩔 수 없지요. 우리는 우리가 잘 만드는 걸 만들어야지. 만들어 놓고 안 팔린다고 무조건 싸게 파는 건 어리석은 짓이에요. 처음부터 안 만드는 게 나아."

"빵을 만드는 건 난데 이것저것 만든다고 당신이 힘들게 뭐 있어?"

"재료를 내가 사 오잖아요? 어떤 빵은 재료 구하기 힘들어요. 그리고 나도 좀 쉽시다. 당신이 주방에서 빵을 하루 종일 구우니까 내가 가게를 비울 수가 없잖아요. 나 요즘 무릎이 너무 아파서 병원에 가야 해요. 우리 이 가게 열 때 두 가지 약조했지요? 당신이 나한테 화내지 않고, 가게 운영은 내가 하자고 하는 대로 따르기로."

"내가 케이크를 만들고 싶어서 빵을 배운 건데 그걸 못하게 하네."

남편이 같은 말을 되풀이했다. 목소리에 노기가 섞여 있었다. 마분지로 만든 배가 조금씩 젖어 들고 있었다.

주영은 B 프랜차이즈가 어떻게 손님을 꾀는지 이해했
다. B 프랜차이즈의 가격 제도는 사실상 속임수였다. 할
인을 받을 수 있는 방법이 어마어마하게 많았고, 전체 손
님의 절반 이상이 어떤 식으로든 할인을 받아 갔다.

자체 멤버십 카드와 마일리지 제도가 있었고, 은행과
신용카드사, 이동통신사와 제휴한 포인트 카드들이 있었
다. 스탬프 쿠폰이 있고 모바일 쿠폰이 있었는데, 모바일
쿠폰 안에는 소셜 커머스 쿠폰이 있고 선물 쿠폰이 있었
다. 그것들은 특정 상품을 구입할 때만 쓸 수 있기도 하
고, 특정 시간에만 쓸 수 있기도 하고, 특정 지역에서만
쓸 수 있기도 했다. 같이 사용할 수 있는 쿠폰이 있고 그
럴 수 없는 것들이 있었다.

비싼 물건을 싸게 사는 듯한 환상을 주기 위해 점원들
의 노동이 동원되는 셈이었다. 프랜차이즈 본사는 매일
아침마다 다른, 복잡한 내용의 모바일 쿠폰을 뿌렸고, 사
람들은 휴대폰을 들고 가게로 찾아왔다. 매장에서 그 쿠
폰들을 거부할 권한은 없었다. 동시에 모든 할인 제도를
빠짐없이 외워서 제대로 응대할 수도 없었다. 주영의 부
모는 당황하다가 할인 대상이 아닌 비싼 빵을 고객에게

잘못 넘기기 일쑤였다.

때로는 할인 쿠폰의 대상이 되는 제품이 매장에 없었다. "죄송하지만 이 빵은 저희 매장에는 없습니다." 하고 설명하면 아무도 납득하지 못했다. 왜 사기를 치느냐는 말을 듣지 않으면 다행이었다. 그럴 때는 울며 겨자 먹기로 다른 제품을 내어주곤 했다. 쿠폰의 설명이 불충분하거나 본사 지침이 애매한 경우도 많았다. 궁금한 점을 물어보려고 담당 부서에 전화를 걸면 늘 통화 중이었다.

장사라는 것이 무엇인지를 주영이 이해한 것은 조금 더 나중이었다. 장사는, 돈을 쓰려는 사람을 섬기는 일이었다. 그러려면 그들의 마음을 이해해야 했다.

모바일 쿠폰을 가진 사람들은 불안한 마음으로 가게에 왔다. 점원이 자신을 우습게 보지 않을지 의식하는 사람도 있고, 처리 시간이 오래 걸리면 쿠폰을 받기 싫어 꼼수를 부리는 걸로 오해하는 사람도 있다. 고작 1000원, 2000원을 아끼려고 이 수고를 들여야 하나, 자문하는 사람도 있다. 그럴 때 그 쿠폰은 지금 쓸 수 없다는 안내를 받으면 누구나 분하고 억울한 마음이 든다. 멀쩡한 사람도 화를 내게 만드는 시스템인 것이다. 그리고 그런 화는 고스란히 점원이 뒤집어쓴다.

가게가 버스 정류장 앞에 있다는 점도 문제였다. 계산

을 하는 중에 기다리던 버스가 오면 빵을 계산대에 그대로 놔둔 채 나가 버리는 사람이 적지 않았다. 쿠폰 처리에 시간이 오래 걸리면 뒤에 줄을 서 있던 손님들까지 우수수 떨어져 나갔다.

하루는 쿠폰으로 자신이 받아야 할 빵이 아닌 다른 빵을 받았다며 항의하는 고객 전화를 받았다. "다음번에 매장을 방문하실 때 말씀해 주시면 못 받은 빵을 드리겠습니다." 하고 주영은 대답했다. 고객은 바로 가게로 찾아와, 빵은 필요 없으니 환불을 해 달라고 요구했다. 주영은 그렇게 했다. 고객은 집으로 돌아가 본사에 항의 전화를 걸었다. 제대로 사과를 받지 못했다면서.

이런 경우 점장이 고객의 집을 직접 방문하는 것이 원칙이라고 했다. 주영의 아버지는 케이크를 들고 가게를 나섰다.

"저도 따라갈까요……?"

주영이 쭈뼛쭈뼛 물었다.

"그러지 않는 편이 좋겠다."

아버지가 대답했다.

고객의 집에서 돌아온 아버지는 한참 동안 말이 없었다.

주영의 가족은 모두 말수가 줄었다. 얼굴도 점점 비굴한 인상으로 변하는 것 같았다. 그들은 겁을 집어먹었고,

손님의 눈치를 유심히 살폈다. 주영은 자기 눈동자가 점점 생기를 잃고 눈이 튀어나오는 것 같다고 생각했다. 대기업 임원이었던 아버지의 위엄이나 취미로 그림을 그렸던 어머니의 기품은 흔적도 남지 않았다.

신문이나 책을 읽은 지 오래였다. 시간이 지나고 계절이 바뀌는 것도 몰랐다. 생각은 온통 할인 제도와 그날 매상, 그리고 손님이 풍기는 분위기에 쏠려 있었다.

주영은 동굴에서 사는 물고기들을 상상했다. 빛이 없고 먹을 것이 모자란 좁은 공간에 오래 살면서 눈이 퇴화하고 피부도 투명해진 작고 불쾌한 생물들. 불필요한 기관은 모두 버리고 오직 생존만을 추구하며 살아가는 존재들. 주영은 하중동 사거리와 구수동 사거리가 그런 동굴이라고 생각했다. 그들은 그 맑고 깜깜한 물속에 갇혀 있었다.

*

점포 매출이 너무 떨어지자 본사의 영업 담당 대리도 괴로워했다. 그 팀의 실적 역시 수도권 전체에서 꼴찌라고 했다. 프랜차이즈에서는 매장 관리 앱을 만들어 점장과 영업 담당자에게 배포했다. 그 결과 영업 담당 사원 한 사람이 관리해야 하는 매장 수가 세 배로 늘어났고, 한 매장에 들이는 시간도 줄어들었다. 대신 본사는 영업이 부진한 매장에 대해 특별팀이 집중 관리하는 프로그램을 운영한다고 밝혔다.

하은 모녀는 그 프로그램을 신청하기로 했다. 본사로부터 이벤트 상품과 서비스를 좀 더 싸게, 더 많이 제공받는 대신 매장에서 해야 할 일이 많아지는 계약이었다. 할인 행사를 열면 본사에서 도우미가 왔다. 대신 하은 모녀는 본사가 기획하는 행사를 거부할 수가 없었고 제품을 선택할 수도 없었다. 본사에서는 판매 데이터를 하은 모녀와 공유하고 인기 상품도 가장 먼저 공급하겠다고 약속했다. 대신 본사 관리자들이 불시에 매장을 방문해 하은 모녀가 지시 사항을 잘 따르는지 점검할 것이었다.

그들은 매장 밖으로 그늘이 지도록 문 위에 차양을 달았다. 그늘 아래 테이블을 설치하고 시식 코너를 만들었다. 본사가 고용한 아르바이트생이 와서 인형 탈을 쓰고 그 앞에서 춤을 추거나 행인에게 접시 위에 잘게 잘라 놓은 신제품 빵을 먹게 했다. 그날 할인하는 상품도 테이블 위에 진열했다.

"매장 밖에서 계산을 하는 건 불법이에요. 그러니까 고객께서 상품을 집으시면 매장 안으로 들어오게 유도하셔야 합니다. 그러면서 자연스럽게 매대를 둘러보고 다른 빵도 살펴보게 해 주세요."

본사 매니저는 그렇게 설명했다.

그러나 고객들은 매장에 들어오려고 하지 않았다. 한참 망설이다 빵을 집어 든 행인에게 가게 안으로 들어와서 계산하셔야 한다고 하면 아아, 됐어요, 라면서 그냥 떠나기 일쑤였다. 결국에는 하은 모녀가 돈과 카드를 들고 시식 코너와 계산대 사이를 부지런히 뛰어다녔다. 두 사람 다 오래 서 있는 데에는 자신이 있다고 믿었는데 그렇게 하루 종일 뛰어다니고 나니 다리가 퉁퉁 부었다.

매장 안도 부산해졌다. 전진 배치니 중앙 배치니 하는 지시에 따라 수시로 빵 진열 순서를 바꾸고, 지시를 이행했다는 증거로 진열대를 사진으로 찍어 앱에 올려야 했다. 아르바이트생도 제빵 기사도 입이 나왔다. 본사에서는 몇 시에는 어떤 빵, 몇 시에는 어떤 빵을 구워야 한다며 굽는 순서까지 지정했다. 손님들이 시간대별로 찾는 빵이 다르므로 그때마다 갓 나온 빵을 매대에 올려놓기 위해서였다.

그렇게 몸으로 뛰어서 손님은 늘어났지만 그렇다고 이윤이 늘지는 않았다. 할인 행사용 상품들은 싸게 공급받는 만큼 싸게 팔았다. 할인을 하고 행사를 열면 어떻게든 그날의 지정 제품을 팔 수 있기는 했다. 그러나 할인하는 빵이 팔릴수록 기존에 잘 팔리던 빵의 매상이 줄었다. 팔아 봤자 큰 도움이 안 되는 신상품들이 효자 제품들을 밀어내는 형국이었다.

시간이 지날수록 하은 모녀는 30년 영업 노하우가 담겼다는 P 프랜차이즈 본사의 전략을 의심하게 됐다. 전국 다른 곳에서는 잘 팔리는 제품이라 해도 현수동에서는 안 팔릴 수도 있는 것 아닌가? 젊은 부부가 많고 출퇴근 시간에 손님이 몰린다는 동네 특성이 있지 않은가? 그리고 고객에게 새로 나온 빵 사진을 찍어 자기 SNS 계정에 올리게 하는 것은 우리 매장을 위한 일이 아니라 본사 제품을 홍보하기 위한 것 아닌가? 중점 관리 매장들은 사실 본사의 신제품 시험장 아닌가?

끝내 어머니도 폭발했다. 손님들이 손대려 하지 않아 파느라 너무 고생한 신제품을 다음 날 본사 매니저가 또 100개나 가져왔을 때였다.

"우리 저건 못 팔아요. 가져가요."

"이건 계약 위반인데요."

"계약 위반이고 뭐고, 가져가요. 이런 식으로 할 거면 그냥 이 장사 접을래요."

실랑이 끝에 매니저는 굳은 얼굴로 빵을 다시 차에 실

었다. 하은의 어머니는 그날 밤까지 입을 꾹 다물고 아무 말도 하지 않았다.

*

아침에 남편이 짜증을 내는 일이 잦아졌다. 직장인 출근 시간이 지나고 가게에 들어가면 남편이 주방에서 머리를 내밀고 부루퉁한 목소리로 묻곤 했다.

"뭐 하다 이제 와?"

"집도 청소하고 몸도 씻고 왔죠. 장사를 하려면 머리는 감아야 할 거 아니에요?"

순임은 일부러 쾌활하게 대답했다.

하루는 남편이 오븐에서 제때 빵틀을 꺼내지 못해 빵을 태웠다며 화를 냈다.

"마누라가 늦게 오는 바람에 빵을 다 태워 먹었네."

남편이 툴툴거렸다. 반죽 밀대도 일부러 세게 내려치고 있었다.

"당신이 빵을 태운 게 왜 내 탓이에요?"

"내가 손님 접대하느라 오븐 옆에 있지를 못하니 그렇지. 제일 바쁜 시간에."

"여보, 내가 놀다 온 줄 알아요? 당신 옷 빨고 다리미로 일일이 다리느라 늦었어요."

순임이 남편의 조리복을 옷걸이에 걸며 말했다.

"당신이 걸치는 가운들, 가만히 놔두면 밤새 저절로 하얘지고 빳빳해지는 줄 알죠?"

"옷을 당신이 빠나? 세탁기가 빨지."

"밀가루 반죽이랑 계란 물이랑 초콜릿 묻은 옷이 세탁기로 빨아지는 줄 알아요? 이거 내가 다 락스로 애벌빨래를 하는 거예요. 손으로 일일이 비벼서. 그게 얼마나 힘든지 알아요? 이 옷들은 세탁소에서도 안 받아 줘요."

순임은 그렇게 말하려 했으나 갑자기 목에 뭐가 걸리는 바람에 말을 절반도 하지 못했다.

"여편네가 어디서 말대꾸야!"

순임이 말을 마친 것으로 착각한 남편이 버럭 소리를 질렀다.

"나한테 화내지 말아요! 왜 나한테 소리를 질러요? 화내지 않기로 약속했잖아요?"

순임은 그렇게 말하려고 했으나 여전히 목이 막힌 채였다. 창피하게 눈물이 한 방울 또르르 굴러 떨어졌다.

순임은 그냥 가게를 나와 버렸다. 딸의 집에 갈까 하는 생각을 잠시 했으나 곧 털어 버렸다. 공원 벤치에 몇 분 앉아 있다가 너무 추워서 버스를 타고 근처 백화점에 갔다. 백화점 지하 매장에서 칼국수를 먹었다. 빵이 아니고, 밥도 아니고, 면을 먹은 것은 정말 오랜만이었다. 할머니가 혼자서 테이블을 하나 차지했다고 종업원이 뭐라고 하지 않을지 약간 걱정이 됐다.

칼국수를 먹고는 극장에 가서 영화를 한 편 보았다. 순임은 영화 내용을 거의 이해하지 못했다. 극장에서 나온 뒤에는 더 이상 갈 곳이 없어 집으로 돌아왔다. 남편이 집에서 자신을 기다리고 있지 않을까 기대를 조금 했으나 그렇지는 않았다. 오후에는 라디오를 들으며 시간을 보냈고, 저녁에는 거실과 방바닥을 걸레로 닦았다.

걸레질을 하면서 흥얼흥얼 노래를 불렀다. 사랑했던 그 사람 미워 미워 미워. 잊으라면 잊지요. 잊으라면 잊지요. 그까짓 것 못 잊을까 봐. 20년 전인가, 30년 전인가, 라디오에 보낸 사연이 당첨돼 전화로 이 노래를 불렀고 상으로 청소기를 받았다. 빵집 벽에 걸려 있던 전화기를 두 손으로 들고 노래했다. 남편이 옆에서 후렴구도 따라 부르고 박수도 쳐 주었다. 두 사람은 빵집에서 자주 노래를 같이 불렀다. 손님이 없을 때. 젊었을 때.

"추억도 죄다 빵집 추억이네. 아주 징글징글하다."

순임은 혼자 웃었다.

남편은 자정 가까운 시각에 집에 들어왔다. 순임이 남

편의 외투를 받아 옷장에 걸었다. 남편이 무뚝뚝하게 굴었지만 실은 자기 눈치를 살살 살피고 있음을 순임은 알았다.

남편은 케이크를 만들어 왔다. 초콜릿 케이크였고, 위에 '축 사랑'이라고 써 있었다.

"내가 축 생신, 축 결혼, 축 회갑은 봤어도 축 사랑은 처음 보네."

순임이 웃었다.

"내가 당신을 사랑하고 당신도 나를 사랑하니까 그걸 축하하는 거지."

남편도 웃었다.

"희진 엄마, 내가 너무 부려 먹어서 미안해. 이제 점심 먹고 나와. 오전에는 내가 혼자 하리다."

"아니, 이제 난 안 나가요. 나 그만둘래요, 빵집. 할 만큼 한 거 같아요. 희진이가 그러더라고요. 걔가 어렸을 때 비 오는 날 엄마가 우산 들고 오는 애들이 그렇게 부럽더래요. 엄마 아빠가 학교에서 멀리 떨어지지도 않은 곳에 있으면서 우산은 한 번도 들고 오지 않는 게 그렇게 서럽더래. 그 말을 듣는데 너무 미안하더라고요. 당신도 몰랐죠?"

"몰랐어."

남편은 눈을 껌뻑였다.

"빵 만드는 게 그렇게 좋아요?"

남편은 천천히 고개를 끄덕였다.

"난 빵이 좋아. 힘은 드는데 재미있어. 빵 만드는 게. 내가 자유자재로 모양이나 맛을 만들어 낼 수 있잖아. 덜 달게 할 수도 있고 더 달게 할 수도 있고. 또 빵이 나오는 게 얼마나 예뻐? 빵이 당신만큼이나 예뻐, 나한테는."

"그래서 50년이나 만들었잖아요? 이제 그만 쉽시다. 우리도 남들처럼 여름에는 물놀이도 가고 가을에는 단풍 구경도 갑시다."

남편은 대답을 피했다. 그는 속으로 다른 꿍꿍이를 하고 있었다.

*

주영은 심호흡을 한 뒤 문을 열고 들어갔다. 문에 달린 종이 경쾌하게 울렸다. 상대는 자신을 알아보고 몸을 멈칫했다. 주영은 조금 안도했다. 상대가 자신이 누군지 모르면 어떻게 말을 꺼내고 제 소개를 어떻게 해야 할지 고민했던 것이다.

밤 11시였고, 가게에는 다행히 손님이 없었다. 상대는 당황하기는 했어도 딱히 적개심을 드러내는 것 같지는 않았다.

"안녕하세요."

"예…… 안녕하세요."

주영은 구수동 사거리의 P 프랜차이즈 빵집에 대해, 운영자들의 개인사에 대해 많은 것을 알고 있었다. 모녀가 둘이서 가게를 억척스럽게 10년 넘게 운영했다든가, 딸이 전문대를 나왔다든가, 남편이자 아버지가 암으로 이른 나이에 세상을 떠났다든가 하는 이야기들이었다. 그러나 정작 하은의 이름은 여태까지 모르고 있었다.

가까이에서 본 하은은 주영이 상상하던 것보다 젊었다. 20대 초반에서 중반인 것 같았다. 어쩌면 둘의 나이가 같을지도 몰랐다. 하은은 자기네 가게가 뭐 잘못한 일이라도 있느냐고 물었고, 주영은 말씀드리고 싶은 게 있다고, 5분만 시간을 내 달라고 요청했다. 하은은 주영을 테이블로 안내했다. 불신과 경계심, 호기심이 섞인 얼굴이었다. 동시에 무척 고단해 보였다. '내 얼굴도 별반 다르지 않을 테지.' 주영은 생각했다.

"힐스테이트 베이커리 문 닫은 거 아시죠."

주영이 말했다.

"저희는 마주 보고 있는 가게니까 당연히 알죠."

"예, 그…… 다른 게 아니라, 이제 이 동네에 빵집이 저희 두 곳뿐이잖아요. 그래서 저희끼리라도 문 닫는 시간을 좀 합의하면 어떨까 해서요. 저희 프랜차이즈는 문 닫는 시간이나 생지 빵 가격은 점주 권한인데, P 프랜차이즈는 어떤가요?"

"저희도 그건 매장에서 각자 정하는 거예요."

"그러면 저희 같이 밤 11시에 문 닫는 걸로 하면 어떨까요? 늦게까지 영업하기 너무 힘들지 않으세요? 저희 집 문 언제 닫는지 살피고 그러지 않으세요?"

"그건…… 제가 결정할 수 없고, 저희 사장님한테 여쭤봐야 할 거 같은데요."

"따님 아니세요?"

"그렇긴 한데, 저희는 공동 운영이나 이런 게 아니고 정말 어머니가 다 결정하시거든요. 저도 월급을 받아요. 그런 식으로 거리를 두고 싶기도 하고요. 안 그러면 여기서 헤어 나올 수 없을 거 같아서."

"이 일…… 좋아서 하시는 건 아니시죠?"

"안 해 본 사람이나 파티셰니 뭐니 하면서 환상을 품는 거지, 해 본 사람 중에 누가 이 장사를 좋아하겠어요."

"저는 작년까지 공무원 시험 준비하다가 갑자기 불려 나와서 하게 됐거든요. 아버지가 저 가게에 퇴직금 다 털어 넣으셨어요. 저거 망하면 저희 가족은 길거리에 나가야 돼요."

"저희 집이라고 다를 거 없어요. 저희는 빚도 있어요. 인테리어 공사 몇 번 했더니. 지금도 공사한 지 2년밖에 안 됐는데 또 공사하라고 본사에서 압박 들어와요."

"그래서 드리는 말씀이에요. 지금 힐스테이트 베이커리 망해서 잠깐 숨 돌릴 여유는 생겼잖아요. 잠 모자라지 않으세요? 같이 11시에 퇴근하면 좋지 않을까요?"

"그건 저희가 손해 같은데요. 그쪽 가게 생기고 저희는 아침 손님이 확 줄었어요. 그나마 밤에 오시는 손님들로 근근이 버티고 있는 건데, 아침 손님 잃고 밤에 오시는 분들까지 못 오게 하면 저희만 피해 입는 거 아닌가요?"

"아침 손님들 저희가 빼앗아 간 거 아니에요. 아침마다 광흥창역 앞에 다마스 타고 와서 샌드위치 파는 젊은 부부 있는 거 모르시죠? 샌드위치를 1000원, 1500원에 파는데 사람들이 엄청 사 가요. 저희가 구청에 몇 번이나 신고를 했는데도 계속 와요. 그분들 말고 바퀴 달린 장바구니에 김밥 담아 와서 파는 아주머니도 한 분 계세요."

"그건 몰랐네요……."

"빵 파는 곳도 늘었잖아요. 커피점에서도 팔고, 생과일 주스 전문점에서도 베이글 샌드위치를 팔고, 지하철역 옆에 편의점도 생겼잖아요. 그 편의점에도 카페 코너가 있어서 원두커피랑 메론빵이랑 타르트 같은 거 팔아요."

"그건 알고 있어요."

"제가 보니까 답이 없더라고요, 이건. 손바닥만 한 아파트 단지 주민들 노리고 이 골목에 너도 나도 들어와서 건물주들이랑 간판업자들 배만 불려 주다가 열에 아홉은 만신창이가 돼서 나가는 거예요. 밤에 몇 시까지 문을 열어 놓는다고 크게 달라질 게 없어요."

"그 열에 아홉이 아니라 남은 하나가 되어 보겠다고 이렇게 애를 쓰는 거 아닌가요."

"그게 정말 우리 손에 달린 일 맞아요? 전 잘 모르겠어요. 이건 저희가 얼마나 노력하느냐의 문제가 아닌 거 같아요. 저희 집이나 이 집이나 장사 잘되면 어떻게 될 거 같으세요? 그러면 여기 장사 잘되는 곳이구나, 하고 옆에 빵집 또 생겨요. 틀림없어요. 저는 가게 망할지 안 망할지는 그냥 다 운인 거 같고요, 가게 문을 몇 시에 닫느냐, 그래서 하루에 몇 시간을 자느냐, 이건 저희가 정할 수 있는 문제 같아요. 그렇게 생각하지 않으세요?"

"어머니한테 한번 말씀드려 볼게요. ……혹시 그쪽 전화번호를 알 수 있을까요?"

"이 번호예요. 어머님께서 11시에 문 닫는 건 절대 안 된다고 하시면 12시라도 괜찮아요. 아니면 월수금은 저희가 11시에 문을 닫고, 화목토는 이 집에서 11시에 문을 닫고, 일요일에는 다 같이 11시에 닫을 수도 있어요."

"월수금 화목토 좋네요. 일요일은 다 같이 일찍 닫든지 아니면 양쪽 다 늦게까지 열든지."

"네, 어차피 일요일 밤에 빵 사러 오는 사람은 없으니까요. 어머니한테 잘 말씀드려 주세요. 부탁드립니다."

가게로 돌아오는 길에 주영은 낯선 흥분을 느꼈다. 학생, 공시생, 직원이던 그녀가 스스로의 판단으로 경쟁 가게를 찾아가 협상하고 담판을 지은 것이다. 부모님의 가게는 망하거나 간신히 연명하는 정도겠지만 그녀는 이 일을 계기로 조금 다른 사람이 된 것 같았다. 나쁘지 않았다.

*

상대가 밖에서 심호흡을 하는 모습이 보였다. 문이 열리자 짤그랑, 하고 종소리가 났다.

하은은 상대가 누구인지 전부터 알고 있었지만 이 상황에서 아는 척을 해야 하는지 그러지 말아야 하는지 헷갈렸다. 그래서 부자연스럽게 손님을 맞았다.

오후 11시였고, 가게에는 다른 손님이 없었다.

부부는 우물쭈물하면서 계산대로 걸어왔다.

"그동안 우리 때문에 고생 많이 했지요? 떠나기 전에 인사나 한번 드리려고 왔어요."

인상 좋은 할머니가 말했다. 하은이 대꾸를 못하자 할머니가 말을 이었다.

"이제 우리는 장사 접고 쉬려고요. 여행도 다니고, 문화 센터도 나가고."

"아니요. 저희야말로…… 죄송합니다."

하은은 고개를 숙이면서 도리어 못마땅한 마음이 일었다. 이런 상황을 연출하는 의도가 뭐람. 자기들 가게가 망한 게 우리 탓인가. 그랬다가 자신이 퍼뜨렸던 거짓말이 떠올라 정신이 번쩍 들었다. 설마 이제 와서 그걸 따지러 온 건 아니겠지.

"여기 빵은 뭐가 맛있습니까?"

불화 속 사천왕을 닮은 외모의 할아버지가 물었다.

"신제품들이 많이 나오잖아요? 그중에 인기 있는 게 뭡니까? 궁금해서요."

할아버지는 짙은 회색 중절모를 쓰고 있었다.

하은은 당황하며 노부부를 자리로 안내하고 빵을 몇 개 골라 왔다. 하은은 지갑을 꺼내려는 할머니를 한사코 말리고 커피를 내왔다.

"여기 앉으세요."

어정쩡하게 테이블 앞에 서 있던 하은을 보고 할머니가 말했다. 이번에는 하은이 한사코 괜찮다며 사양했으나 결국에는 노부부를 마주 보고 어색하게 자리에 앉게 되었다.

"이건 반죽에 버터가 너무 많이 들어갔어요. 그리고 마지막에 계란 물도 너무 많이 발랐어요. 이러면 첫 입에는 자극적이고 좋은데 오래 먹지를 못해요. 느글느글하니까. 빵의 깊은, 구수한 맛이 없어요. 다 먹고 나서 속도 안 좋아요."

할아버지가 일장 설교를 늘어놓았다.

"이런 큰 회사에는 빵을 연구하는 사람들이 따로 있지요. 그런데 그 사람들이 뭘 연구하느냐 하면, 어떻게 하면 재료비를 덜 들일까, 어떻게 하면 빵을 빨리 굽게 할 수 있을까, 그런 걸 연구한단 말이에요. 그러다 보니 천연 재료 대신 향신료를 쓰게 되고 빵의 깊은 맛이 사라져요."

"예에…… 그렇군요."

할아버지의 설교는 제빵 제과에서 빵 산업에 대한 이야기로까지 흘러갔다.

"일본도 1970년대, 1980년대에는 우리처럼 대형 메이커 빵집들이 성행했지요. 하지만 국민소득이 높아지면서 그런 빵을 안 먹게 됐어요. 지금 일본에 가면 아주 작은 빵집들이 많아요. 단팥빵 만드는 빵집은 단팥빵을 아주 맛있게 만들어서 그것만 팔고, 패스트리 만드는 빵집은 패스트리만 전문적으로 만들고. 우리도 그렇게 가야 해요."

"예에……."

"이제 그만 일어나요. 젊은 아가씨 괴롭히지 말고."

할머니가 할아버지에게 핀잔을 줬다. 할아버지는 하고 싶은 말이 많이 남은 눈치였으나 입맛을 다시며 일어섰다. 하은은 남은 빵들을 봉투에 담아 드려야 하는지 잠시 고민했다.

"장사 잘하세요."

할머니가 인형처럼 웃으며 인사했다. 비아냥거리는 것으로 들리진 않았다. 그러나 애정이 담긴 말도 아니었다. 할머니가 앞으로 자신과 만날 일은 없다고 여긴다는 사실을 하은은 알았다.

노부부가 앉아 있던 자리를 돌아보니 할아버지가 중절모를 의자에 놔둔 것이 보였다. 하은이 모자를 들고 노부부를 쫓아가려 할 때, 문이 열리고 할아버지가 가게로 다시 들어왔다. 할머니는 밖에 서 있는 채로였다.

"내가 모자를 거기에 두고 갔구려. 그런데 내가 문득 좋은 아이디어가 하나 떠올랐는데 말이에요."

할아버지는 빠른 말투로 말했다.

"네?"

"여기도 기술자를 쓰지요? 기사들이 몇 시에 퇴근합니까? 5시? 6시?"

"5시에 퇴근하시는데요."

"내가 문득 좋은 아이디어가 떠올랐는데 말이에요."

노인이 했던 말을 되풀이했다.

"그러면 그 기술자가 퇴근한 다음에 내가 여기서 빵을 구우면 어떨까 싶은데. 재료는 내가 다 가져오고, 장비 사용료도 내고. 그리고 여기에 친환경 유기농 빵이라고 조그맣게 코너를 만들어서 그 빵들을 파는 거죠. 수익은 아가씨 어머님이랑 나누고. 어차피 주방을 저녁에는 쓰지 않으니 그렇게 하면 서로 좋지 않아요?"

"그건 안 돼요, 선생님."

하은이 말했다.

"내가 기술자로 일한 빵집 사장들은 다들 나를 엄청 좋아했어요. 내가 빵을 구우면 그 집 매상이 쭉쭉 올라갔거든. 젊은 분이니까 이야기가 통할 거 같은데……."

"저랑 이야기가 통하고 말고의 문제가 아니라, 본사 방침 때문에 그래요. 제빵 기사 분들을 저희가 고용하는 게 아니거든요. 본사 협력업체에서 파견 나오시는 분들이세요. 저희는 본사에서 보내 주는 대로 받는 거예요."

"아가씨가 나를 본사에 소개하거나 추천해 줄 수는 없소? 내가 제빵 경력이 50년이에요. 못 만드는 빵이 없어요. 빵의 달인이지."

"저희 본사 기사로 일하시려면 거쳐야 하는 코스가 있거든요. 저희는 그 코스를 거친 분만 쓸 수 있어요. 아무리 제빵 경력이 길어도 안 돼요. 그리고 본사에서 허락한 빵이 아닌 다른 빵을 저희가 이 매장에서 팔 수도 없어요."

하은은 제빵 기사 교육 코스는 10주짜리이며, 반죽을 다루는 법을 가르치지 않고, 제빵 기사 자격증은 없어도 되고, 본사도 점주도 부리기 쉬운 젊은 여성을 선호한다는 얘기는 하지 않았다. 어쨌거나 그것은 작은 돈이 정한 법칙은 아니었다.

"아가씨가 할 수 있는 게 아무것도 없네요."

노인이 말했다.

"정말로 아무것도 없어요, 제가 결정할 수 있는 사항은."

"알았습니다. 귀찮게 해서 미안합니다."

노인은 문을 열고 가게를 나갔다. 밖에서 기다리던 할머니가 할아버지의 팔을 살짝 때리더니 중절모에 손을 뻗어 모자 위치를 바로잡아 주었다. 할머니가 뭐라고 말하자 할아버지가 얼굴에 주름살을 가득 만들며 활짝 웃었다. 할머니가 할아버지의 팔에 자기 팔을 감았다. 키가 큰 할아버지가 허리를 굽혀 할머니 쪽으로 귀를 가까이 댔다. 두 사람은 서로에게 뭔가를 말하며 조금씩 어둠 속으로 사라졌다.

하은은 그들이 자기 욕을 하길 바랐다. 그렇게라도 그 대화에 끼고 싶었다. 그녀는 그 외에도 뭐라 이름 붙이기 어려운, 불편하고 속절없는 충동을 느꼈다. 오래된 것이었다.

사람 사는 집

현수 8구역은 일주일 사이에 소형 빌라가 3.3㎡당 1000만 원 가까이 가격이 올랐다. 현수동 H 공인 대표는 "한강 전망과 접근성이 뛰어난 점 등 입지 여건이 좋은 데다 재건축 사업 추진이 빨라질 것이라는 기대로……

기억이 가물가물하다. 실제로 자신이 그런 행사를 눈으로 본 것인지, 아니면 TV로 본 것을 직접 봤다고 착각하는 것인지.

선녀가 어렸을 때에는 어린이들이 참가하는 관제 야외 행사가 많았다. 소련을 규탄하는 집회나 반공 웅변대회가 열리던 시절이었다. 소풍이나 학교 운동회가 아니라 시·도

규모 정도의 대회에는 가끔 운동장에 새끼 돼지를 풀어놓고 아이들이 잡게 하는 놀이가 있었다. 국민학교 저학년들이 참여하는 프로그램이었다. 고학년들은 같은 대회에서 차전놀이를 하거나 에어로빅 시범을 보였다.

목에 붉은 리본을 두른 새끼 돼지를 운동장에 풀어놓으면 아이들이 소리를 지르며 달려간다. 새끼 돼지들은 잡히지 않기 위해 필사적으로 도망간다. 아이들과 돼지들은 달리는 속도가 비슷하다. 분홍빛 새끼 돼지들은 달리다 엉뚱한 방향으로 몸을 돌려 아이들을 따돌리고, 아이들의 다리 사이로 빠져나가고, 붙잡히기 직전의 상황에서도 버둥거리며 도망칠 틈을 만든다. 그 모습을 보면서 어른들은 폭소를 터뜨린다.

선녀의 기억 속에서 그녀는 돼지를 잡는 게임이나 차전놀이, 에어로빅 시범에 참여하지 않는다. 몸이 아파서였을까? 그녀는 선생님들 사이에 앉아 저학년들이 돼지를 쫓는 모습을 지켜본다. 아이구, 어라, 하고 감탄사를 연발하며 돼지 쫓기를 지켜보던 한 교사가 게임이 끝나는 게 아쉬웠는지 다른 교사에게 묻는다.

저거 돼지로 하지 않고 토끼로 하면 더 재미있지 않을까요?

이 선생이 도시에서 자라서 뭘 모르는구먼. 토끼로 하

면 안 돼.

왜요?

토끼들은 겁이 많거든. 우우 하고 소리를 지르며 쫓아
가면 소리 지르는 반대 방향으로만 도망을 치지. 그러다
구석에 몰리면 그냥 주저앉아서 오들오들 떨기만 해요.
쫓는 맛이 없어.

그래서 토끼몰이라는 말이 생겼나 보네요.

그렇지.

선녀는 자신의 처지에 대해 생각할 때마다 이때의 기
억이 떠올랐고, 그때마다 자신이 돼지 잡기의 현장에 직
접 가 있었는지 아니었는지 골똘히 생각했다.

기억 속의 장면이 어린이와 돼지들을 높은 데서 내려다
보는 이미지인 걸로 봐서 야구장이나 축구장처럼 제대로
된 시설에서 벌어진 일 같다. 그런데 내가 어릴 때 그런
시설에 가 본 적이 있던가? 선생님들과 함께? 높이 설치
된 TV 카메라가 찍은 영상 아니었을까? 그런 돼지 잡기
대회를 TV에서 중계했을까? '전국 소년 체전 개최' 따위
의 짧은 방송 뉴스 화면을 교무실에서 함께 본 기억인가?

아니면 이 모든 게 어디선가 들은 이야기 아닐까? 혹시
도시철거민연합 집회에서 들은 얘기는 아닌가? 우리는
구석에 몰리면 웅크려 주저앉는 토끼가 되지 말아야 한다

면서. 필사적으로 몸부림치고 우리를 쫓아오는 자들을 향해 달려드는 돼지가 돼야 한다면서. "돼지가 돼야지! 돼지 되자!"라고 껄껄 웃으며 맞장구치는 소리가 들리는 것 같기도 한다…….

"부위원장님."

선녀가 부위원장에게 말을 걸었다. 그러나 "언제 도철연 집회에서 토끼가 되지 말고 돼지가 돼야 한다는 이야기 들어 본 적 있어요?"라고 물으려다가 이상한 질문인 것 같아 관뒀다. 부위원장은 왜 자신을 불렀느냐고 묻지도 않고 길고 느리게 휘파람을 불었다. 지독히 말이 없고 한쪽 다리를 약하게 저는 사내였다.

라솔라솔 라솔미파…….

해가 졌고 선녀와 부위원장은 그날 열 번째로 현수 8구역을 돌았다. 이 시끄러운 도시 한가운데 어떻게 이렇게 적막한 폐허가 있을 수 있을까. 몇십 미터만 걸어 나가면 차가 가득한 8차선 도로가 나오는데. 마치 차원 이동이라도 해 온 것 같다.

가로등 불빛을 받는 주변 풍경은 을씨년스럽다 못해 기괴했다. 인도와 차도가 구분되지 않는 길은 자동차 두 대가 나란히 지나갈 수 없는 너비였다. 그 도로 양편으로 빈집들이 늘어서 있었다. 선녀와 부위원장의 그림자가 빈집들 위에 길게 드리웠다.

빈집들은 창문이 없었다. 고물상들이 와서 창틀을 모두 뜯어 갔다. 창이 작고 외벽에 벽돌 모양 타일을 두른 주택들은 그나마 몰골을 유지하고 있었다. 반면 별다른 외부 마감재를 쓰지 않은 상가 건물은 입구가 뻥 뚫린 모습이 동굴처럼 보였다. 주택이나 상가나 끊어진 전선 다발들이 열대우림의 나무줄기처럼 주렁주렁 2층에서부터 내려와 1층 중간쯤에 걸려 있었다. 고물상들이 왜 저 전선은 가져가지 않는지 의아했고, 혹시나 저 중에 전기가 들어오는 게 있어서 잘못 닿았다가 감전이 되는 건 아닐지 두려웠다.

*

서울 현수 8구역 재건축 시공권을 놓고 삼성물산-SK건설 컨소시엄과 두산건설, ECC개발이 경쟁한다. 삼성물산-SK건설 컨소시엄은 3.3㎡당 공사비 392만 원에 가구당 평균 이주비 3억 원을 제안했으며……

혹시 내가 현수 8구역 모퉁이가 아니라 골목 안쪽에 살았다면 좀 더 일찍 대비를 할 수 있었을까? 선녀는 그런 생각도 자주 했다.

선녀는 현수 8구역의 북동쪽 경계선에 있는 빌라 2층에 세 들어 살았다. 방이 두 개, 화장실이 하나, 부엌 겸 거실이 있는 공간이었는데 면적은 20평가량 되었다. 한 방을 어머니가, 다른 방을 선녀가 썼다. 처음에는 전세였으나, 집주인이 전세금을 크게 올리든지 아니면 집세를 내라고 해서 15년쯤 전부터 월세를 내고 있었다. 보증금 500만 원, 월세 40만 원.

재작년까지는 광화문에 있는 식당에서 일했다. 아침에 일어나 밥을 짓고, 어머니와 식사를 하고, 지하철 광흥창역까지 걸어가서, 6호선을 타고 가다가 공덕역에서 갈아타고, 5호선 광화문역에서 내렸다. 식당에서는 오전 10시부터 오후 9시까지 일했다. 여름이고 겨울이고 집에는 해가 진 뒤에 돌아왔다.

살고 있는 빌라에서는 가파른 계단을 내려와 대문을 열고 샛길로 나가면 바로 대로변이었다. 출근할 때도, 장을 볼 때도 그 길을 이용했다. 그러다 보니 동네 안쪽을 살필 이유가 없었고, 골목에 붙은 재건축 사업 관련 공고문도 보지 못했다. 동네에 아는 사람도 없었고, 1층에 사는 집주인과도 데면데면한 사이였다.

재건축 추진위원회나, 그 추진위에 반대하는 비상대책위원회가 붙인 플래카드를 스치듯 본 기억이 있기는 했다. 이 지역 재건축은 기억도 나지 않는 오래전부터 추진되고 있었다. 선녀에게는 그런 플래카드가 비슷비슷한 내용으로 계절마다 바뀐다는 정도의 인상뿐이었다. 뭔가를 인가받았다고 자축하거나, 인가를 안 내 주는 어디는 각성하라며 비난하는.

그러다 어느 날 집주인으로부터 연말까지 방을 비워 달라는 말을 들었다. 집주인은 "당신도 딱하지만 내 처지도 만만치 않다."라며 사정을 설명했다. 선녀가 사는 동네는 현수 8구역, 길 하나 건너 윗동네는 현수 9구역이라고. 현수 9구역에 사는 세입자들에게는 기본 800만 원에 식구 한 사람당 200만 원씩 이사비를 주지만 현수 8구역에 사는 세입자들에게는 땡전 한 푼 없다고.

선녀는 그게 농담인 줄 알았다. 현수 8구역과 현수 9구역이 뭐가 다른데? 선녀는 그게 집주인의 착각이라고 생각했고, 집주인의 거짓말이라고 생각했고, 집주인도 속은 거라고 생각했다. 그런데 그게 사실이었다.

이 나라에는 모든 땅과 집에 주인들이 있다. 땅과 집을 가진 사람들은 그 땅 위에 있는 집을 허물고 새로 지을 권리가 있다. 한 동네에 사는 주인들이 모여, 동네를 통째로 허물고 새로 짓자고 결의할 수도 있다. 그 집을 갖지 못한 채, 거기서 살기만 하는 사람들은 아무 권리도 없다.

동네를 새로 지을 때 땅을 깊이 파내면 재개발이다. 재개발을 할 때에는 세 들어 살던 사람에게도 이사비를 줘야 한다. 동네를 새로 지을 때 땅을 깊이 파내지 않으면 재건축이다. 재건축을 할 때에는 세 들어 살던 사람에게 이사비를 주지 않아도 된다. 아니, 주지 말아야 한다. 주지 않아도 될 돈을 멋대로 주는 것은 주인들에게 손해를 끼치는 일이므로.

이게 말이 돼요? 선녀는 그 뒤로 2년 동안 그런 질문을 여러 사람에게 던졌다. 재건축이랑 재개발이 뭐가 달라요? 똑같이 곰팡내 나는 빌라에서 똑같이 수십 년을 세 들어 살았는데 왜 누구는 1000만 원을 받고 누구는 한 푼도 못 받는 거예요? 땅을 깊이 파고 덜 파고의 차이라니, 말장난해요?

어떤 사람들은 "웃기죠, 그런데 법이 그래요."라고 간단히 대꾸했다. 재개발은 재건축과 달리 공익성이 있기 때문에 세 들어 사는 사람도 보호해 주는 거라고 설명하는 사람도 있었다. 그러면 나는 공익성도 없는 남의 돈벌이 때문에 쫓겨난단 말인가요? 어차피 쫓겨나는 건 똑같은데 공익성도 없이 쫓겨나는 억울한 사람에게 돈을 더 챙겨 줘야 하는 거 아니에요? 선녀가 되물었다.

당신은 쫓겨나는 게 아니라 계약이 해지되는 것이라고

말하는 사람도 있었다. 쫓겨나는 게 아니라고요? 그러면 내가 이 근처 어디 가서 보증금 500만 원에 월세 40만 원으로 방 두 칸짜리 집을 구해요? 선녀는 날을 세웠다. 난 광화문이나, 여의도나, 직장인들이 많은 곳으로, 지하철이나 버스를 타고 출근해야 하는데. 그래야 먹고살 수 있는데.

"부위원장님, 그렇지 않아요? 자본이, 권력이, 힘없는 사람들을 쫓아내는 거잖아요. 우리한테는 주거권이라는 게 있는 거잖아요."

밤이 되면 선녀는 확신이 필요해졌고, 함께 골목을 도는 말 없는 사내에게 되풀이해서 동의를 요구했다. 사내는 무덤덤하게 그렇죠, 라고 답하거나 고개를 끄덕이고는 꼭 잠시 뒤에 길고 느린 휘파람을 불었다.

라솔라솔 라솔미파……

*

서울시는 25차 건축위원회를 열고 마포구 현수동 현수 8구역 재정비촉진구역 주택재건축정비사업 계획안을 통과시켰다고 12일 밝혔다. 계획안은 아파트 18개 동 1435세대로 조합원과 일반 분양이 1290세대, 소형 임대주택이 145세대로……

처음에는 1000만 원까지는 물론 바라지도 않았다. 법이 그렇다니 할 말이 없고, 집을 허물고 새로 지을 권리가 땅 주인들에게 있다고도 여겼다. 아마 그때는 200만 원만 받았다면 군말 없이 짐을 꾸렸으리라. 그런데 집주인은 딱 잘라 거절했다.

"그건 조합에 가서 달라고 해야지. 나는 이 재건축 반대했다고. 지금 말도 안 되는 가격으로 이 집값을 매겨서 나보고 그거 받고 떠나라는데, 그걸로도 내가 지금 열불이 나 죽겠는데 나더러 이사비를 달라고?"

"다른 집에서는 주인들이 세입자 이사비를 줬다는데요. 200만 원도 주고, 300만 원도 주고."

"글쎄, 그 주인들은 여기 조합원들이니까 그렇지. 그 사람들은 이 사업이 빨리 진행돼야 돈을 버니까. 난 거기 못 꼈고, 선녀 씨가 이사 안 가고 버텨도 난 상관없어요. 머리띠를 두르든지 드러눕든지 알아서 하세요."

머리띠를 둘러야 하나? 선녀처럼 고민하는 세입자들이 많았다. 골목에 있는 세탁소 2층에 철거민권익연대 사무실이라는 곳이 생겼고, 선녀는 주말 오후에 그곳에 들렀다. 그러나 사무실 문을 열자마자 얼른 뒤로 돌아설 수밖에 없었다. 그 안에 선녀의 집주인이 있었기 때문이다. 집주인과 선녀는 누가 먼저랄 것도 없이 서로 눈을 피했다.

현수 8구역에 생긴 철거민대책위원회가 모두 네 곳이라는 사실은 나중에 알았다. 철거민권익연대 소속 가옥주 철대위, 철거민권익연대 소속 세입자 철대위, 도시철거민연합 소속 가옥주 철대위, 도시철거민연합 소속 세입자 철대위.

전국 단위 철거민 단체가 두 곳이었다. 철거민권익연대는 철권이라고 줄여 불렀는데 온건 노선이라고 했고, 도철연이라고 줄여 부르는 도시철거민연합은 강경파라고 했다. 철거민권익연대와 도시철거민연합은 서로 사이가 나빴다. 철권 회원이 도철연 회원을 도와주면 제명됐고, 그 반대도 마찬가지였다.

철거민권익연대에서건 도시철거민연합에서건 가옥주들과 세입자들은 따로 대책위원회를 만들었다. 같은 단체 소속이라도 서로 처지가 다르고 요구 사항도 달라 서먹한 사이였다. 가옥주와 세입자가 공동 투쟁을 해야 하는데, 세입자들은 악이 받쳐 열심히 하지만 가옥주들은 느긋하다는 비난을 받았다.

선녀는 도시철거민연합 산하 현수 8구역 세입자 철대위에 가입했다. 집주인과 같은 단체에 가입하는 게 부담스러워 도철연을 찾아갔다가 "이사비 몇 푼이 아니라 임대 아파트를 받아 내는 게 우리 목표"라는 중앙회 간부의 말에 가슴이 울컥했다. 그것은 이전까지 선녀가 한 번도 그려 본 적이 없는 장쾌한 미래였고 비전이었다.

도시철거민연합 회비는 한 달에 1만 5000원이었는데, 철거민대책위가 결성된 시점부터 계산해서 석 달 치 회비를 내야 했다. 3만 원을 주고 투쟁 조끼도 사야 했다. 여러 종류의 구호와 투쟁가도 배웠다.

"일 나가면서 우리 활동 제대로 못해요. 지금 서너 달 월급 받는 게 진짜 그렇게 중요해요? 이 싸움은 양쪽에서 목숨과 집을 걸고 하는 거예요."

중앙회 간부가 주장했다.

이기면 집이 생긴다는 말. 그 말을 믿지 말았어야 했을까? 그 말을 따르지 말았어야 했을까?

어린 시절 새끼 돼지 잡기를 직접 봤는지 TV로 봤는지만큼이나 자주 떠오르는 질문이었다. 철대위를 탈퇴하고 동네를 떠나는 동지가 생기면 그런 생각이 며칠간 머리에서 떨어지지 않았다. 사람들의 시선, 용역업체 직원들의 욕설, 몸싸움, 줄어드는 통장 잔고보다 그 질문이 더 선녀의 내부를 갉아먹었다.

그렇게 2년이 지났다.

"그때 나 철대위 가입하지 말았어야 했을까? 부위원장님은 어떻게 생각해요?"

그러나 아무도 답하는 사람이 없다. 물 흐르는 소리만이 들린다. 선녀는 붉은 스프레이로 삐뚤삐뚤 써 놓은 글자가 있는 벽에 기대어 선다. 물 흐르는 소리는 '졸졸'보다는 '콸콸'에 가깝다. 작은 폭포 아래 개울에서 나는 소리 같다. 벽 아래 있는 상수도관이 터져서 깨끗한 수돗물이 쏟아지는 소리다. 몇 달째 그렇게 깨끗한 물이 쏟아지고 있는데 아무도 수리할 생각을 하지 않는다.

선녀는 요즘 옆에 사람이 없다는 사실을 종종 잊어버린다.

*

특히 '알짜 입지'로 꼽히는 현수 8구역은 평균 8000만~1억 원가량의 웃돈이 붙어 매물이 거래되고 있다. H공인 관계자는 "웃돈이 점점 올라가면서 원주민들이 매물을 거둬들이는 중"이라며⋯⋯

도시철거민연합 현수 8구역 세입자 철거민대책위는 회원 수가 가장 많았을 때 쉰세 명이었다. 선녀가 가입한 즈음이었다. 그들이 처음 참가한 집회는 도심에서 열린 민주 총궐기대회였다. 도철연 중앙회에서 서른 명 이상 참가하라고 연락이 왔다. 집회가 열릴 때마다 중앙회에서는 각 지역 철거민대책위에 그렇게 참가해야 할 사람 수를 내려보냈다.

민주 총궐기대회는 명동에서 행진을 시작해 청와대 앞까지 걷는 일정이었다. 현수 8구역 세입자들은 지하철을 타고 명동역으로 갔다. 가옥주 철대위 회원들과는 따로 가서 명동에서 만나기로 했다.

지하철에서는 처음 걸친 투쟁 조끼가 어색해서 다들 쭈뼛쭈뼛했지만 막상 역 위로 올라가 보니 주변이 온통 조끼를 입은 사람들이었다. 하늘은 온통 전국에서 모인 노조와 시민단체들의 깃발들이었다. 철거민 동지들도 어마어마하게 많았다. 떨리기도 하고 뿌듯하기도 하고 감동적이기도 했다. 현수 8구역 세입자들도 낚싯대에 녹색 기를 묶어 깃발을 만들었다. 돌아오는 길에는 조끼를 입고 있어도 어색하지 않고 남들의 시선이 두렵지 않았다. 몇몇 세입자들은 동네 입구 포장마차에서 함께 소주를 마셨다.

그로부터 일주일 뒤에 "긴급. 돈암동에서 강제집행. 동지들 결합 바랍니다."라는 문자메시지를 받았다. 현수 8구역 세입자들은 이런 사태에 대비해 '출동 순번'을 정해 났다. 시위 품앗이를 평소에 잘해야 자신들이 위기에 빠졌을 때에도 다른 동네에서 잘 출동해 준다고 했다. 선녀는 다른 세입자 동지 두 명과 함께 버스를 타고 돈암동으로 갔다.

　돈암동 현장은 3층짜리 상가 건물이었다. 지난해 건물 주가 바뀌었다. 새 건물주가 건물을 사자마자 재건축을 한다며, 입주한 가게 상인들에게 두 달 안에 나가라고 요구했다. 많게는 수억 원씩 권리금을 내고 상가에 입주한 상인들이 순순히 나갈 리 없었다.

　뒤늦게 상황을 파악한 건물주가 마지못해 보상금을 제시했다. 그 돈을 받고 떠난 이들도 있었지만 상당수 가게 주인들은 남았다. 건물주도 다급하긴 마찬가지였다. 은행에서 거액을 빌려 상가를 사들였고, 재건축을 해서 월세를 높인 뒤 그 임대 수입으로 대출을 갚을 계획이었던 것이다. 시간이 지체되면 전 재산을 은행에 뺏길 참이었다.

　도시철거민연합 중앙회가 보낸 승합차에서 투쟁가를 최대 음량으로 틀고 있어서 강제집행 현장 위치를 금방 찾을 수 있었다. 근처에 가니 철거민들의 승합차와 철거 용역업체에서 보낸 컨테이너 차량뿐 아니라 경찰차와 소방차, 구급차도 보였다. 상가 건물 벽에는 거대한 X자와 함께 철거, 출입 금지 같은 단어들이 붉은색 스프레이로 크고 흉하게 그려져 있었다. 그 위에 "악덕 건물주 살인마 ○○○"이라거나 "대통령님 제발 살려 주세요!" 같은 문구가 적힌 현수막도 함께 걸려 있었다.

상가 주변은 아수라장이었다. 이미 경찰과 용역업체 직원들이 건물을 두 겹으로 에워싸고 있었다. 용역업체 직원들은 검은 양복에 흰 셔츠를 맞춰 입고 넥타이까지 맸는데 개중에는 새파랗게 어려 보이는 청년도 있었고 덩치 큰 젊은 여성들도 있었다. '집행'이라는 글자가 적힌 형광색 조끼를 입은 법원 인력들도 있었다.

그 포위망 바깥에서 투쟁 조끼를 입은 도시철거민연합 회원들이 안으로 들어가게 해 달라며 악을 썼다. 야, 이 깡패 새끼들아, 비켜, 안 비켜? 뭘 봐? 뭘 노려봐아? 내가 너만 한 아들이 있어! 이게 민주 국가냐? 차라리 죽여! 죽여어! 고참으로 보이는 용역들은 신참들에게 말 섞지 마, 대꾸하지 마, 라고 지시했다.

가끔은 몸싸움도 벌어졌다. 철거민 단체 회원들이 덩치 큰 철거 용역업체 직원들 사이를 뚫고 들어가려다 제풀에 지쳐 넘어지는 모양새였다. 다른 회원들이 그 광경을 휴대폰으로 촬영했다. 선녀는 그렇게 용역들과 싸우는 철거민들이 돈암동 상가 가게 주인인 줄 알았다. 알고 보니 그들 역시 선녀처럼 다른 지역에서 올라온 도철연 회원들이었다. 선녀도 그들을 흉내 내 고함을 쳤지만 어설프기만 했다.

상가 세입자들은 건물 안에 있었다. 철거반원들이 그날

강제집행하려는 점포는 1층에 있는 화장품 가게였는데, 거기에 여성 세입자 세 사람이 안에서 바리케이드를 쌓고 속옷만 입은 채 농성 중이라고 했다. 세입자들은 어머니와 두 딸이라고 했다. 중앙회 간부가 농성자들과 통화하며 안의 상황을 밖에서 시위하는 회원들에게 알렸다.

밖에서 시위하는 도철연 회원들은 김밥으로 점심을 때웠다. 오후 2시쯤 용역업체 직원들이 화장품 가게로 진입했다. 밖에서도 철거민들이 포위망을 뚫어 보려고 고함을 지르고 몸을 부딪치며 아우성을 쳤다. 덩치 큰 여성 용역들이 2인 1조로 속옷 차림의 농성자들을 김밥 말듯 커다란 담요로 싸서 들고 나왔다. 가게 주인들은 소화기 분말을 뒤집어써서 얼굴이 허옜다. 한때는 제대로 꾸미고 미소를 지으며 화장품을 팔았을 얼굴들이었다.

여성 용역들이 버티던 세입자들을 다 끌어내자 남자 용역들이 가게로 들어가 기물을 꺼냈다. 이번에는 상가 입구에서 컨테이너 차량까지 두 겹으로 사람 벽이 쳐졌다. 용역업체 직원들이 나무 선반이며 전시대, 조명등, 스피커, 실내 간판, 그리고 화장품 용기들을 꺼내 컨테이너 차량에 실었다. 나오는 기물들을 보니 평범한 로드숍이 아니라 비싼 인테리어를 쓴 고급 화장품 가게였던 것 같았다.

그사이에 도시철거민연합 회원들은 컨테이너 차량 앞에 대열을 갖췄다. 한 남자 회원이 용케 용역 직원들 틈을 뚫고 컨테이너 차량 아래로 기어 들어갔다. 화장품 가게를 운영하던 가족들도 옷을 입고 철거민들의 대열에 합류했다.

소화기 분말을 얼굴에서 닦아 내지 못한 화장품 가겟집 딸이 "그거 그렇게 다루면 안 돼!"라고 비명을 지르며 물건을 옮기던 용역 직원에게 달려들었다. 용역 직원이 주춤한 사이 딸은 잽싸게 몸을 돌려 컨테이너 차량 아래로 들어갔다. 그녀는 거기서 먼저 들어가 있던 사내와 함께 아스팔트 바닥에 누웠다.

선녀와 현수 8구역 철거민들, 그리고 다른 철거민들은 컨테이너 차량 앞에 길을 막고 서서 구호를 외치고 노래를 불렀다. 철거민들은 몇 사람 더 컨테이너 차량 아래로 기어 들어갔고, 몇몇은 차량 지붕에 올라가기도 했다. 저녁도 김밥으로 때웠다. 컨테이너 차량 아래 누운 사람들이 다른 사람들과 교대했다. 자정이 가까워 오자 선녀는 집까지 타고 갈 택시비가 걱정이 됐다.

자정을 조금 넘겨서 집행관과 용역업체가 손을 들었다. 화장품 가게에서 수거한 기물을 그 자리에 다 두고 가겠다고 했다. 용역 직원들이 물품을 내리자 철거민들도 대열을 풀고 차가 빠져나갈 수 있게 길을 터 줬다.

"저게 무슨 소용이 있어요? 다시 상가로 들어갈 수도 없잖아요? 쟤들이 가게 문을 용접해서 입구를 막아 버렸다면서요."

선녀가 물었다. 이 상가 앞에서 자리를 펴고 노점을 하겠다는 거지, 하고 누군가 답했지만 선녀는 납득이 가지 않았다. 저 물건들을 길거리에서 팔겠다고?

현수동 철거민들은 다른 철거민들의 승합차를 얻어 타고 도심까지 와서 택시를 잡아탔다.

"나는 옷은 못 벗겠어. 뚱뚱해서."

택시 안에서 다른 여성 동지가 말했다. 선녀는 뭐라 대꾸할 힘조차 없었다.

*

수요가 몰리면서 남은 재개발 구역 지분 가격은 가파르게 오르고 있다. 지난해 6월 1억~1억 2000만 원 수준이던 마포구 현수 8구역의 입주권 웃돈은 지금 1억 8000만 원으로 뛰었다. 인근 중개업소 관계자들은……

하루 걸러 한 번꼴로 이사업체의 차량이 왔다. 포장 이사업체의 커다란 화물차를 쓰는 사람은 소수였고, 대부분은 1톤짜리 용달차를 불렀다. 어느 순간부터 현수 8구역에 사람 사는 집보다 빈집이 더 많아졌다.

선녀와 다른 도철연 회원들은 사람이 떠난 집 벽에 붉은색 스프레이로 차라리 죽을지언정 떠나진 못한다는 문구들, 도시철거민연합에서 가르쳐 준 구호들, 조합장에 대한 욕설들을 썼다. 1층 거주자가 떠난 뒤 2층에 홀로 남은 사람들은 노숙인이나 빈집털이범이 착각하지 못하게 자기들이 사는 집 벽에도 글을 썼다. "여기 사람 살아요." 라고.

물감이 흘러내리면서 그 문장들은 더 무섭고 비장하게 보였고, 또 몹시 흉하고 날카롭게 보였다. 선녀는 좌우 대칭이 안 맞는 그 붉은 글자들을 볼 때마다 기분이 안 좋아졌고, 나중에는 글자들이 자신을 에워싸고 있다는 착각에 빠졌다.

빈집이 방치되고 쓰레기와 폐자재가 골목에 쌓이면서 동네 자체도 점점 흉한 몰골이 되어 갔다. 그런 장소에서 사람이, 자신이 살고 있다는 것이 현실감이 없었다. 선녀는 자신의 방이, 또 자신의 삶이, 흉한 것들 한복판에 갇혀 있다고 생각했다.

선녀와 다른 세입자들은 부지런히 전국의 도시철거민연합 집회를 다녔다. 강제집행 현장에서는 이제 선녀도 목청 좋게 용역들에게 고함을 쳤다. 몇 번은 몸싸움도 벌였다. 지나가던 행인이 선녀에게 일당을 얼마나 받고 그렇게 데모를 하는 거냐고 묻기도 했다.

서울의 구청이나 지방 시청을 항의 방문하거나 청사 로비를 점거하는 시위도 벌였다. 강남구청은 도철연 회원들이 오자 아예 셔터를 내려 입구를 막아 버렸다. 민원인들도 청사에 들어가지 못했다. 마포구청은 도철연 회원들이 청사에 들어오는 것은 허용했지만 청사 안에서 경비 직원과 사회복무요원들이 철거민들을 에워쌌다. 철거민들이 화장실을 갈 때에도 방호 요원들이 따라와서 감시했다.

그런가 하면 과천시청은 철거민 수십 명이 로비 중앙에 현수막을 치고 그 아래 몇 시간이나 앉아서 연좌 투쟁을 벌이는데도 별 신경을 쓰지 않았다. 철거민들은 거기서 버너로 라면을 끓여 먹었다. 식사를 마친 철거민들이 시장실로 향했을 때에야 겨우 경비 요원들이 와서 길을 막았다.

지방에서 노조와 시민단체들의 대형 집회가 열리면 약간 소풍을 가는 기분이 들기도 했다. 순번이 걸린 사람들이 김밥을 싸 들고 고속버스를 타고 내려가 궐기대회나 행진 시위에 참여했다.

한번은 몇몇 사람들이 전남에서 열린 궐기대회에 갔다

가 밤늦게 돌아오면서 동네 입구 포장마차에서 소주를 마셨다. 전남 궐기대회에 함께 간 일행 중에 다리를 저는 사내가 있었다. 선녀는 그 사내를 전부터 알고 있었다. 선녀의 집 맞은편 빌라 지하실에 사는 중년 사내였다. 키는 160센티미터 정도였고, 오토바이를 몰고 배달 일을 했다.

사내는 엄숙하고 침울한 표정이어서 오토바이 배달원보다는 학자 같은 분위기였다. 작은 키와 왜소한 체격, 장애에도 불구하고 기품이 있었다. 선녀는 그가 한때 젊은 여자와 지하실에서 동거한 적이 있었음을 알았다.

"다리 불편하신데 먼 길 힘들지 않나요."

술을 마시다 선녀가 그에게 말을 걸었다.

익숙해져서 괜찮습니다, 라고 사내가 대답했다.

철거민대책위 위원장이 이날 술값은 회비로 내줄 수 없다고 해서 분란이 일었다. 그 일로 회비 관리를 어떻게 하는지 따지게 됐고, 그때까지 총무가 아무런 장부도 없이 대충 돈 관리를 해 온 사실이 들통났다. 내역을 따져 봤더니 11만 원 정도가 비었다. 총무는 위원장이 지명한 이였는데, 자기가 급한 대로 돈을 돌려썼다고 실토했다. 철거민들은 총무를 철대위에서 제명했다.

이와 별도로 탈퇴자들이 생겨나 세입자 철거민대책위 회원 수가 반으로 줄었다. 가옥 세입자들은 집주인으로부터, 상가 세입자들은 조합으로부터 보상금을 받고 이사를 결심했다. 그들은 갑자기 어느 날부터 모습이 안 보이다가 며칠 뒤 아무 말 없이 용달차를 불러 떠났다. 선녀는 떠나려는 세입자에게 철대위에 그달 회비라도 내고 가라고 부탁했다가 면박만 들었다.

떠나는 사람들은 자신들이 얼마에 합의했는지 절대로 털어놓지 않았다. 집주인이나 조합이 액수를 절대로 밖으로 알리지 말라고 신신당부한 모양이었다. 세입자 보상금은 500만 원이라는 말도 있었고 1000만 원이라는 말도 돌았다. 가옥주들은 다들 협상 중이라고 했다.

집주인이나 조합이 1000만 원을 준다고 하면 나는 어떻게 할까, 선녀는 생각했다. 그러나 그들은 선녀에게 아무런 제안도 하지 않았다. 현수 8구역도, 선녀의 집도, 선녀도, 그렇게 덩그러니 남았다.

주민들이 현수 8구역을 떠나자 철거 용역업체 직원들이 찾아왔다. 젊은 용역 직원들이 빈집에서 자면서 동네에 상주했다. 빈집이라도 전기와 수도는 나왔다. 낡은 가재도구를 버리고 떠나는 사람들도 많아서 빈집에서 사는 것이 그리 힘들지는 않았다. 그렇게 동네에서 기숙하는 용역 직원들이 마흔 명 이상 되는 것 같았다.

빈집 벽에 조합이 공고문을 붙였다. 월말까지 이주하는

사람에게는 이사비 300만 원을 지급할 계획이니 미(未)이
주자는 마지막 기회를 놓치지 말라는 내용이었다. 직장도
그만두고 지금까지 들인 시간과 노력이 얼만데…… 도저
히 받아들일 수 없는 제안이었다.

*

마포구 현수 8구역 밤섬캐슬타운아파트도 업계에서 '로또 단지'로 불리고
있다. 분양가가 3.3㎡당 평균 2500만 원 수준에 책정될 것으로 보이며,
전용 84㎡기준 분양가는 7억~8억 원 수준이다. 이는 인근 단지 시세보다
2억 원가량 낮은 가격이라……

마침내 철거를 알리는 계고장이 날아왔다. 철거민들은
두세 명이 한 조가 되어 동네를 돌기 시작했다. 용역 직
원들이 어느 집을 골라 갑자기 강제집행을 시작할지 몰
랐기 때문이다. 새벽 6시부터 자정까지 몇십 번이고 동네
를 돌며 용역 직원들의 움직임을 감시했다. 그렇게 동네
를 도는 일을 규찰이라고 불렀다. 철거민들은 골목 곳곳
에 CCTV도 설치했다.

규찰을 돌다 다른 회원들을 만나면 '투쟁'이라고 인사
했다. 철거민권익연대 회원들과 마주치면 어색하게 눈인

사를 나눴다.

철거 용역업체 직원들도 철거민들처럼 동네를 돌았다. 그들은 그 일을 순찰이라고 불렀다.

동네를 돌던 철거민들과 철거 용역들이 골목에서 마주치는 일도 자주 있었다. 그럴 때면 젊은 용역 직원들은 능글맞게 웃으면서 철거민들에게 말을 걸었다. 그들은 그렇게 철거민들의 얼굴과 주소를 익혔다. 용역들은 징그러운 말투로 선녀를 이모, 누님이라고 불렀다. 그 말을 들을 때마다 소름이 끼쳤다.

좁은 동네를 몇 번씩이나 돌다 보면 시간 감각이 무뎌졌다. 한 장소에서 빙빙 도는 느낌에서 벗어날 수가 없었다. 사실 한 장소에서 빙빙 돌고 있었기 때문이다.

다리를 저는 사내는 밤이 되면 규찰을 돌면서 느리고 쓸쓸한 휘파람을 불렀다. 라솔라솔 라솔미파…… 노랫가락이 밤공기를 타고 하늘로 올라가는 것 같았다.

"그게 무슨 노래예요?"

어느 날 선녀가 물었다.

"옛날 팝송이에요."

사내가 대답했다.

"기분 되게 묘하게 하는 노래네요."

사내는 고개를 끄덕였지만 더는 말을 잇지 않았다.

"저 용역들 고용해서 저렇게 몇 달씩 월급 줄 돈을 그냥 우리한테 줬으면 우리 다 나갔을 거 같지 않아요? 용역들 중에는 하루 30만 원, 50만 원을 받는 사람도 있다던데."

선녀가 물었다.

"그렇죠."

사내가 짧게 대답했다.

사내와 같은 건물에 사는 다른 세입자들이 말했다. 우리 집주인이 현수 8구역에만 집이 다섯 채 있어요. 여기산 적도 없는 사람인데 재건축을 노리고 집을 그렇게 여러 채 산 거예요. 그런데 이사비로 200만 원씩밖에 못 주겠대요. 이사하는 데 돈이 그 이상 필요하냐고.

현수 8구역 세입자 철거민대책위원회 회원들은 위원장을 탄핵했다. 탄핵 사유는 두 가지였다. 자신이 집회에 참석할 때에는 회비로 술을 마시고 택시를 타면서 다른 사람들이 집회에 참석할 때에는 그러지 못하게 한 것, 그리고 다른 회원들에게 고압적으로 반말을 쓰고 불합리한 명령을 내린 것.

탄핵 처지에 몰린 위원장은 회원들의 반발이 조합의 공작 때문이라고 주장했다. 그러면서 철대위 회원 몇 명을 조합 측 첩자로 지목했다. 그들이 포장마차에서 용역업체 직원과 함께 술을 마시는 장면을 찍은 사진도 증거로 제시했다. 사진에 찍힌 사람들은 포장마차에서 술을 마시다가 합석하게 된 것이라고 주장했다. 자신들이 철거용역과 내통했다면 그렇게 드러난 장소에서 만났겠느냐고 따졌다. 위원장은 그 사진을 누가 찍었는지, 어디서 구했는지에 대해서는 끝까지 대답하지 않았다. 한동안 중앙회까지도 이 사안이 올라가 시끄러웠지만 명확한 결론은 나지 않았다.

탄핵당한 위원장은 결국 철거민대책위를 탈퇴했다. 그러면서 세입자 철대위 회원 수는 열아홉 명으로 줄어들었다.

남은 회원들은 상가 세입자인 슈퍼마켓 주인을 새 위원장으로 뽑았다. 슈퍼마켓 주인은 조금 덜렁대는 구석이 있긴 했지만 가게를 운영하다 보니 다른 주민들을 전부터 잘 알았고 넉살도 좋았다.

하필 새 위원장의 슈퍼마켓이 제일 먼저 철거됐다. 위원장으로 선출된 직후였다.

그날은 새벽부터 양복을 입은 용역업체 직원들이 분주하게 골목을 돌아다녔다. 용역들의 수도 평소의 배 정도되어 보였다. 드디어 오늘인가 하는 불안감에 선녀는 아침을 먹고 곧장 위원장의 슈퍼마켓으로 갔다. 다른 철거민 한 사람도 와 있었다.

"세탁소 쪽을 치려나? 아니면 박 씨네?"

새 위원장이 CCTV 화면을 보며 말했다.

"이쪽으로 오는 거 같은데요?"

다른 철거민이 말했다.

순식간에 슈퍼마켓 주위를 용역 직원들이 에워쌌다. 직원 수가 100명이 넘는 것 같았다.

"어?"

가게 안에 있던 세 사람은 부랴부랴 문을 걸어 잠그고, 다른 철거민과 중앙회에 문자를 보내고, 바리케이드를 쳤다. 위원장이 물건을 옮긴답시고 허둥대다 석유난로에 발이 걸렸다. 난로가 구식이었는지 넘어지자 기름이 밖으로 넘쳤고 불길도 함께 타고 흘렀다. 불이 커튼에 옮겨 붙기까지 채 30초도 걸리지 않았다.

밖에 있던 용역들이 얼굴이 사색이 되어 유리창을 깨고 들어와 세 사람을 구해 냈다. 강제집행을 할 때 그런 식으로 창문을 부숴 가며 진입하는 것은 금지였지만, 안에서 화재가 났을 때는 예외였다. 인명 구조가 우선이기 때문이었다. 그래서 중앙회에서도 '절대 불을 지르면 안 된다'고 신신당부했었다.

유독가스를 들이마셔서인지 워낙 경황없이 철거를 당

해서인지 위원장도 선녀도 다른 철거민도 그냥 정신이 멍했다. 철거 용역들은 불을 끄고 슈퍼마켓에서 물건들을 꺼내기 시작했다. 뒤늦게 철대위 회원들이 달려와 항의했지만 소용이 없었다. 다른 지역 철거민들이 버스와 택시를 타고 왔을 때에는 상황이 거의 종료될 즈음이었다. 용역들이 슈퍼마켓 앞에 쇠 파이프로 비계를 세우고 있었다. 철거민들은 철거 용역들 앞에서 두 시간 정도 구호를 외치고 시위를 벌이다 뿔뿔이 흩어졌다.

*

서울 마포구 현수 8구역 밤섬캐슬타운아파트 모델하우스에는 개관 첫날에만 1만여 명이 몰린 것으로 집계됐다. 분양 관계자는 "광화문, 여의도 등 도심으로 가는 교통이 편리하고 한강이 내려다보이는 전망에 투자자들이 관심을 가진 것 같다."며……

선녀를 이모, 누님이라고 부르던 젊은 청년들이 강제 집행 현장에서는 씨발년, 미친년이라고 서슴없이 욕했다. "아줌마, 아줌마는 인생 없어? 돈 몇백만 원 받자고 진짜 이 지랄을 해야 돼? 몇 달을 더 버틸 수 있을 거 같아? 법은 우리 편이야." 용역들은 그러다가도 카메라를 들이대면 표정을 싹 바꿨다.

용역 직원들은 온갖 방법으로 도발해 왔다. 당신 남편이 바람피우고 있다는 식의 중상은 당사자 아닌 사람에게야 별 효과가 없었지만, '누구누구네는 합의 끝나서 며칠 뒤에 떠날 예정'이라는 말은 충격이 컸다. 개중에는 맞는 정보도 있었으므로 더 그랬다.

철거민들도 용역들에게 "개새끼들아, 너희들은 애비 에미도 없냐."에서부터 "아직 젊은데 그렇게 살지 마라, 돈이 좋다고 영혼까지 팔아서야 되겠느냐."고까지 다양한 말로 맞섰다. 그런 말에 얼굴이 붉어지는 청년도 있고 도리어 히죽히죽 웃는 녀석들도 있었다.

그들은 경찰서에도 자주 갔다. 강제집행 현장에서 철거 용역들과 드잡이 중에 누가 밀쳤느니 쇼하지 말라느니 실랑이를 벌이다 서로를 경찰에 고발하는 일이 종종 일어났다. 대개 무혐의 처분을 받긴 했으나 경찰서를 오가는 일 자체가 부담이었다. 때로는 자신이 고발당한 사건이 아니라도 증언을 하러 경찰서에 가야 했다. 경찰들도 짜증을 냈다.

떠나지 않고 남은 철거민들에게 조합이 손해배상 소송을 제기했다. 공사가 늦어져서 재산 피해가 발생했다며, 도시철거민연합과 철거민권익연대 소속 세입자와 가옥주들에게 1인당 삼천몇백만 원씩 돈을 물어내라고 했다.

이 돈을 물어낼 수밖에 없게 되면 난 죽을 거야. 선녀는 생각했다. 그것은 건조한 예상이기도 하고 냉정한 다짐이기도 했다. 더 물러날 구석이 없었다. 새끼 돼지들에 대해 생각하기 시작한 것도 그즈음부터였다.

강제집행 시도 몇 건은 성공했고 몇 건은 실패했다. 용역업체에서는 이 집을 칠 것처럼 하다가 다른 집을 치는 양동 작전을 구사하기도 하고, 하루에 두 곳에 강제집행을 동시에 시도하는 등 철거민들의 허를 찔렀다.

다른 지역 철거 반대 시위에 나간 사이에 강제집행을 당한 세입자도 있었다. 울며불며 몸부림을 치던 그녀를 용역업체 소장이 "가게 될 곳까지 우리가 공짜로 물품을 운반해 주겠다."고 달랬다. 그녀는 그 말을 듣고서야 겨우 잠잠해졌다.

가옥주 한 명은 집을 비운 사이에 용역 직원들이 들어오자 옆 건물 비계를 타고 올랐다. 그는 3층 높이에서 쇠파이프를 붙잡고 흔들었다. 아래에서는 난리가 났다. 방송사에서 기자들이 몰려왔고 소방관들은 에어매트를 설치했다. 전국의 도시철거민연합 회원들도 몰려왔다. 결국 용역업체 소장이 나와 그날 강제집행을 안 하겠다고 약속하고 직원들을 뒤로 뺐다.

현수 8구역 도시철거민연합 회원들은 확성기가 달린 투쟁용 승합차를 한 대 구입했다. 다른 지역에서 쓰던 승합차를 중고로 사들인 것이지만, 그래도 회비를 추가로 내야 했다. 가옥주들은 30만 원, 세입자들은 15만 원씩 돈을 냈다. 대신 승합차는 평소에는 가옥주 철대위 위원장 집 앞에 문을 막는 용도로 세워 두기로 했다.

멀리서 조금만 시끄러운 소리가 나도 강제집행에 들어가는 것 아닌지 겁이 났으므로 다들 신경이 날카로워졌다. 대부분의 철거민들이 우울증 약과 신경안정제를 먹었다. 세입자 철거민들은 모두 기초생활수급자여서 약값 부담은 없었다. 술을 마시는 것보다는 약을 먹는 게 더 낫지 않을까 하는 생각도 있었다.

세입자 철거민대책위는 회원 한 명을 추가로 제명했다. 몇 번이나 주의를 줬는데도 시위 현장에서 화를 참지 못해 골칫덩이였던 할머니였다. 할머니는 걸핏하면 용역 직원들의 얼굴에 침을 뱉거나 상대의 뺨을 할퀴었다. 그렇게 철거민들과 용역 사이에 몸싸움을 붙여 놓고 정작 자신은 뒤로 빠지기 일쑤였다.

할머니는 어느 날 재건축 조합장이 조합 사무실로 출근하는 길에 달려들어 상대의 머리칼을 쥐어뜯고 뺨을 때렸다. 조합장이 병원 진단서를 끊고 와서 할머니를 경찰에 고발했는데, 절대로 소를 취하하지 않을 거라고 했다. 이번에는 경찰도 혐의 없음으로 처분하지 않았고 할머니는 꼼짝없이 벌금을 내게 생겼다. 할머니는 재건축 조합으로 가서 조합장 앞에서 무릎을 꿇고 싹싹 빌었다. 그것이 철거민대책위의 제명 사유가 됐다.

남은 철거민의 수가 줄면서 시공사가 본격적으로 철거 공사에 들어갔다. 1~2주에 한 번씩 포클레인이 와서 우지끈 소리를 내며 빈 건물들을 하나씩 부수고 돌아갔다. 가림막을 세우고 옆에서 물을 뿌린다지만 그때마다 먼지가 엄청나게 일었다. 무거운 것들이 무너지고 쏟아지는 소리가 들릴 때마다 가슴이 내려앉았다. 선녀는 신경안정제 복용량을 늘렸다.

가장 성실하게 대책위원회 활동을 하던 세입자가 탈퇴할 때에는 다들 충격을 받았다. 그래도 그는 다른 사람들과 달리 철대위에 와서 자신이 탈퇴한다는 사실을 알렸다.

"애들이 울면서 이제 그만하라네. 어쩔 수가 없네."

떠나는 사람이 고개를 숙이고 말했다.

"이제 어디로 가요? 뭐 할 거예요?"

"애들은 안산 쪽으로 보내려고. 거기는 그래도 지하철이 있으니까 학교는 왔다 갔다 할 수 있겠더라고. 나는 뭘 할지 모르겠고. 일단 고시원에 들어가서 대리 기사 같은 걸 해 볼까 싶은데."

"합의금은 얼마 받았어요?"

"1200…… 그리고 소송도 취하해 주겠다고 하고……."

떠나는 사람이 말을 흐렸다.

선녀가 살던 집 맞은편 빌라에도 강제집행이 들어왔다. 다리를 저는 사내가 사는 그 지하실이 대상이었다. 일곱 시간이나 싸웠지만 소용이 없었다. 선녀는 과묵하던 사내가 집에서 쫓겨나 엉엉 우는 모습을 보고 깜짝 놀랐다.

슈퍼마켓을 운영했던, 불이 나는 바람에 그 슈퍼마켓에서 쫓겨난, 세입자 철대위원장이 어느 날 대책위를 탈퇴했다. 그는 그때까지 마포구청 앞에서 텐트를 치고 살고 있었다. 그가 탈퇴할 때 다른 세입자 여덟 명도 함께 탈퇴했다. 위원장이 돈을 받고 조합과 내통했고, 다른 철거민들을 꾀었을 것으로 선녀는 추측했다.

이제 남은 도시철거민연합 소속 세입자 철거민은 세 사람이었다. 그중 두 사람이 선녀와 선녀의 어머니였다.

*

ECC 개발이 서울 마포구 현수 8구역에 공급한 밤섬캐슬타운아파트가 평균 41.22대 1로 올해 강북권 최고 경쟁률을 기록했다. 14일 금융결제원에

따르면 밤섬캐슬타운아파트 1순위 청약에는 특별공급을 제외한 432가구

모집에 총 1만 7807건이 접수돼……

"부위원장님, 이제 이 동네에 모두 몇 명 남았지요?"

선녀가 물었다.

"글쎄요. 한 열 명 있나? 철권 사람들이 가옥주랑 세입자랑 합쳐서 네다섯 명 있는 거 같고, 우리도 우리 세 사람에 가옥주 두세 명쯤 남은 거 같고요."

다리를 저는 사내가 대답했다.

선녀가 현수 8구역 도시철거민연합 세입자 철거민대책위원장이 됐다. 다리를 저는 사내는 부위원장이 됐다.

다리를 저는 사내가 선녀의 집으로 들어왔다. 선녀는 어머니와 큰방을 쓰고, 현관 쪽 작은방을 다리를 저는 사내에게 내주었다. 그렇게라도 철대위에 남아서 계속 싸워야 나중에 도시철거민연합 앞으로 보상이 나올 때 자기 몫을 가져갈 수 있었다. 이제는 그 길밖에 없었다.

남자는 집에 있을 때 자기 방 밖으로 나오지 않고 조심조심 행동했다. 그들은 새벽 6시에 일어나 아침을 같이 먹고 규찰을 돌았다.

"부위원장님, 난 요즘 뭐가 무서운지 알아요? 용역 애들이 우리 집은 아예 철거하러 오지도 않을까 봐 무서워.

그러면 이 상태로 계속 살아야 하잖아요. 그런데 꼭 그렇게 될 거 같아. 개포동 거기는 몇 년째 그 모양이라고 했죠? 6년? 7년?"

선녀가 물었지만 주변에 아무도 없었다. 조금 전까지 같이 있었던 것 같은데. 복용 중인 신경안정제의 주된 부작용이 일시적인 기억상실증이라고 들었는데, 그 때문일까? 혼자 집 밖으로 나와 놓고선 그 사실을 잊어버린 것일까? 아니면 어느 골목 모퉁이쯤에서 사내가 제 다리를 주무르며 곧 쫓아갈 테니 먼저 가라고 했던 것을 잊은 것일까? 혹시 남자는 그사이에 떠난 걸까? 내가 몇 주 치, 혹은 몇 달 치 기억을 잃은 건 아닐까?

어떤 건물이 있던 자리는 완전히 평평해졌고, 어떤 건물이 있던 자리에는 흙과 시멘트 덩이와 쓰레기가 수북이 남았고, 어떤 건물 주변에는 비계와 가림막이 쳐졌고, 어떤 건물은 골조만 남았다.

"땅 깊이 파면 재개발이라더니, 재개발 소리 안 들으려고 땅을 일부러 깊게 안 파는 것 좀 봐요. 아주 치사하지 않아요?"

선녀가 말했다.

"그렇죠."

사내가 대꾸하고 느릿느릿 휘파람을 불었다.

때로 그 휘파람 소리를 듣다 보면 아주 천천히 몸이 가벼워져서 휘파람 소리와 함께 공기를 떠다닐 수 있을 것도 같았다. 휘파람 소리와 함께 가림막과 유리 없는 창과 문 없는 집 사이를 헤엄치고 있는 것도 같았다.

때로 선녀는 자신들이 신화 속의 인물이 된 것 같은 기분이 들기도 했다. 장엄한 세계 종말의 순간에 남은 두 사람. 두 남녀. 두 천사. 등에서 날개가 솟아오른다. 인간의 멸망을 살피고 슬퍼하다 라솔라솔 라솔미파…… 의 선율과 함께 하늘로 날아오른다. 신의 권세를 찬양하는 노래가 아니라 느리고 구슬픈 그 옛날 팝송에 맞춰 그들은 폐허 위를 낮게 떠다닌다.

"부위원장님, 내 이름이 선녀잖아요. 어릴 때 내 친구들이 그걸 가지고 많이 놀렸거든. 나무꾼은 어디 있냐고. 너만약에 조씨 집안에서 태어났으면 조선녀인 거냐고. 그러면 내가 대꾸해 줬지. 내가 선녀 옷만 찾아 입으면 너희들하고는 바이바이라고. 옷 찾자마자 바로 하늘로 날아갈 거라고."

"그런데 부위원장님, 사람한테는 왜 집이 필요할까요? 옛날에는 다들 집이 없었을 거 아니에요? 원시인들은 다 떠돌며 살았잖아요. 그런데 어쩌다 아무 데서나 못 자고 집이 필요한 생활을 하게 됐을까? 사람 말고도 집이 필

요한 동물이 있나? 아, 새가 있지. 그런데 새들 둥지는 작
잖아. 개집은 사람들이 만들어 준 거고…… 그렇지, 토끼
굴이라는 말도 있네. 그런데 토끼들이 굴에서 살아요? 난
잘 모르겠는데."

"그런데 부위원장님, 우리 어릴 때 운동장에 새끼 돼지
를 풀어놓고 아이들이 잡게 하는 놀이가 있지 않았어요?
혹시 기억나요?"

"예, 그런 놀이가 있었죠."

다리를 저는 사내가 짧게 대답했다.

규찰을 마치고 집에 돌아와 보면 방에서 어머니가 무
어라고 혼잣말을 중얼거리고 있었다.

철거 용역들이 자신의 집으로 몰려왔을 때, 선녀는 기
쁜 마음으로 그들을 맞았다. 전기와 수도가 끊긴 지 나흘
째였다. 이제 더 이상 지하철역에서 양동이에 물을 길어
올 필요가 없었고, 생수로 밥을 짓지 않아도 됐다.

혹시 불이 날까 싶어 큰방에 켜 놨던 촛불을 껐다. 그
리고 어머니를 그 방에 남겼다. 선녀와 사내는 손을 잡고
옥상으로 향하는 계단을 올라갔다. 옥상에는 선선한 바람
이 불었다. 몰려든 철거 용역은 100명가량 되어 보였다.
도시철거민연합 동지들의 모습도 보였다. 경찰차도 보이
고 소방차도 보이고 구급차도 보이고 승합차도 보이고 화

물차도 보였다.

대문에 자물쇠를 여러 개 달았지만 용역들이 그걸 따는 데에는 시간이 오래 걸리지 않을 터였다. 겨우 2층 건물의 옥상이었기에 뛰어내린다는 협박이 통할 것 같지는 않았다. 그들은 준비해 둔 밧줄 올가미에 목을 걸었다. 선녀는 땅에서 발을 떼는 순간 자신들에게 날개가 돋아난다면 얼마나 멋질까 상상했다.

"갑자기 무섭네."

선녀가 말했다.

다리를 저는 사내는 대답 대신 선녀를 안았다. 그들은 키가 비슷해서 서로 뺨이 닿았다. 선녀는 남자의 머리를 꼭 붙잡고 쓰다듬었다. 며칠간 제대로 씻지 못한 통에 몸에서 시큼한 냄새가 났지만 상관없었다. 어딘가에서 휘파람 소리가 들려오는 것 같았다.

서울 마포구 현수동에 들어설 예정인 밤섬캐슬타운아파트의 전용면적 84㎡ 분양권 실거래 가격이 10억 원을 넘어섰다. 서울부동산정보광장에 따르면 분양가가 8억 5500만 원이었던 이 단지의 전용 84㎡ 20층 분양권이 지난달 10억 2730만 원에……

카메라 테스트

택시에서 내리면서 지민은 짧게 숨을 들이켰다. 메이크업 숍이 생각보다 훨씬 더 컸기 때문이었다. 으리으리하다고 표현해도 좋을 정도였다. 4층 건물 전체를 썼는데 모든 층의 벽이 전면 유리로 되어 있었다. 내부 조명도 엄청나게 밝았다. 새벽 3시에 그렇게 환하게 빛나는 건물은 처음이었다.

마지막 카메라 테스트를 받은 지 스무 번 만에 얻은 기회였다. 그 전까지 열아홉 번 연속으로 서류 전형에서 떨어졌다. 지민은 합격을 바란다기보다는 최선을 다하고 싶다는 심정이었고, 그래서 지망생들 사이에서 유명하다는 뷰티 숍을 예약했다.

여느 아나운서 공채처럼 창원 MBC 아나운서 채용 과
정에는 아예 필기시험이 없었다. 서류 전형, 카메라 테스
트 및 실무 면접, 그리고 최종 면접이었다.

건물에 들어가 1층에서 이름을 대니 카운터 직원이 무
전기를 들고 "이지민 님 메이크업 받으러 가십니다."라고
말했다.

지민은 안내에 따라 엘리베이터를 타고 3층으로 올라
갔다.

"어디까지 하시고 오셨어요?"

가운을 입고 의자에 앉자 젊은 스타일리스트가 와서
물었다. 지민은 스킨과 로션만 발랐다고 대답했다.

기초화장에만 20분이 넘게 걸렸다. 색조 화장을 하고
인조 속눈썹을 붙인 뒤 윤곽을 붓으로 다듬었다. 속눈썹
을 붙이자 눈이 너무 커져서 다른 사람처럼 보일 정도였
다. 속눈썹은 퍽 무거웠다.

"더 수정하고 싶은 부분이 있으실까요?"

지민은 막연한 느낌을 언어로 어떻게 표현해야 할지
알 수가 없어 우물쭈물했다. 어색한 표정으로 가만히 있
자 스타일리스트는 "머리를 받고 오시면 마무리를 봐 드
릴게요."라고 말했다.

스타일리스트는 무전기에 대고 손님이 내려가신다고

말했다.

2층의 헤어 담당자는 수다스러웠다. 원하는 스타일이 있느냐는 질문에 지민은 "오늘 아나운서 시험 보러 가거든요. 조금 단정한 느낌으로 해 주세요."라고 대답했다.

"단정한 느낌? 어떻게, 웨이브로 해 드릴까요? 컬을 한 번만 넣어서? 아니면 아예 묶어 드릴까요? 묶는 것도 반 묶음이 있고 하나로 묶을 수도 있는데."

지민은 웨이브로, 컬은 한 번만 넣어 달라고 요청했다.

"오늘 어디 시험 보러 가세요?"

헤어스타일리스트가 지민의 머리를 만지며 물었다.

지민이 지방 방송국이요라고 대답하자 헤어스타일리스트는 지방 어디인지, MBC 계열사인지 다른 지역 민영 방송인지 궁금해했다. 지민이 창원 MBC라고 답하자 헤어스타일리스트는 거기 크고 괜찮다고 말했다.

"지금 어디서 일하고 계세요?"

헤어스타일리스트가 지민의 머리를 들고 물었다. 지민은 이제 막 준비를 시작했다고 거짓말을 하고, 그날 처음으로 조금 웃었다. 지민은 자신이 '일하는 사람'처럼, 현직처럼 보이느냐고 되물었다.

"아니, 뭐, 요즘은 다들 일하면서 시험을 보러 다니니까……."

헤어스타일리스트가 무심하게 중얼거렸다.

머리를 크게 부풀리고 나니 거울 속의 모습은 더 낯설어졌다. 지민은 다시 한 층을 올라가 마무리 화장을 받았다. 젊은 스타일리스트는 브러시로 지민의 이마 선을 다듬고, 작은 유리통에 립스틱 조각을 덜어 면봉과 함께 주었다.

카운터에서는 지민이 새벽 5시 이전에 메이크업을 받았기 때문에 추가 요금이 붙는다고 뒤늦게 설명했다.

밖으로 나오니 해가 떠 있었다. 지민은 휴대폰을 꺼내 셀카를 몇 장 찍었다. 카메라에 잡힌 모습이 나쁘지 않아 안심이 되었다.

서울역까지는 지하철을 타고 갈 참이었다. 아낄 수 있는 비용은 아껴야 했다. 지민은 의상실에서 빌린 정장이 든 슈트 케이스와 구두를 담은 종이 가방, 간식거리와 화장 도구와 필기구를 담은 숄더백을 들고 지하철역으로 걸어 갔다. 헐렁한 원피스를 입고, 굽 없는 단화를 신고 있었다.

거리에는 아직 행인이 없었다. 지민은 입을 풀기 위해 노래를 크게 부르며 걸었다. 어느 가을날의 높은 하늘과 연인을 만난 기쁨을 이야기하는 가곡이었다. 좋아하는 노래였다.

지민은 멜로디가 부드럽고 가사가 운치 있는 노래를

좋아했다.

지하철을 타고 있던 사람들이 모두 지민을 쳐다봤다. 감탄이나 찬사라기보다는 '저게 뭐지?' 하는 표정에 가까웠다. 지민은 가방을 여러 개 든 채로 등을 꼿꼿이 폈다. 승객들의 눈은 곧 다시 흐려졌다.

*

"창원 MBC 시험 치러 가시는 거 맞죠? 저 여기 앉아도 돼요?"

화려한 외모를 한 승객이 물었다. 눈도 크고 코도 크고 입도 컸다. 긴 머리칼에는 물결처럼 여러 번 컬을 넣었고, 눈화장에는 펄이 섞여 있었다. 하지만 옷은 지민처럼 헐렁한 원피스 차림이었다.

지민은 네, 앉으세요 하면서 고개를 끄덕였다. 그들은 창원행 KTX 열차 안에 있었다.

시험장에 비행기를 타고 가는 것은 아나운서 지망생들 사이에 금기였다. 몇 년 전 대구 MBC 카메라 테스트에서 비행기가 안개로 연착하는 바람에 제시간에 도착하지 못해 지원자들이 무더기로 불합격 처리된 일화가 전설처럼 회자되고 있었다. 그렇다고 전날 미리 가서 하루 묵고 그 도시에서 화장을 받은 뒤 시험장에 가는 방안도 썩 내키진 않았다. 지방 도시의 메이크업 숍들은 실력이 들쭉날쭉했다.

"혼자 가기 심심했는데 잘됐다. 머리 망가질까 봐 어디 기대지도 못하고 이게 뭐예요, 진짜. 난 지금 머리에 하도 스프레이를 많이 뿌려서 어디 잘못 갖다 대면 머리카락이 부러질 거 같아. 그렇다고 엎드리지도 못하고, 얼굴 부을 텐데."

화려한 외모의 지원자는 정장을 담은 슈트 케이스와 구두가 든 종이 가방과 토트백을 들고 와서 옆자리에 앉았다. 지민은 상대의 호들갑에 입을 동그랗게 벌리고 하, 하, 하 소리를 내며 호응했다. 우습지 않은 농담을 들으면 그렇게 웃음이 나왔다. 다른 사람들은 지민이 크게 잘 웃는다며 좋아했다.

지민의 웃음을 보고 옆자리 지원자도 웃었다. 눈도 크고 입도 큰 지원자는 입술을 좌우로 길게 벌리고 눈을 작게 만들며 웃었다. 그러자 눈가에 잔주름이 몇 개 잡혔다. 지민은 옆자리 지원자의 깎은 듯한 턱선이 보톡스 시술 때문이 아닐까 하는 생각을 문득 했다. 그다지 통통하거나 사각턱이 아닌데도 얼굴을 더 갸름하게 만들겠다고 근육을 마비시키는 주사를 맞는 지망생들이 많았다.

KBS나 SBS는 아니야. 광주 MBC 스타일이네. 지민은 혼자 속으로 생각했다. KBS는 단아한 이미지를, SBS는 귀여운 상을 선호한다고들 했다. 광주 MBC는 화려한 얼굴을 좋아한다고 알려져 있었다.

"이번에 서류 몇 명이나 통과했는지 혹시 아세요?"

화려한 지원자가 물었다. 발음은 안정적이고 톤도 좋았다. 그러나 약간 인위적이라는 느낌도 들었다. 살짝 옛날 성우들의 대사를 듣는 것 같은 어색한 분위기도 났다. 일상 대화를 뉴스 원고 읽는 것처럼 말하면서 발음과 톤을 연습하는 모양이었다.

"잘 모르는데요……. 혹시 아세요?"

지민이 되물었다.

"저도 모르니까 여쭤봤죠. 지원자는 200명은 넘은 거 같아요. 제 아는 동생이 마지막 날 원서 냈는데 번호가 이백 몇 번이었다고 하거든요."

"치열하네요."

지민이 열없이 중얼거렸다.

"50명쯤 추렸을까요?"

옆자리 지원자가 물었다.

"글쎄요. 이번에 한 명 뽑는 건가요?"

"한 명이죠. ○명이라고 되어 있으면 한 명이에요. 남자

○명, 여자 ○명이라고 되어 있지 않고 그냥 ○명이라고
만 되어 있으면 여자만 뽑는다는 얘기고요. 이번에는 여
자 아나운서 한 명이 계약이 끝나서 새로 뽑는 거라고 하
던데요?"

지민은 같은 학원에서 창원 MBC를 준비하던 남자 지
원자들의 얼굴을 잠시 떠올렸다.

"창원 MBC는 계약 연장해 주는 분위기는 아닌가 보
죠?"

"서른 넘으면 얄짤 없대요. 울산은 큰 문제 없으면 서
른셋까지도 재계약한다는데. 울산이 분위기가 좋고 창원
은 영 아니래요."

아나운서 톤으로 "얄짤"이라고 단어를 소리 내어 말하
는 것이 조금 코믹했다.

KBS는 지방 방송국 근무자도 KBS 직원이지만 MBC
는 그렇지 않았다. MBC가 대주주이고 회사 이름에
MBC를 쓰는 지방 방송사들이 각각 사람을 채용했다.
SBS는 다른 지역 민영 방송사들과 계약을 맺고 뉴스와
프로그램을 주고받았다. 아나운서 지망생들 사이에서 선
호도는 공중파 3사, 종합 편성 채널, 지역 MBC, 지역 민
방, 케이블방송, 인터넷 방송의 순이었다.

"그쪽은 뭐 정보 없어요? 나만 얘기해 주는 거 같네."

화려한 외모의 지원자가 눈을 흘겼다.

"어…… 저는 아카데미랑 다음 카페에서 들은 게 전부인데요……."

"아카데미에서는 뭐라고 해요?"

"거기가 방송 뉴스 들어 보면 아주 에프엠이라고, 자고저(字高低) 같은 것도 철저하게 지키는 것 같다고……."

"자고저? 자고저가 뭐예요?"

화려한 외모의 지원자가 물었다.

"왜, 그거요. 한자 발음……. 경찰을 기엉찰이라고 읽고 전화를 즈언화라고 하는……."

"아, 장단음?"

자고저는 장단음이 아니었지만 지민은 그냥 그렇다고 대답했다. 설명할수록 곤란해지기만 할 것 같은 예감이 들었다. 그 대신에 자신이 정리한 '자고저 주의 단어 목록'을 메시지로 보내 주겠다고 제안했다. 화려한 외모의 지원자는 미안해서 어떻게 하느냐고 호들갑을 떨었다.

지민은 화려한 외모의 지원자와 전화번호를 교환하면서 상대에게 나이를 물었다. 화려한 외모의 지원자는 스물여덟 살이었다. 지민은 스물다섯이었다. 지민은 언니시네요, 언니라고 불러도 되죠 하고 붙임성 있게 묻고 허락을 얻었다.

지민은 그때서야 겨우 질문할 수 있었다.

"언니는 지금 어디서 일하고 계세요?"

*

"가리지 말고 방송해야 돼요. 프리랜서든 리포터든 뭐든. 기상 캐스터도 좋고요. 처음엔 뭐라도 해야 돼요. 창원 MBC 입사 지원서에도 경력 사항 항목이 있잖아요. 자격에 경력자 우대라고도 써 있고. 결국엔 다 경력자 뽑아요. 지역은 더 그래요. 초짜를 뽑은 다음에 훈련시킬 여력이 없거든."

화려한 외모의 지원자는 교통 캐스터였다. 교통방송에서 일한다는 말에 지민은 잠시 눈을 크게 떴지만 그뿐이었다. 서울시에서 운영하는 TBS 교통방송이 아니라 도로교통공단에서 운영하는 TBN 한국교통방송이었고, 방송을 맡아 진행하는 아나운서가 아니라 방송 중간중간에 교통정보를 안내하는 프리랜서 리포터였다. 그나마 서울이 아니라 강원도에서 일하고 있었다.

"경력이 없으면 취업을 못 하고, 취업을 못 하니 경력을 못 쌓고, 이 고리를 어떻게 깨야겠어요? 낮은 데서 시작해야지. 아나운서 아카데미 몇 달씩 몇 년씩 다니는 거,

도움 안 돼요. 학원비로 몇백만 원씩 갖다 바치고 배우는 게 있긴 해요? 사내 아나운서 하던 사람들이 자기 자랑하고 잡담하는 거 백날 들어서 뭘 하려고요? 현장에서 하루 일해 보는 게 훨씬 나아요."

화려한 외모의 지원자는 57분 교통정봅니다, 창원 MBC 앞 사거리 중심으로 정체가 심한 상태입니다라며 준비한 대본을 읊기도 했다.

지민은 교통 캐스터의 주장에 반신반의하는 심정이었다. 종편이나 보도 채널까지는 그 말이 옳을 수도 있었다. 그러나 공중파 3사에서는 '닳은 느낌'이 든다며 오히려 경력자를 기피한다고 들었다. 요즘 트렌드는 어리고 학벌 좋은 여자라고. KBS 이혜성 아나운서, SBS 장예원 아나운서, SBS 김선재 아나운서. 모두 별 경력 없이 최종 합격했다. 학교 홍보 모델이나 언론사에서 인턴 기자를 한 정도였다.

물론 교통 캐스터의 지적도 일리는 있었다. 지민은 1년 동안 아나운서 아카데미 두 곳을 다녔고, 학원비로 거의 1000만 원이 들어갔다. 처음 등록했던 학원에서는 기초반과 심화반 수업을 석 달씩 들었는데 심화반은 기초반 과정의 반복에 불과했다. 두 번째 학원은 선생님들이 친절하고 학생들에게 애정을 갖는 게 느껴져 좋았지만 어떻게 하면 합격하는지는 그들도 모르고 있다는 인상을 받았다.

추천 제도 때문에 아나운서 아카데미를 다니는 학생도 많았다. 공채를 실시할 여력이 안 될 정도로 규모가 작거나 급히 사람을 뽑아야 하는 케이블방송, 지역 방송에서 아나운서 아카데미에 괜찮은 수강생을 추천해 달라고 의뢰했다. 그리고 그렇게 추천받은 사람들을 상대로만 카메라 테스트를 실시했다. 학원들도 '심화반 코스를 들으면 세 번 이상 추천 보장'이라는 식으로 그런 추천권을 적극 활용했다. 추천을 받기 위해 학원 여러 곳을 동시에 다니는 지원자도 있었다. 그런 수강생 중에 합격자가 나오면 학원들에서 서로 '우리 아카데미 출신'이라고 우기는 촌극도 벌어졌다.

지민은 그런 추천 제도에는 관심을 두지 않으려 했다. 그런 선택은 '지상파가 아니면 안 돼.'라는 식의 아집이라기보다 자기 보호 본능에 가까운 것이었다. 군소 방송에서 프리랜서 아나운서들이 겪는 일에 대한 무서운 소문은 차고 넘쳤다. 지민은 그런 위기 상황에 부닥쳤을 때 제대로 대처할 기지나 배짱이 자신에게 있다고 믿지 않았다.

그런데 요즘은 스포츠 채널이나 지역 MBC도 그런 추천 제도를 이용하는 추세였다.

교통 캐스터가 말을 이었다.

"난 아나운서 아카데미의 유일한 장점은 정보라고 생각해요. 강사들이 말하는 거 말고 수강생들끼리 공유하는 정보. 어느 의상실이 옷 좋다, 어느 미용실이 방송 메이크업 잘한다, 그런 것도 다 정보죠. 그래서 이렇게 시험 보러 갈 때마다 다른 지원자들 만나서 네트워킹하고 인맥을 넓히고 있어요. 시험에 떨어져도 적어도 얻어 가는 건 있다, 그런 마음가짐이죠. 게다가 강원도에는 아나운서 아카데미가 없으니까. 그쪽한테도 앞으로 가끔 연락해도 되죠?"

그럼요 하고 지민은 머리를 끄덕였다. 교통 캐스터가 정말로 연락해 와서 귀찮게 굴면 어떻게 하나 하는 걱정과 아쉬운 사람은 나 아닌가 하는 생각이 동시에 들었다. 상대를 떠보기도 할 겸 용기를 내어 질문했다.

"언니, 그러면 저 사실 궁금한 게 있는데…… 혹시 TBN은 페이가 어떻게 되는지 여쭤봐도 돼요?"

교통 캐스터의 급여가 월 100만 원 정도라고는 들어서 알고 있었다. 그 '100만 원 정도'라는 수치가 정확히 얼마인지, 수당이나 교통비 같은 게 따로 붙는지 알고 싶었다.

"솔직히 월급은 얼마 안 돼요. 강원도에서 매일 방송을 해야 하니까 강원도에 살아야 하잖아요? 월급만으로는 방세 내고 나면 밥값도 모자라는 수준이에요. 그런데 행사 알바가 많아요."

"행사요?"

"네, 무슨 인문학 특강이나 토크 콘서트에서 사회 보는 거. 프리랜서니까 방송 안 할 때에는 그런 행사 뛰어도 괜찮거든요. 그게 은근히 짭짤해요. 별별 행사가 다 있어요. 지역 교장 연합회 정기총회 같은 데서도 아나운서를 불러요. 젊은 여자가 아나운서 말씨로 사회를 봐야 한다고."

"그러면 그런 행사비는 얼마나 돼요?"

지민이 약간 들뜬 목소리로 물었다.

"기본이 30만 원. 더 적게 주는 데도 있고 많이 주는 곳도 있지만 기본은 30만 원이에요."

"그런 행사가 많은가요?"

"다 하기 나름이에요. 방송국 사람들과 친해 놔야 해요. 다 인맥으로 들어오거든요. 그런 인맥을 쌓기 위해서라도 아무리 작은 일이라도 일단 시작해야 하는 거고."

*

남쪽으로 내려갈수록 햇빛이 강해지고 기차도 점차 빈자리가 줄어들었다. 카메라 테스트를 받으러 가는 게 분명한 다른 지원자들이 화장실에 가는 모습도 보았다.

교통 캐스터는 소리 내어 자고저를 연습하는 중이었다.

지민도 휴대폰을 꺼내 들고 미리 준비한 자료를 복습했다.

전날 창원 MBC 방송 기사들을 살피고, 한글과 영문으로 된 자기소개서를 한 번 더 외웠다. 서류 합격을 알려 온 문자메시지에는 카메라 테스트는 오전에, 실무 면접은 오후에 실시한다고 되어 있었다.

지민은 옆자리 지원자가 눈치채지 못하도록 조심스럽게 팔과 다리의 근육에 힘을 줬다가 푸는 방법으로 한창 인기인 걸그룹의 안무를 연습했다. 자기소개서에 특기를 춤이라고 적었다. 면접관들이 춤을 시킬지도 몰랐다.

그렇게 못 추지는 않았지만 그렇다고 굉장히 자랑할 만한 수준도 아니었다. 그러나 딱히 특기란에 적을 만한 다른 거리가 없었다.

가능하면 심사 위원들이 장기 자랑을 시키지 않기를 바랐다.

내세울 수 있는 게 아무것도 없는 사람이라고까지 스스로를 낮게 여기지는 않았다. 그러나 처음 만난 사람들을 상대로 몇십 초 사이에 호응을 얻는 특별한 재주는 없었다. 아니, 그런 재주가 하나 있는데 그게 바로 정확한 발음으로 말을 전달력 있게 잘하는 것이었다. 매일 여섯 시간씩 신문과 방송 기사를 읽어 가며 갈고닦은 능력이었다.

아나운서 입사 지원서에 특기로 적어 낼 수 없는 단 하나의 능력이었다.

면접에서 피했으면 하는 질문은 따로 있었다. 지역 연고 문제였다. 지민은 창원에 가 보는 것이 이번이 처음이었다. 창원에 친척도 없고, 친구도 없고, 창원을 연고지로 하는 스포츠 구단도 잘 몰랐다.

창원과 어떤 인연이 있느냐는 질문을 받으면 "대학 1학년 때 진해 군항제를 구경했는데 아주 재미있었고 아구찜도 좋아한다."라고 답할 작정이었다. 진해 주변 관광지와 식당을 검색해 두었다. 인터넷으로 본 풍경이나 시설 사진이 몇 년 전의 실제 모습과 다르지 않기를, 자신이 사연을 꾸며 냈다는 사실이 들통나지 않기만을 빌 뿐이었다.

창원중앙역에 도착하기 30분쯤 전에 지민은 새벽에 찍은 셀카 사진을 어머니와 학원 원장선생님에게 보내고 잘 나온 것 같으냐고 물었다.

답신을 기다리며 준비해 온 바나나를 먹었다. 서류 전형 발표 이후로 며칠간 거의 굶다시피 식단을 조절했으나 오늘은 먹어야 했다. 속이 허하면 목소리가 약해지기 때문이었다.

어머니가 먼저 답장을 보내왔다.

—예쁘긴 한데…… 잘 모르겠네. 눈이 너무 커서 모르는 사람 같다, 야.

지민도 같은 생각이었다.

학원 원장선생님은 반응이 안 좋았다.

—너 이거 혹시 개인 숍에서 했니?

지민은 그렇지 않다고, 압구정동에 있는 유명한 숍에서 했으며 연예인도 이용하는 곳이라고 설명했다. 그리고 어디가 이상하냐고 되물었다.

—글쎄, 머리에 볼륨을 더 넣어야 하지 않았을까 싶네.

지민은 메시지를 확인하자마자 고개를 돌려 옆자리 지원자의 헤어스타일을 확인했다. 확실히 자기보다 '후까시'가 많이 들어 있었다. 그 뒤로는 면접 준비에 집중할 수가 없었다. 메이크업 숍 앞에서 찍은 사진과 옆자리 지원자의 머리를 세 번이나 비교했다.

*

오전 9시 조금 전에 창원중앙역에 도착했다. 기차에서 두꺼운 화장을 하고 머리를 잔뜩 부풀린 젊은 여성들이 여러 명 내리자 사람들의 눈길이 쏠렸다. 한 할머니가 어깨를 치며 "오늘 뭐 해요?"라고 묻는 바람에 지민은 화들짝 놀랐다. 다른 지원자들의 헤어스타일을 살피느라 옆에 사람이 다가오는 것도 모르고 있었다.

교통 캐스터는 그사이에 넉살 좋게 다른 지원자에게 말을 걸더니 지민 앞으로 데려왔다.

"같이 택시 타고 가요. 따로 누구 만나기로 약속한 사람 없죠?"

지민은 고개를 저었다.

"그러면 여기서 갈아입죠. 우리 전투복으로."

"여기서요? 방송국 가서 갈아입는 게 낫지 않을까요?"

새로 합류한 지원자가 말했다. 키가 크고 몸의 비율이 좋았는데, 얼굴은 토끼 같은 인상이었다. 눈이 약간 가운데로 몰리고 눈초리도 처져서 순해 보였다.

"여기서 갈아입는 게 나을 거예요. 오늘 응시자가 아무리 적어도 서른 명은 되지 않겠어요? 방송국 로비 화장실은 미어터질걸요?"

그들은 기차역의 화장실에 가서 정장으로 옷을 갈아입었다.

지민은 양변기가 있는 칸막이 안에 들어가기 전에 세면대 앞에서 양치를 하고 메이크업 숍에서 덜어 준 립스틱을 발랐다. 세면대에는 물이 고여 있었다. 지민은 숄더백을 메고 옷가방을 한 손에 든 채로 이를 닦았다.

지민은 칸막이 안에 들어가서 입고 있던 헐렁한 원피스를 벗었다. 오직 쉽게 벗기 위해 고른 옷이었다.

준비한 원피스와 재킷은 모두 방송 의상 전문점에서 빌린 물건들이었다. 원피스도 재킷도 몸에 딱 맞게 수선했다. 가슴도 허리도 엉덩이도 꼭 죄었다. 재킷의 어깨 부위에는 패드를 댔다. 액세서리는 빌리지 않았다.

서류 전형 통과 소식을 받자마자 의상실로 달려갔다. 옷이 이틀 뒤에 필요하다는 말에 의상실에서는 수선할 시간이 없다며 곤혹스러워했다. 직원은 "거기는 무슨 시험 날짜를 그렇게 촉박하게 잡는대요?"라며 투덜거렸다. 지민은 맞장구를 치며 가슴을 졸였다.

옷을 갈아입고 나니 걷기도 힘들 정도로 불편했다.

지민은 꼭 끼는 청바지는 즐겨 입었다. 그런 바지들은 입어도 성큼성큼 걸을 수 있었다. 그러나 방송용 아나운서 정장은 그렇지 않았다. 몸매가 콜라병처럼 보이게끔 치마의 아랫부분을 좁게 만들었다. '인어 라인'이라고 하는 형태였다. 그런 옷을 입으면 다리를 넓게 벌릴 수가 없었다.

교통 캐스터와 순한 눈을 한 지원자도 똑같은 모양의 원피스와 재킷을 입고 화장실에서 나왔다. 그들은 택시를 타고 창원 MBC로 갔다.

오전 9시 30분에 방송국에 도착했다. 흰색 그랜저가 지민이 탄 택시 앞에 먼저 섰다. 그랜저 조수석에서 내린 젊은 여성이 운전석에 앉은 중년 여인에게 생글생글 웃고 손을 흔들었다. 다른 지원자인 것 같았다.

교통 캐스터가 카드로 택시 요금을 결제했다. 지민과 순한 인상의 지원자는 교통 캐스터에게 1000원짜리를 석 장씩 건넸다.

로비에 들어서니 서른 명 정도 되어 보이는 아나운서 지망생들이 테이블에 앉아 있는 모습이 보였다. 모두 똑같은 모양의 원피스와 재킷을 입고 있었다. 서류 전형에서 남자 지원자는 아무도 뽑지 않은 모양이었다. 카드 키를 찍고 들어가는 게이트 앞에 "금일 카메라 테스트 응시자들은 로비에서 기다려 주시기 바랍니다."라는 팻말이 있었다.

아나운서 지망생들이 앉은 테이블 뒤로 작은 바가 있었고, 거기에서 커피와 차를 팔았다. 택시를 타고 온 지민 일행도 얼른 빈 테이블을 잡았다. 지민이 다른 지원자들이 몇 명인지, 얼마나 예쁜지, 키는 얼마나 큰지 훑어보는 동안 교통 캐스터는 옷가방에서 핑크색 재킷을 꺼내 옷을 갈아입었다. 빨간색 재킷을 입은 지원자가 너무 많았던 것이다. 지민의 재킷은 파란색이었다.

심각한 얼굴로 준비해 온 원고를 읽는 지원자도 있었고, 벽 앞에 서서 배에 손을 얹고 발성 연습을 하는 사람도 있었다. 자기들끼리 떠들거나 전화로 누군가와 열심히 수다를 떠는 사람도 있었다. 잡담을 하는 것도 입을 푸는 방법 중 하나였다. 화장실 앞에 길게 늘어선 줄을 보며 지민은 교통 캐스터의 말을 따르길 잘했다고 속으로 고개를 끄덕였다. 용변이 급했는지 남자 화장실에 들어갔다가 빨개진 얼굴로 나오는 지원자도 있었다.

지민은 지역 방송 현직 아나운서와 기상 캐스터가 한 명씩 있는 것을 알아보았다. 다니던 학원 복도에 걸려 있던 합격자 사진으로 얼굴을 알게 된 이들이었다. 지민은 독하게 리딩 연습을 했다고 자부했지만, 현직들만이 얻을 수 있는 방송 노하우와 여유 앞에서 자기 실력이 어느 정도나 상대가 될지는 알지 못했다.

"시험 보러 온 사람들한테는 아무거나 한 잔씩 공짜로 준대요. 한 잔씩들 하세요."

순한 눈을 한 지원자가 바에 다녀와서 말했다. 그녀는 손에 커다란 종이컵을 들고 있었다. 교통 캐스터가 입술을 오므리며 코믹한 표정을 짓고는 자리에서 일어났다. 지민도 따라갔다. 그녀는 페퍼민트 티를 주문했다. 커피나 녹차를 마시면 목이 건조해져 목소리가 갈라지는 때가 있었다. 그녀는 그때서야 새벽부터 지금까지 커피를 한 잔도 마시지 않았다는 걸 깨달았고, 자신이 지금 카페인이 어느 정도 필요한 상태 아닌가 걱정이 들었다.

종이컵을 들고 돌아섰을 때 뒤에 서 있던 단발머리 지원자와 얼굴이 딱 마주쳤다. 상대가 너무 눈에 확 들어오는 바람에 지민은 잠시 몸을 움직이지 못할 정도였다. 너무 예쁘거나 잘생긴 사람을 보면 시간이 멈춘 것처럼 느껴진다는 게 이런 거구나 하고 그녀는 생각했다.

단발머리 지원자는 무척 차갑고, 약간 슬프고, 상당히 이지적으로 보였다. 배현진 아나운서와 조금 닮았다. 단발머리 지원자는 목례를 하더니 지민을 지나쳐 주문대로 걸어갔다. 교통 캐스터도 긴장한 눈빛으로 단발머리 지원자를 보았다.

배현진 아나운서가 MBC 공채에 합격할 때 경쟁률은 1296대 1이었다.

*

"10시 30분부터 세 분씩 이름을 부를 겁니다. 그러면 다른 짐은 모두 여기 놔두신 채로 저 문 안쪽으로 들어가시면 됩니다. 저기로 들어가면 시험장이랑 이어지는 통로가 나오는데, 거기서 저희 직원이 원고와 볼펜을 드릴 거예요. 원고는 세 종류인데 뉴스 리포트, MC 대본, 그리고 내레이션이에요. 앞 번호 응시자들이 카메라 테스트를 받는 동안 원고를 연습하실 수 있습니다."

인사팀장이 무대 앞에 서서 설명했다. 그는 머리가 반쯤 벗어졌고 광대가 튀어나온 얼굴이었다. 남색 넥타이를 맸고 바지는 헐렁했다. 한 손에 아마도 지원자들의 신상 명세가 적혔을 서류 뭉치를 들고 있었다.

그들은 공개방송 스튜디오에 와 있었다. 아나운서 공채 지원자들은 방청석에 앉았다.

"10분 정도 연습을 하시고 시험장으로 들어가시게 됩니다. 시험장은 저희 뉴스 스튜디오인데, 거기에 또 저희 직원이 있습니다. 그 직원 안내에 따라서 카메라 앞에 서신 다음에 순서대로 원고를 읽으시면 됩니다. 자기 차례가 되면 시작하라고 방송이 나올 거예요. 그러면 먼저 안녕하십니까, 수험 번호 몇 번 누구누구입니다라고 인사를 하시고, 바로 뉴스 원고를 읽고, 그걸 다 읽고 나시면 따로 신호 기다리지 마시고 두 번째 원고로 들어가시면 되고, 두 번째 원고 다 읽으시면 세 번째 읽으시고, 그렇게 하시면 됩니다."

지민은 공개방송 스튜디오에 들어온 다음 다른 지원자들을 꼼꼼히 살폈다. 카메라 테스트를 받는 인원은 마흔 명 정도 되어 보였다. 단발머리 지원자는 단연 돋보였다.

"카메라 테스트가 다 끝나면 12시 30분쯤 될 텐데, 저희가 1시 30분까지 문자로 합격자를 통보해 드릴 겁니다. 그러면 합격자분들은 오후 2시부터 실무 면접을 받으시면 됩니다. 교통비는 드리지 않는 대신에 저희 구내식당 식권을 한 장씩 드리니까 거기서 간단히 점심 드세요. 식권은 카메라 테스트 받고 나면 다 드리니까 불합격하신 분도 드시고 가셔도 됩니다."

탄식과 헛웃음 사이의 김빠진 한숨이 이곳저곳에서 나왔다. 인사팀장은 "희망 고문 안 하고 좋지 않나요?"라며 히죽 웃었다.

인사팀장은 카메라 테스트나 면접과 관련해서 궁금한 게 있으면 물어보라고 했다.

오늘 응시자가 모두 몇 명인가요 하고 누군가 쭈뼛대며 물었다.

"마흔 명이 서류를 통과했는데 오늘 서른여섯 분이 오셨습니다. MBN도 오늘 카메라 테스트를 합니다. 네 분은 거기 가신 거 같네요."

이곳저곳에서 또 한숨이 나왔다. 지민은 창원 MBC가 왜 그렇게 급박하게 카메라 테스트 일정을 잡았는지 비로소 알게 되었다.

실무 면접은 몇 명이나 보게 되나요 하고 누군가 물

었다.

"일단은 스무 명이라고 생각하시면 됩니다. 그런데 여러분 중에 뛰어난 인재가 많다, 그러면 꼭 스무 명에서 자르진 않아요. 스물한 명이 될 수도 있고 스물두 명이 될 수도 있습니다."

이번에는 한숨 소리가 더 컸다.

실무 면접 합격자 발표는 언제 나나요 하고 누군가 물었다.

"아마 다음 달 초에 저희가 면접 통과하신 분들께 일일이 전화를 드릴 겁니다."

최종 면접은 언제냐고 누군가 물었다. 몇몇 사람이 웃었다. 인사팀장은 아마 다음 달 중순일 거라고 대답했다. 최종 합격자 발표일을 누군가 물었을 때에는 더 많은 사람들이 웃었다. 출근은 언제부터 하게 되느냐는 질문이 나오자 모두 웃었다.

몇 명을 뽑느냐는 질문이 나오자 아무도 웃지 않았다.

"일단 티오는 한 명입니다. 그런데 여러분 중에 정말 놓치고 싶지 않은 인재가 있다, 그러면 두 명이 될 수도 있습니다."

인사팀장이 대답했다.

인사팀장이 자리를 비키자마자 여기저기서 "안녕하십니까."라는 말이 터져 나왔다. 지민도 "안녕하십니까, 수험 번호 86번 이지민입니다."라는 인사말을 몇 번씩 읊었다. 앞자리에 앉은 지원자가 남자처럼 낮게, 부자연스럽게 목소리를 깔고 준비해 온 대본을 읽는 바람에 지민은 그쪽을 흘깃 보았다. 앞자리 지원자는 문장을 마칠 때 듣기 싫게 끝을 떨어뜨리기까지 했다. 아주 안 좋은 습관이었다.

'한 명 제쳤네.'

지민은 덤덤하게 생각했다.

10시 30분이 되자 곱슬머리에 희고 동글동글한 얼굴을 한 남자가 무대 옆으로 오더니 세 사람의 수험 번호와 이름을 불렀다. 모든 사람의 눈이 그리 쏠렸다. 흰 원피스에 각각 빨강, 빨강, 하늘색 재킷을 입은 세 지원자가 방청석 계단을 내려가 희고 동글동글한 얼굴을 한 남자를 따라 무대 뒤로 사라졌다. 하늘색 재킷을 입은 지원자는 방청석 계단을 내려가다 기우뚱하며 넘어질 뻔했다.

지민은 흠칫 놀라 종이 가방에서 구두를 꺼냈다. 의상실에서 옷과 함께 빌린 하이힐이었다. 굽 높이가 11센티미터인 펌프스 힐이었다. 신을 갈아 신어야 한다는 사실을 잊고 있었다. 학원에서는 "무조건 제일 높은 걸 신어야 한다."라고 말했다. 의상실에는 13센티미터짜리 힐도 있었다. 지민은 망설이다 11센티미터 힐을 골랐다.

지민은 무대 쪽으로 내려가 걷는 감각이 익숙해질 때까지 힐을 신고 돌아다녔다. 구두는 볼이 다소 좁았지만 문제가 될 정도는 아니었다.

희고 동글동글한 얼굴의 남자가 무대 옆으로 와서 다시 세 사람의 수험 번호와 이름을 불렀다. '벌써 10분이 지났단 말이야?' 지민은 깜짝 놀라며 방청석 제일 앞줄에 앉았다. 어차피 순서는 다 정해져 있을 텐데 왜 이런 식으로 직전에야 통보하는 걸까. 각자 들어갈 조를 미리 알려주면 안 될까.

"준비 많이 하셨어요?"

옆자리에 앉아 있던 지원자가 지민에게 인사를 건네며 물었다. 지민은 아니요, 별로 안 했어요라고 말하며 상냥하게 웃었다. 옆자리 지원자가 계속 말을 걸까 봐 지민은 얼른 일어나 원래 앉아 있던 자리로 돌아갔다.

수험 번호 86번 앞으로 서류 전형 합격자가 몇 명이나 있을까? 바로 다음이나 그다음 차례쯤 될까?

희고 동글동글한 얼굴의 남자가 지민의 이름을 부른

것은 11시 30분쯤이었다.

"70번 송다혜 씨, 81번 김현성 씨, 86번 이지민 씨, 이리로 오세요."

무대로 내려가다 다른 지원자의 얼굴을 확인한 지민은 가슴이 내려앉는 기분이 들었다. 배현진 아나운서를 닮은 단발머리 지원자가 자신과 같은 조였다. 게다가 지민의 이름은 마지막에 불렀으니 자기 순서도 저 단발머리 지원자 다음일 터였다. 왜 하필. 지민은 입술을 깨물었다.

통로는 공개 스튜디오보다 조금 어두웠다. 먼저 들어온 지원자 세 사람이 잔뜩 굳은 얼굴로 카메라 테스트를 기다리고 있었다. 지민은 거기서 몇 걸음 떨어져 섰다. 지민은 혀를 입 안에서 이로 꾹꾹 씹었다. 단발머리 지원자는 아, 에, 이, 오, 우를 반복했다. 다른 지원자는 부르르르, 부르르르, 호로로로, 호로로로 하며 혀와 입술을 풀었다.

뉴스 스튜디오 문이 열리고 테스트를 마친 지원자들이 통로로 들어왔다. 지치고 허탈한 표정이었다. 반대로 조금 전까지 굳은 얼굴이던 다음 순서 지원자 세 사람은 모두 함께 활짝 웃으며 뉴스 스튜디오로 나갔다.

얼굴이 희고 동글동글한 남자가 원고가 적힌 A4 용지 석 장과 모나미 볼펜을 지민과 다른 두 지원자에게 나눠 주었다. 첫 번째 종이에는 경제 기사가, 두 번째 종이에는 음악회 공개방송 대본이, 마지막 종이에는 윤동주의 「별 헤는 밤」 뒷부분이 인쇄돼 있었다.

세 지원자는 대본을 받자마자 끊어 읽을 곳을 표시했다. 지민이 가장 먼저 표시를 마치고 방송 기사를 읽기 시작했다. 단발머리가 아닌 지원자는 원고에 뭔가를 잔뜩 적고 밑줄을 그었다. 강조해야 하는 단어나 음절을 일일이 표시하는 것 같았다.

원고는 길지 않았다. 방송 기사는 다섯 줄, 공개방송 대본은 여섯 줄, 「별 헤는 밤」은 세 연이었다. 지민은 공개방송 대본에서 몇 문장은 외워 보려 애썼다. 카메라를 똑바로 볼 수 있는 시간을 그만큼 확보하기 위해서였다.

대본을 소리 내어 한 번 읽고, 속으로 다시 한번 훑고 나서는 다른 사람들이 어떻게 읽는지를 들었다. 단발머리 지원자의 리딩 실력이 궁금했다.

단발머리 지원자는 잘했다. 목소리도 좋았다.

압도적이지는 않았다.

마침내 차례가 되었다. 지민은 활짝 웃으며 뉴스 스튜디오로 들어섰다.

*

　뉴스 스튜디오에는 스탠드 마이크가 세 대 세워져 있었다. 무대를 향해 조명이 여러 개 떨어졌다. 지원자들은 수험 번호 순서대로 왼쪽에서부터 한 사람씩 스탠드 마이크 앞에 섰다. 카메라도 세 대 있었다. 가운데 있는 메인 카메라를 보면서 원고를 읽으면 된다고 했다. 엔지니어가 메인 카메라 방향을 조정하고는 옆으로 빠졌다.

　무서울 정도로 조용했다.

　지원자들 외에는 인사팀 직원과 카메라 엔지니어, 그렇게 두 사람뿐이었다. 카메라 뒤에는 아무도 없었다. 평가자들은 다른 공간에서 모니터로 지원자들을 지켜보고 있었다.

　지민에게는 다소 불리한 상황이었다. 그녀는 사람을 보고 말할 때와 카메라를 보고 말할 때 표정이 달라진다는 지적을 받곤 했다. 사람이 앞에 있을 때에는 눈이 반짝이지만 사람이 없는 카메라만 볼 때에는 분위기가 지나치게 진지해지면서 어떤 생기, 밝음이 사라진다고 했다. 학원 선생님은 그녀가 카메라를 보며 대본을 읽을 때 옆에서 "지민아, 환하게!"라고 말하면서 손바닥을 펼쳐 흔들었다.

　처음으로 테스트를 받은 사람은 원고에 밑줄을 많이

굿던 지원자였다. 그녀는 너무 긴장한 나머지 목소리를 몇 번 떨었다. 얼굴도 지나치게 절박해 보였다. 결과를 확인하기 위해 점심을 먹을 필요도 없을 것 같았다. 면접관들은 절박해 보이는 지원자를 좋아하지 않는다.

다음은 단발머리 지원자였다. 지민은 자기 순서가 단발머리 지원자 다음이어서 좋은 점도 적어도 한 가지는 있다고 스스로를 위로했다. 밑줄을 많이 긋던 지원자보다는 두 번 더, 단발머리 지원자보다는 한 번 더 원고를 읽는 셈 아닌가. 한 문장이라도 더 외울 수 있는 것 아닌가.

단발머리 지원자는 실수 없이 방송 기사와 공개 음악회 대본 낭독을 마쳤다. 패, 경, 옥, 토끼, 노새, 노루, 프랑시스 잠, 라이너 마리아 릴케 같은 이름도 또박또박 불렀다.

"이네들은 너무나 멀리 있습니다. 별이 아스라이 멀듯이. 어머님, 그리고 당신은 멀리 북간도에 계십다."

지민은 순간 웃음을 터뜨릴 뻔했다. 방심했던 걸까? 단발머리 지원자는 제일 마지막 문장 마지막 단어에서 한 음절을 씹는 어이없는 실수를 저질렀다. 당신은 멀리 북간도에…… 계십다.

짧은 순간이었지만 단발머리 지원자가 "계십니다."라고 다시 읽을지 말지 망설이는 것을 분명히 느낄 수 있었다. 자기 실수를 인정하느냐, 없었던 척하느냐의 문제였다.

단발머리 지원자는 모른 척하기를 택했다.

메인 카메라가 지민을 향했다.

"안녕하십니까, 수험 번호 86번 이지민입니다."

가슴이 두근거렸다.

"창원 지역 소형 소매점의 판매가 5개월 연속 감소 추세를 보이고 있습니다. 통계청이 오늘 발표한 6월 창원 지역 산업 활동 동향에 따르면 슈퍼마켓 판매액은 지난해 같은 기간에 비해 3.2퍼센트, 편의점은 2.9퍼센트가 각각 감소했습니다."

지금까지 그녀의 인생은 그럭저럭 나쁘지 않았다. 중산층 가정에서 굴곡 없이 자랐고, 어려서부터 주변 사람들로부터 관심과 사랑을 받았다. 거기에는 분명히 자신의 외모 덕도 있었을 거라고 지민은 냉정하게 생각했다. 지민은 자신이 운이 좋았다고 생각했다.

이제 자기 삶이 전환기에 이르렀음을, 어떤 불확실성의 영역에 들어섰음을 지민은 알고 있었다. 그녀는 '다음 단계'를 향해 정신없이 빠르게 미끄러지고 있었다. 지금 어떻게 미끄러지느냐가 앞으로 수십 년을 좌우할 것이었다.

"상품 종류별로는 농수산물이 8.5퍼센트, 가공식품이 6.5퍼센트, 화장품이 3.2퍼센트 감소했습니다. 반면 빙과류와 문구류는 각각 2.1퍼센트, 1.7퍼센트 증가했습니다.

창원 지역 슈퍼마켓과 편의점의 매출은 올해 2월부터 지난해 같은 달과 비교해 감소하는 추세입니다."

지민이 다녔던 아나운서 아카데미의 한 강사는 사람에게는 누구나 인생에서 세 번의 기회가 있다고 자기 철학을 펼쳤다. 그 기회는 어느 하루, 한 찰나에 운명적으로 찾아드는 게 아니라 때로는 한 달, 때로는 1년일 수도 있다는 게 그의 주장이었다. 대학을 졸업하고 아나운서 아카데미를 다니는 그 기간 전체를 낭비나 고통의 시기가 아니라 오히려 인생의 기회로 여겨야 한다는 얘기였다.

지민은 그 말이 옳다고 생각했다. 하지만 그렇다 해도 그중에 어느 하루, 어느 10분이 치명적으로 중요할 수 있다. 그게 바로 지금이다.

"창원 시민 여러분 안녕하세요. 아름다운 클래식 음악과 함께하는 토요일 오후의 특별한 시간, 더블유 콘서트입니다. 저는 오늘 행사 진행을 맡은 창원 MBC 아나운서 이지민입니다."

지민은 잘하고 있었다. 두 번째 원고에서는 여기까지 모든 문장을 외웠다. 발음도 성량도 최상이었다. 톤도 좋았고 속도도 적당했다. 지민은 자기 앞에 카메라가 아니라 사람이 있다고 상상하며 자연스럽게 미소를 지으려 했다. 아직까지는 성공이었다.

"방금 들으신 첫 곡은 세계적인 테너 박성우 님의「사랑, 사랑, 나의 온 존재가 흔들린다」였습니다. 박성우 님은 얼마 전까지 영국 로열 오페라 하우스에서 오페라「로미오와 줄리엣」에 출연하셨죠. 다시 한번 뜨거운 박수 부탁드립니다."

지민은 관객들을 향해 팔을 들어 올리는 포즈를 취하다 들고 있던 대본을 바닥에 떨어뜨렸다.

"죄송합니다, 죄송합니다."

지민은 허둥지둥하며 대본을 주우려 무릎을 굽혔다.

그리고 대본을 주워 올리다 한 번 더 떨어뜨렸다.

종이 한 장이 팔랑이며 2미터쯤 앞으로 밀려 나갔다.

머릿속이 하얘지는 것 같았다.

지민은 자신이 대본을 떨어뜨려서가 아니라 실수에 능숙하게 대처하지 못하고 허둥대는 모습을 보였기 때문에 카메라 테스트에서 낙방할 것임을 알았다.

말려 올라간 치마 속이 서늘했다.

"괜찮습니다. 일어나서 계속 읽으세요."

멀리 떨어진 방에서 보이지 않는 누군가가 마이크에 대고 말했다.

이 한 번의 실수로 지금까지 한 모든 노력이 무너졌음이, 다시 몇 달을 기다려야 한다는 사실이, 믿어지지가 않왔다. 지민은 자신의 뺨을 세게 때리고 싶어졌다. 그러는 대신 그녀는 손을 꼭 쥐었다.

다리가 후들거렸다.

"괜찮아요. 일어나서 계속 읽으세요."

보이지 않는 누군가가 괜찮다고, 아직 기회가 있다고 거짓말을 했다.

대외 활동의 신

그의 이름은 신이다. '대외 활동의 신'은 그가 운영하는 블로그와 페이스북 페이지, 트위터 계정의 이름이다. 신은 대외 활동 합격 팁과 정보, 대외 활동을 할 때 유용한 각종 요령들을 그곳에 몇 년이나 모아 왔다. 그것 자체가 하나의 전략이었다.

"SNS 이웃, 친구, 팔로워가 늘어날수록 이런저런 대외 활동 공모에서 합격할 확률도 그만큼 더 높아집니다. 요즘은 기업들이 대외 활동 프로그램 참가자를 모집하면서 SNS 계정 주소를 제출하라고 요구합니다. 처음부터 파워 블로거나 파워 트위터리안인 학생들을 뽑아서 열정 챌린 저니 청춘 서포터니 하는 이름을 붙여 주고 온라인 홍보 대행사 대신 쓰겠다는 거죠. 그편이 훨씬 더 싸게 먹히니까요. 아이디어도 더 참신하고."

신이 엑셀로 정리한 대외 활동 이력을 보여 준다. 모두 314곳에 응모해서 58곳에 합격했다. 그중 25곳에서 활동을 마칠 때 이런저런 상을 받았다. 도표의 비고란에는 개인적인 교훈들이 따로 정리되어 있다. 합격한 곳에는 활동을 하면서 느낀 점이, 떨어진 곳에는 왜 떨어졌는지에 대한 분석과 반성이. 신은 대외 활동 수료증과 상장을 모은 바인더와 각 기업에서 받은 명함을 모은 명함집을 당신에게 건넨다. 대외 활동을 할 때 받은 명찰을 한자리에 모아 놓고 찍은 사진도 스마트폰으로 보여 준다. 요즘도 힘들 때마다 그 사진들을 보며 용기를 낸다고 한다. 나 이렇게 열심히 살았구나, 저 때는 저렇게 에너지가 넘쳤었구나 하면서.

당신은 그에게 그 많은 대외 활동은 결국 취업을 위한 것 아니었느냐고, '스펙 쌓기' 아니었느냐고 지적한다. 신은 암기한 듯한 답을 말한다.

"물론 그런 면이 없지는 않았습니다. 하지만 전부 그런 것만은 아니었습니다. 대외 활동이 취업에서 가산점을 받던 것도 이제 지난 얘기예요. 최근 인사 담당자를 상대로 실시한 설문 조사에서는 응답자의 반 이상이 '실무와 관런 없는 대외 활동은 채용에 영향을 미치지 않거나 오히려 역효과를 낸다.'라고 답했습니다. 이러니저러니 해도 기본이 제일 중요합니다."

당신은 '기본'이 뭔지 묻는다. 학벌, 학점, 토익, 자격증, 어학연수 등 '5대 스펙'이라고 신은 대답한다. 그다음은 인턴 경험과 각종 공모전 수상 경력이며, 대학생 기자단이나 탐방단 같은 대외 활동은 훨씬 후순위로 밀린다.

"저는 후배들이 대외 활동으로 취업하겠다고 전략을 세우면 오히려 말립니다. 차라리 오토바이나 자전거를 한 대 사서 중국이든 미국이든 대륙 횡단 같은 걸 해라, 그래서 스토리로 승부해라, 그게 시간도 덜 걸리고 품도 덜 든다, 그렇게 조언합니다."

신은 자신에게 대외 활동은 학교 밖의 진짜 세상을 경험하고 자신감을 얻는 과정이었다고 강변한다. 당신은 그렇다 하더라도 결과적으로 신이 불필요한 스펙 쌓기 세대에 일조한 것 아니냐고 따진다. 신은 당신이 고약한 면접관 같다며 웃는다.

"상사가 부정행위를 저지르면 어떻게 하겠느냐 따위를 묻는 면접관 말입니다. 지원자들은 열심히 머리를 굴려서 이쪽으로도 저쪽으로도 트집 잡히지 않을 답을 합니다. 그걸 듣고 면접관은 '모범 답안 열심히 외워 왔네, 요즘 애들은 말하는 게 죄다 똑같아.'라며 고개를 젓고요. 어쩌란 말입니까?"

신은 그런 건 오히려 회사가 직원들에게 말해 줘야 하는 것 아니냐고 반문한다. 내부 고발은 꼭 필요한 일이니 어디로 신고하면 된다든지, 아니면 반대로 최대한 팀 안에서 대화로 해결하라든지. 어차피 다들 시키는 대로 할 텐데요 하고 그는 말한다.

"최소한 그 부정행위가 어떤 건지라도 알려 주고 물어 봐야죠. 그 상사가 뭘 어쨌다는 겁니까? 커피믹스 스틱을 몇 봉 집에 가져갔다는 겁니까, 아니면 시체를 토막 내서 비품 창고에 숨겨 놓았단 말입니까?"

*

신은 전북의 J 대학 농경제학과를 졸업했다. 처음 J 대에 갔을 때 그는 그 지역 출신 학생들이 유니클로를 모른다는 데 충격을 받았다.

"유니클로도 없고 버거킹, 배스킨라빈스도 없었습니다. 지방이라는 게 이런 거구나 했죠. 건물 높이도 다르더군요. 정말 작고 좁은 도시였습니다. 사람들의 생각이나 말도 서울과는 달랐습니다. 사투리 얘기가 아닙니다. 지방대 학생들과 대화를 좀 길게 나눠 보시면 서울 애들과 마인드 자체가 다르다는 걸 느끼게 되실 겁니다. 뭐랄까, 심리적으로 위축이 되어 있습니다. 자기 앞에 보이지 않는 장벽이 있다고 생각합니다. 정작 하는 일은 없으면서 머릿속으로는 내내 수도권 학생들을 의식합니다."

신도 처음 얼마간은 그런 주눅이 든 채 학교를 다녔다. 전공에는 전혀 흥미가 생기지 않았다. 농대에 다닌다고 하면 주변 사람들은 "졸업하면 농사지을 거냐."라고 농담을 던졌다. 농경제학과 학생들은 "농협이나 농진청, 농어촌 공사에 취직할 수 있다."라고 대답하는 대신 처음부터 '농' 자를 빼고 그냥 "경제학과에 다닌다."라고 말했다.

당신은 왜 재수를 하지 않았느냐고 묻는다.

"저는 J 대학도 재수를 해서 갔습니다. 삼수는 부담스러웠습니다. 게다가 삼수를 한다고 제가 좋아하는 전공을 찾는다는 보장이 있습니까? 또 어딘가에 점수 맞춰서 들어갈 뿐입니다. 농경제학과를 피해서. 그리고 저는 공부를 정말 못합니다. 아무리 해도 되지가 않습니다. 말은 유창하게 하는데 그걸 글로 쓰거나 디테일을 암기하거나 어떤 보기가 옳은지 가려내는 데에는 형편없습니다. 글씨도 되게 못 씁니다. 뇌의 어느 부위를 어렸을 때 다쳤거나, 그 부위가 제대로 발달하지 않았거나, 그런 것 아닌가 싶습니다. 난독증 비슷하게요. 세상에는 다른 데는 다 멀쩡한데 녹색과 붉은색을 구분하지 못하는 색맹이 있습니다. 태어나길 그렇게 태어나는 겁니다. 그런데 학교에서 시험문제를 녹색 바탕에 붉은색 글씨로 낸다면 그런 색맹들은 굉장히 불리하겠지요. 저는 제가 그런 색맹이라고 생각합니다. 그래서 9급 공무원 시험도 준비하지 않았습니다. 저는 그런 머리가 없어요. 포기할 건 포기하는 게 맞습니다."

J 대학 동기들은 끼리끼리 잘 뭉쳤다. 서로 열등감과 피해 의식을 자극하지 않는 만만한 상대를 찾다 보니 그렇게 된 것 아닌가 하는 생각이 들었다. 그렇게 모여서 하는 일이라고는 술을 마시고 취하는 것뿐이었다. 낮에 수업이 없으면 남학생들은 피시방에 갔고, 여학생들은 카페에서 하루 종일 수다를 떨었다.

개강 총회와 종강 총회 외에도 과 학생들이 전부 모이는 이런저런 총회가 많았고 학과, 단과대, 단과대 학생회, 총학생회, 전체 학교 등 여러 주체가 경쟁하다시피 각종 체육대회를 열었다. 축제와 학술제는 별도였다. 그렇게 모인 날 저녁에는 또 술을 마셨다.

"캠퍼스 바깥에 놀 거리가 없으니 그렇게라도 일을 만드는 거지요. 학생들이 자퇴하거나 다른 학교로 편입하면 안 되니까 교수들도 그런 행사를 부추겼고요. 옆에서 보고 있으면 진짜 한심합니다. 시간 낭비도 낭비인 데다 그렇게 만나는 사람들끼리만 만나서 했던 얘기를 계속 반복하니 시야가 점점 좁아집니다. 다 같이 우물 안 개구리가 되어 버리는 거죠. 나중에는 저도 모르게 저희 과 애들을 무시하는 마음이 생기더라고요."

특히 대외 활동을 본격적으로 하면서 그런 마음이 더 커졌다. 과 동기들도 신의 그런 태도를 알아차렸다. 간혹 과 행사에 얼굴을 비치면 "너 여기 왜 왔어? 이건 대외 활동 아닌데?"라며 비꼬는 선배나 동기들이 생겼다.

나중에는 교수들에게까지 찍혔다. J 대학은 전공 교수들이 학생들을 몇 명씩 맡아 정기적으로 면담하는 멘토링 제도를 운영했다. 졸업 학기에 신을 담당하게 된 멘토 교수는 "너 아주 유명한 또라이라면서?"라는 말로 면담을 시작했다. "너는 여기서 하는 공부보다 밖으로 나돌아 다니면서 이력서에 한 줄 추가하는 게 더 중요하잖아." 하고 교수는 쏘아붙였다. 신은 처음에는 "아 예 죄송합니다."를 연발하며 대충 넘기려 했으나 면담이 회차를 거듭할수록 점점 부아가 치밀었다. 멘토 교수가 "학생은 본업인 교내 활동에 먼저 충실해야 하는 것 아니냐."라고 꾸짖었을 때 신은 "학생의 본업은 수업이며, 체육대회니 총회니 하는 것들은 옵션"이라고 맞섰다. 그러면 "네가 기본은 얼마나 잘하나 볼게."라고 교수가 비아냥거렸다. "제가 선생님 수업에 한 번이라도 결석을 하면 F를 주셔도 좋습니다."라고 신은 큰소리쳤다. 나중에 돌이켜 보니 애초부터 모든 게 교수의 작전 아니었나 하는 생각이 들었다.

*

단순한 지방대 콤플렉스 아니었느냐, 대외 활동에서 만나는 학생들은 J 대학 학생들과 무엇이 달랐느냐고 당신은 묻는다.

"어차피 이런 건 하는 애들이 계속하거든요. 공모전 하는 애들이 계속 공모전 파고, 저처럼 대외 활동 고집하는 애들은 계속 대외 활동 찾아다니고요. 가서 보면 면접장에서부터 아는 얼굴들이 있습니다. 합격자 발표 나서 발대식 가 보면 그 얼굴들 비중이 높죠. 그럴 수밖에 없는 게 경험이 많을수록 면접도 더 잘 통과하지 않겠습니까? 그러다 보니 무슨 기업 캠퍼스 봉사단으로 만났던 애를 다음 달에 무슨 협회 대학생 홍보 대사로 다시 만나고, 그런 식입니다. 공모전도 마찬가지입니다. 상 받는 친구들이 계속 받습니다. 실력 있는 애들이 이너 서클을 이뤄서 자기들끼리 카페나 단톡방 만들고, 그 안에서 팀원 구하고, 그렇게 외부인 배제하고 자기들끼리 경쟁하는 거죠. 선수들이죠. 약았다고 하실 수도 있겠지만 세상 보는 눈도 트였고, 자신을 어디에 가두지 않고 계속 나아지려고 애쓰는 친구들입니다. 저도 그렇게 되고 싶어서 그 애들과 어울린 거지, 그들이 학벌이 좋다거나 최신 유행을 잘 알아서는 아니었습니다."

학교 밖 세상에 대한 경험을 쌓는 게 목적이라면 아르바이트를 하거나 막노동판에 나가는 게 더 도움이 되는 것 아닐까? 그쪽이 대외 활동보다 수입도 더 괜찮을 텐데? 그러나 신은 고개를 젓는다.

"일단 저는 똑똑한 사람들, 성공한 사람들을 만나고 싶었습니다. 까놓고 말해서 편의점 알바를 하면서 점주나 손님과 무슨 대화를 하고 뭘 배울 수 있을까요. 주유소, 호프집, 택배 상하차, 다 마찬가지입니다. 그보다는 대기업이나 은행, 공공 기관에 있는 선배들과 말 한마디라도 섞고, 조언을 듣고 싶었습니다.

또 뭘 하든 취업을 염두에 두지 않을 수는 없는 건데 알바는 그런 면에서 도움이 안 됩니다. 취업용 이력에는 증거가 필요합니다. 요즘은 지원자들이 워낙 특이하고 신기한 스토리를 많이 들고 오니까 면접관들이 근거를 요구합니다. 자기 스토리를 거짓말로 지어내는 사람도 많고요. 어떤 기업은 자기소개서에 특이한 이력을 적어 낼 경우에는 담당자 이름이랑 연락처를 적고, 담당자가 없으면 같이 경험한 사람 세 명의 이름과 연락처를 제출하게 합니다. 차라리 자전거로 대륙 일주를 했다면 사진이나 동영상으로 포트폴리오를 꾸밀 수 있는데 노가다를 하며 어떤 일을 겪었다, 뭘 느꼈다고 하면 증빙 자료를 만들기가 어렵습니다. 그런 면에서 기업 대외 활동들은 패키지라 할 수 있습니다. 정확히 몇 월 며칠부터 몇 월 며칠까지 무슨 일을 했다는 근거 자료가 명확하고, 공신력도 있고, 서비스 마인드의 중요성을 실감했다는 등 무슨 마케팅 기법을 배웠다는 등 스토리 만들기도 편합니다."

당신은 기업들의 인턴 프로그램과 대외 활동을 비교해 달라고 요청한다. 그날 처음으로 신이 말을 멈추고 잠시 생각에 잠긴다.

"인턴은 자기가 일하고 싶은 업종을 구체적으로 정한 사람이 그 회사 취업을 염두에 두고 지원하는 겁니다. 기업도 진짜 일할 사람을 뽑는 거고요. K 은행을 예로 들어 보겠습니다. 제가 거기서 대학생 마케터즈를 할 때 팀장이었던 친구가 나중에 K 은행 인턴도 하면서 둘의 차이점을 얘기해 줬습니다.

K 은행 대학생 마케터즈들은 평소에는 그냥 학교에 다

니고 있습니다. 그러다 어느 날 본부에서 지시가 옵니다. 어떤 체크카드가 출시가 됐다, 이걸 홍보하는 2030 마케팅을 언제까지 벌여라, 가장 우수한 팀에게 포상금 30만 원을 주고 최종 평가에도 몇 점을 반영한다. 그러면 주말에 다른 팀원들을 카페 같은 데서 만나 아이디어 회의를 하지요. 보통은 다들 바쁘고 지방대생들은 다니는 학교도 띄엄띄엄 떨어져 있으니까 그렇게 모인 날 일을 다 해치우곤 합니다. 그날 같이 시내 중심가에서 전단지 나눠 주고 오프라인 선전 활동을 하고 그걸 온라인 콘텐츠로 만들어서 SNS에 올립니다. 그러면 그 상품 홍보 건은 그걸로 끝입니다.

반면 인턴은 인턴 기간 내내 K 은행 지점이나 대학교 출장소로 출근해서 다른 직원들처럼 여덟 시간 열 시간씩 근무합니다. 그때 만약 체크카드 신상품이 나온다면 인턴은 실제로 그 카드 가입자를 모으고 받는 일을 하는 겁니다. 나중에 최종 점수도 철저하게 실적 위주여서 고객을 얼마나 모았는지 같은 걸로 받습니다. 그러다 보니 인턴 간의 경쟁은 대외 활동하고는 비교도 안 됩니다. 우수 인턴으로 뽑히면 나중에 서류 전형이 면제가 되기 때문에 다들 눈에 불을 켜고 합니다. 대외 활동 팀장이었던 친구가 정말 악바리였는데, 개도 정말 목숨 걸고 덤비는 사람들한테는 두 손 다 들었다고 털어놓더라고요. 그렇다고 그 인턴 경험을 다른 데 써먹을 수 있는 것도 아닙니다. 금융권이 아닌 회사 입사 지원서에 K 은행 인턴 경력을 써내면 '얘는 1지망은 금융권인데 우리 회사도 한번 찔러 보는 거구나.'라고 여길 겁니다. 반대로 금융계 회사에서는 '왜 우수 인턴에는 뽑히지 못했느냐.'라고 물어볼 테고요."

*

신이 처음으로 한 대외 활동은 J 대학 개교 40주년 기념행사 의전 봉사였다. 참여하면 교양 1학점으로 인정해 준다는 내용의 교내 공고를 보고 지원했다. 그는 학생 의전 팀에 소속되어 한 달 정도 행사를 준비했다. 학교 본부에서 내려 준 VIP들의 주소를 확인하고, 초청장을 보내고, 참석 여부를 묻고, 에스코트 동선을 짜고, 전담 VIP들을 안내하는 동안 주고받을 대화를 준비했다. 작은 도시의 VIP라 봤자 대단한 인물들은 아니었다. 신이 맡은 VIP 세 사람은 모두 지역 모범택시 기사들이었다.

"학점을 인정받은 것 외에 보수라고는 개교기념일 당일에 밤늦게 남은 뷔페 음식을 먹은 게 전부였습니다. 열정 페이였죠. 그래도 마치고 나니까 뿌듯하더군요. 그런 기분을 느껴 보는 것 자체가 오랜만이었습니다. 진짜 일다운 일을 했다는 것, 일다운 일을 하는 사람들을 만났다는 것이 이유인 것 같았습니다. 강의실과 자취촌의 무기력하고 바보스러운 분위기에서 벗어날 수 있었습니다."

그래서 S 텔레콤이 '캠퍼스 S-리더스'를 뽑는다는 소식을 들었을 때 신은 주저하지 않고 바로 지원서를 썼다. 1차 서류 전형은 S 텔레콤의 문제점을 지적하고 개선점을 제안하는 기획서를 써 보내는 것이었다. 신은 S 텔레콤의 홈페이지 개편 방안을 적어 덜컥 통과했다. 보름 뒤 서울의 S 텔레콤 본사에 면접을 치르러 오라는 연락을 받았다.

"합격 통보를 받고 태어나서 처음으로 양복을 샀습니다. S 텔레콤은 직원들도 양복을 안 입는데 전 그런 것도 몰랐죠. 면접 당일에는 푯값을 아끼려고 무궁화호를 타고 서울에 올라갔습니다. 5월 말이었지만 한여름처럼 더워서 뉴스까지 나온 날이었습니다. 인터넷으로 산 양복이 생각보다 두껍고 통풍이 안 되어서 기차랑 지하철이랑 타고 S 텔레콤 건물에 가는 사이 온몸이 땀범벅이 되었습니다."

지원자 대기실은 회사 사무실이라기보다는 호텔 라운지 바 같았다. 천장에 주렁주렁 모니터가 매달려 있고, 뉴에이지 음악이 흘러나왔다. 서류 심사를 통과한 지원자는 100명 정도였는데 양복을 입고 있는 사람은 신뿐이었다.

착 달라붙는 셔츠에 스키니 바지, 캔버스화가 그 자리 남자들의 드레스 코드였다. 면접 평가는 각 지원자들이 서류 전형 때 낸 기획서를 프레젠테이션 형식으로 설명하면 면접관 네 사람이 한두 개씩 질문을 던지는 식으로 진행했다. 강당 한쪽에 거대한 스크린이 있었고, 거기에 파워포인트 화면이 나왔다. 학생들은 무대에 올라 스티브 잡스나 마윈처럼 열정적으로 발표했다. 드라마에서 보던 면접 장면을 상상했던 신은 크게 당황했다. "필요 시 동영상 및 멀티미디어 파일 활용 가능"이라는 문구가 그런 뜻임을 미처 알지 못했다.

게다가 먼저 무대에 오른 학생들의 발표가 너무 훌륭해 신은 기가 확 죽었다. 명문대가 아닌 학교 출신은 신이 유일했다. 하버드대 휴학생도 있었다. 무대에 오른 학생들은 제스처나 농담까지 미리 준비한 것 같았다. 신은 자기 순서를 기다리며 얼른 원고를 써서 암기하려 애썼다. 그의 발표는 당연히 엉망이었다. 면접관들은 '쟤는 여기 왜 왔지?'라는 표정을 지었다. 땀 냄새가 나는 양복을 걸친 채 다시 무궁화호를 타고 J 시로 내려왔다. 원룸으로 들어가기 전 소주를 세 병 사서 밤새 마시고, 다음 날 침대와 화장실을 오가며 하루를 보냈다.

　1학년을 마치고 군대에 다녀온 뒤 신은 다시 대외 활동에 도전했다.

　"S 텔레콤 대외 활동에 떨어진 게 오랫동안 트라우마가 되었어요. 대외 활동으로 생긴 상처는 대외 활동으로 갚아야 제일 깔끔히 지워질 것 같았습니다."

　처음에는 간단하고 경쟁률이 낮은 것부터 시작했다. J 대학이 있는 도시의 시정 도우미에 지원했고, 인근 지방 자치단체에서 열린 메밀꽃 축제에도 진행 요원으로 참여했다. 부스에서 스탬프를 찍어 주거나, 물품을 운반하거나, 행사 뒷정리를 하는 등의 잡일 담당이었다. 거기서 신은 지자체 행사의 대부분은 공무원이 직접 하지 않고 이벤트 대행업체가 한다는 사실을 알게 됐다.

　"통계청 대학생 서포터즈를 할 때 그 구조를 자세히 들었습니다. 그때는 각 팀별로 전국 구석구석에서 이런저런 미션을 수행하면서 인구주택총조사를 홍보하는 일을 했습니다. 저희 팀은 독도에 가서 경비대장님을 인터뷰했는데, 돌아올 때 날씨가 안 좋아서 울릉도에 사흘간 발이 묶였습니다. 그때 인솔하시던 과장님이랑 같이 술 마시면서 업계 이야기를 많이 들었습니다."

과장은 홍보 대행사 소속이었다. 통계청이 대기업 계열 광고 회사에 외주를 주고, 그 광고 회사가 다시 과장이 속한 홍보 대행사에 하청을 준 것이었다. 일명 '유스(youth) 마케팅'이라는, 대학생 대외 활동을 전문적으로 대행하는 업체들이 수십 곳이 넘었다.

"대외 활동 경험 많은 애들은 대행사의 실무자들은 상대 안 합니다. 그 대신 본사 담당자들이 왔을 때 확실히 얼굴도장 찍고 아부도 떨어 놓죠. 본사 직원들도 대행사에만 맡겨 놓으면 켕기니까 성적 좋은 팀에는 어지간하면 한두 번 찾아와서 고생한다고 격려하고, 회식하라고 기프트 카드 10만 원권 정도 건네고 갑니다. 보통 마케팅팀의 대리급입니다. 그때 무조건 상석에 모시고, 상대가 여자면 너무 미인이시다, 옷 너무 잘 입으신다고 하고, 남자면 목소리 좋으시다, 인기 많으시겠다고 오버액션하는 거죠. 애기가 있다고 하면 꼭 사진 보여 달라고 해서 완전 귀엽게 생겼다고 호들갑 떨고요. 그렇게 밑밥을 잘 깔아 놔야 나중에 최종 평가에서 점수도 더 잘 받을 수 있고, 그 회사에 지원할 때 메일이라도 보내면서 정보도 얻을 수 있지 않겠습니까. 나중에 정말 면접장에라도 가게 되면 대외 활동 질문이 뻔히 나올 텐데 그때 대행사 직원 이름 이야기해 봤자 무슨 도움이 되겠습니까. 면접관이 그 사람을 알건 모르건 간에 본사 담당자 이름 대면서 누구누구 대리님 밑에서 많이 배웠다, 그렇게 말하는 게 좋죠."

신은 그렇게 대외 활동 경험을 쌓으며 S 텔레콤의 대외 활동에 다시 도전했다. '캠퍼스 S-리더스'는 '영 크리에이 티브 드리머'로 명칭이 바뀌었다. 신은 일주일 동안 밤을 새우다시피 하며 파워포인트 파일을 만들고 프레젠테이션 원고를 달달 외웠다. 자기 발표 모습을 동영상으로 촬영해 고칠 점을 분석하기도 했다. 이번에는 너끈하게 합격했다. 그러나 '나도 남들 못지않다, 인서울 대학생, 명문 대생들을 상대해도 이길 수 있다.'라는 자신감까지 생긴 것은 아니었다. 그런 자신감은 K 은행 대외 활동을 하며 얻을 수 있었다.

*

신은 당초에는 K 은행 대학생 마케터즈 활동을 열심히 할 생각이 없었다.

"결국에는 선택과 집중을 하게 됩니다. 어디는 주최 측에서 요구하는 최소한만 해서 그냥 이력서 한 줄 추가하는 용도로 끝내고, 어디는 열심히 해서 대상이나 최우수상을 노려 보고. 어차피 이력서에는 한 줄밖에 적을 수 없으니까요. 저만 그런 게 아니라 어느 정도 선수들은 생각하는 게 다 똑같습니다. 보통은 첫날 발대식 하고 팀 발표 났을 때 모여서 팀장을 뽑으며 이야기하지요. 우리 콘셉트 어떻게 가져갈래? 일등 할래, 아니면 활동비로 우리끼리 맛있는 거나 먹고 대충 마칠까. 면접을 치르고 발대식을 하는 동안 아무래도 다른 참가자들이 어떤 애들인지, 열의는 얼마나 있고, 준비는 얼마나 많이 했는지 가늠이 되지 않습니까? 그래서 심상치 않아 보이면 편하게 가는 거고, 이 악물고 덤벼 볼 만하다 싶으면 제대로 붙는 거죠."

K 은행 대학생 마케터즈는 다들 준비도 수준급이었고 의욕도 넘쳐 보였다. 특히 서울과 경기 지역 학생들의 학벌이 무시무시했다. 전체 마케터즈 수는 200명이 조금 넘었으며 모두 스무 팀으로 나뉘었다. 서울은 1팀부터 3팀까지 있었고 경기는 북부와 남부로 두 팀이었다. 나머지 지역은 열네 개 시와 도마다 한 팀씩이었다.

전북 팀은 K 은행 본점 근처 커피점에서 첫 회의를 열었다. 다른 대외 활동에서 하던 대로 서로 인사를 하고 나이를 밝히며 최연장자를 팀장으로 추대하려는 찰나 한 여성 팀원이 제동을 걸었다. 팀장이 되고 싶어 하는 후보를 받아서 팀을 어떻게 꾸려 갈지 비전을 듣고 투표를 하자는 것이었다.

"다들 어이가 없어서 저 여자애가 뭔 소리를 하나 했죠. 제일 나이 많은 형이 좀 수더분한 사람이었는데, 자기는 사실 그렇게 팀장을 하고 싶은 마음이 없다고 웃더라고요. 그러면서 그 여학생한테 팀장을 하고 싶으냐고 물었습니다. 그 여학생이 그렇다기에 다들 그러면 그렇게 하시라고 했습니다. 그 여학생이 속된 말로 기 세 보이는 애였거든요. 초면에 얼굴 붉히기 싫었던 거죠."

K 은행 대학생 마케터즈의 활동 기간은 열 달이었다. 열 달에 걸쳐 대학생들이 좋아할 만한 콘텐츠를 만들어 K 은행 청춘 블로그에 올리면서 이와 별도로 매달 정해진 미션들을 해야 했다. 3월에는 K 은행의 사회 공헌 활동을 홍보하고, 4월에는 K 은행의 일자리 창출 사업을 홍보하고, 5월에는 K 은행의 다양한 대출 상품을 홍보하는 식이었다. 신상품이 나오거나 정부 정책이 바뀌면 추가 미션도 생겼다. K 은행 마케팅 본부에서 각 대학생 마케터즈 팀들의 중간 성적을 매겨 월말마다 발표했다.

전북팀 팀장을 맡은 여학생은 열정이 넘치다 못해 극성에 가까웠고, 논쟁이 벌어지면 물러나지 않았다. 싸움닭이었다. 첫 달이 지났을 때 전북팀에서는 팀원 열 명 중 네 명이 떨어져 나갔다. 한 사람은 아예 연락도 되지 않았고, 세 명은 꼭 참석해야 하는 행사에 출석만 하겠다는 의사를 노골적으로 밝혔다. 한 사람은 단체 카톡방에 "팀장 혼자서 세 사람 몫은 하니까 나 정도는 그냥 빠져도 괜찮은 거 아냐?"라고 메시지를 남겼다. 전북팀은 3월 말에 전체 스무 팀 중 11등을 했고, 4월 말에는 14등이었다. 5월 초 정기 미션을 위해 아이디어 회의를 열었을 때 팀장은 조금만 더 분발하자며 일장 연설을 늘어놓다가 울음을 터뜨렸다.

5월에 전북팀 팀장은 신과 대판 싸웠다. 앞서 얘기했던 체크카드 홍보가 도화선이 되었다.

"본부 지시가 떨어진 게 중간고사 기간이어서 다들 대충 조작하자고 했습니다. 거리에서 현장 스티커 투표를 하는 콘셉트로 가자고 아이디어 회의에서 후다닥 결정했고, 그 자리에서 문구점에 가서 종이랑 풀, 가위를 사 왔습니다. 대형 패널에 "우리가 바라는 체크카드 혜택은?"이라고 큰 제목을 붙이고는 그 아래 교통 요금 할인, 이동 통신 할인, 영화 할인, 편의점 구매 환급 할인, 금융 수수료 면제 서비스 같은 난을 만들어서 거기에 작은 스티커를 붙일 수 있게 하는 겁니다. 그 패널을 들고 젊은이들이 많이 다니는 거리에 가서 스티커로 투표를 받는 거죠. 패널 제작부터 거리 투표까지 전 과정을 사진으로 찍어야 합니다. 무조건 증거가 중요하니까요. 그래서 어느 정도 투표가 진행되면 막 스티커를 붙인 행인 앞에서 패널 위쪽에 붙였다 뗐다 할 수 있는 종이로 가려 놓은 부분을 공개합니다. 짜잔, 새로 나온 K 은행 체크카드에는 이 모든 혜택이 다 있습니다! 그때 놀라는 행인들의 모습을 사진에 담아서 그걸로 블로그 포스트를 만듭니다."

그 정도 혜택에 정말 행인이 놀라느냐고 당신은 묻는다. 신은 어이없어한다.

"다 조작이라고 말씀드렸잖습니까. 적당히 저희들이 스티커 미리 붙여 놓고, 지나가는 사람에게 사정하거나 친구들 불러내서 행인인 척 연기하게 하는 겁니다. 놀라는 모습도 연출하고요. 하루가 아니라 여러 날에 걸쳐 한 것처럼 보여야 하니까 장소를 조금씩 바꿔 가면서 한 사람이 옷을 갈아입거나 안경이나 모자 같은 걸로 다른 사람인 척해서 몇 번씩 찍습니다. 사진이 정말 중요한데, 연인이 나오는 그림이 좋습니다. 그래서 별로 친하지도 않은 애들끼리 연인인 척하면서 팔짱 끼고 가는 모습을 연기하고 그럽니다."

*

팀장도 포스트 조작 자체를 반대하지는 않았다. 다만

그 완성도에 너무 공을 들였다. 아까 찍힌 사람이랑 동일
인물인 게 너무 티가 난다며 사진을 지우기도 했고, 설정
상 며칠씩 들고 다닌 패널이라면 조금 더 지저분해져야
하는 것 아니냐고 지적을 하기도 했다. 주변이 너무 한적
하다며 장소를 옮기자고 팀장이 제안했을 때 신이 딱 잘
라 반대했다. 다른 학생들도 신의 편을 들었다.

"아무래도 북적거리는 번화가 느낌이 나면 좋죠. 주변
간판만 봐도 '여기가 젊음의 거리다.' 하는 그림이 딱 나
오는. 그런데 지방에는 그런 장소 자체가 드뭅니다. 팀장
이 가자는 장소에 가려면 택시를 타고 몇십 분은 이동해
야 하고, 또 거기 가 봤자 사람이 많다는 보장이 없으니
다들 반대했습니다."

그날 일정을 마치고 닭갈비집에서 저녁을 먹을 때 신은
팀장에게 "나도 대외 활동 해 볼 만큼 해 봤는데 질보다
는 양으로 승부하는 게 낫다."라고 말했다. 서울팀이 포스
트 하나 올릴 때 자신들이 조금 허술해도 포스트를 열 개
올리는 식으로 대응하면 점수 총합은 훨씬 높아질 거라는
논리였다. 팀장은 "K 은행 대학생 마케터즈는 최종 평가
직전 본사 인사들이 재량으로 주는 점수가 굉장히 크고,
그러니 무성의한 느낌을 주면 안 된다, 전반적인 인상을
끝까지 좋게 관리해야 한다."라고 반박했다. 한번 언성이

높아지니 마음에 담아 뒀던 지난 일까지 모두 끄집어내게 됐다. 팀장은 눈물을 흘리면서도 물러나지는 않았다.

그 바람에 팀장이 6월에 전북대 축제에 참가하자고 제안했을 때 신은 반대하지 못했다. K은행 대학생 마케터즈 몇 해 전 기수의 어느 팀이 학교 축제에 K은행 부스를 만들어 홍보하고 그것만으로 그해 우수상을 받았다고 했다. 팀장은 자신이 이미 K은행 유스 마케팅 담당자에게 문의해 봤다며, 만약 그들이 대학 축제에 참가할 경우 총학생회에 지불해야 하는 부스비와 현장에서 사용할 홍보 상품은 K은행이 지원해 줄 거라고 설명했다. 팀장의 제안은 표결에 부쳐져 한 표 차이로 통과되었다.

K은행에서는 택배로 축제에 사용할 물품들을 보내 주었다. K은행 로고가 박힌 볼펜이나 USB 메모리 스틱, 포스트잇 따위의 물건들이었다. 거기엔 K은행 인형 탈과 인형 옷도 있었다.

"이걸 입으라는 거야? 6월인데?"

"안 입을 수도 없지 않아? 보내 줬는데? 잠깐 입고 사진 몇 장만 찍자."

남학생 한 명이 자신은 빌려 온 솜사탕 기계를 돌려야 한다며 인형 옷은 입을 수 없다고 먼저 선언했다. 여학생들은 옷을 갈아입을 곳이 없다며 몸을 사렸고, 나머지 남학생들은 서로 눈치를 보았다. 악바리 팀장이 "이리 줘, 내가 할게."라며 나섰을 때 신이 인형 옷을 낚아채면서 말했다.

"이거 사우나에서 마라톤 뛰는 거랑 똑같아. 자칫 잘못하다 죽는다."

그렇게 해서 자기 학교 축제는 가 보지도 못한 신이 남의 대학 축제에서 인형 옷을 입고 춤을 추게 되었다. 하필 K 은행 부스 옆에 어느 과가 일일 주점을 열었는데, 거기서 술을 마시고 낮부터 취한 학생들이 인형 옷을 입은 신 앞에 와서 함께 춤을 추거나 아니면 댄스 배틀을 요구했다. 그 인형이 자기네 과 마스코트라고 착각한 것 같았다.

K 은행 부스는 대성황이었다. 공짜 솜사탕을 받겠다며 줄이 길게 늘어섰고, 볼펜과 메모리 스틱을 경품으로 건 퀴즈 대회와 다트 던지기도 인기가 좋았다. DSLR 카메라를 든 팀원이 접이식 사다리를 들고 바삐 돌아다니며 사진을 찍었다.

두 시간 남짓 인형 옷을 입고 춤을 췄더니 땀으로 팬티까지 축축하게 다 젖었고 나중에는 다리가 풀리면서 눈이 저절로 감겨 왔다. 결국 신은 정신을 잃고 바닥에 쓰러졌다. 눈을 떠 보니 머리 부분인 인형 탈만 벗은 채 잔디밭에 누워 있었다. 팀장이 울면서 신의 얼굴에 부채질을 하고 있었다.

"나 얼마나 쓰러져 있었어?"

"30초 정도?"

팀장에게 그만 좀 울라고 핀잔을 준 뒤 신은 일어나 물을 마시고 다시 인형 탈을 썼다. 병원에 가 봐야 하는 것 아니냐는 팀장의 말은 그냥 귓등으로 흘렸다. 그래도 이후에는 적당히 쉬고 물도 마셔 가면서 했다.

경품이 동이 나자마자 부스를 접었다. 다 같이 전북대 정문 근처의 사우나에 가서 30분 만에 씻고 나왔다. 팀장이 편의점에서 신이 갈아입을 속옷을 사다 주었다. 곧장 삼겹살집으로 직행해서 제대로 익지도 않은 돼지고기를 허겁지겁 입에 쑤셔 넣고 유리컵에 소주를 부어 마셨다. 그렇게 새벽까지 미친 듯이 웃고 떠들고 고함을 치며 진탕 마셨다. 팀장은 술을 마시면서도 몇 번이나 울다가 웃다가 했다.

6월 말에 전북팀은 1등을 차지했다. 세 차례에 걸쳐 나눠 올린 전북대 축제 참가기가 큰 호응을 얻었기 때문이다. 특히 인형 탈을 쓴 신이 전북대 학생들과 댄스 배틀을 벌이는 영상이 폭발적인 인기를 끌었다. 쓰러진 신과 부채질하는 팀장의 사진도 익살맞은 사진 설명과 함께 블로그에 올라갔다. 7월 말에는 2등을 했고, 누적 점수로는 3

등이 되었다. 등수가 오르고 나니 냉담자들도 돌아왔다. 그 뒤로는 계속 누적 점수 2등을 유지했다.

10월에 특이한 추가 미션 공지가 떴다. 북한 여자 축구팀이 방한해 K 은행 여자 축구팀과 벌이는 친선 경기에 대학생 마케터즈들이 경기장 안내 요원으로 자원봉사를 하면 팀 점수에 반영하겠다는 내용이었다. 평일 저녁에 서울월드컵경기장에서 열리는 게임이라 지방대 학생들은 엄두를 내기 어려웠다. 1등 팀과 격차도 더 벌어질 게 분명했다.

아니면……

"우리 정말 대상 한번 타 볼래? 다 같이 오후 수업 째고 올라가서 이거 할까?"

팀장이 물었다.

기왕 이렇게 된 거 갈 데까지 가 보자고 다들 고개를 끄덕였다. 그들은 KTX를 타고 서울에 가서 10원짜리 동전 하나 받지 않고 네 시간 동안 경기장 안내 요원으로 일했다. 행사를 마치고 용산역에 가니 이미 KTX는 막차가 떠난 뒤였다. 전주에 새벽 2시에 도착하는 무궁화호를 타야 했다. 편의점에서 페트 맥주와 종이컵을 사서 기차를 타고 내려가는 동안 나눠 마셨다. 미쳤다, 미쳤어. 이게 뭐 하는 짓이냐? 우리 다 미친놈들이야 그러면서도 다들 웃고 있었다.

12월에 K 은행 본점에서 열린 해단식 때 수상 팀들이 발표됐다. 결과는 대충 예상하고 있었지만 그래도 발표 직전에는 꽤나 가슴이 떨렸다. 그들은 지방팀으로서는 역대 최초로 K 은행 대학생 마케터즈 대상을 받았다. 대상 팀이 호명됐을 때 팀장은 자리에 주저앉아 펑펑 울었다. 야, 이게 뭐라고, 그만 울어, 쪽팔려, 신은 팀장 옆에 쪼그리고 앉아 그녀의 어깨를 토닥였다. 대상 상금은 100만 원이었다. 술을 마시고 남은 돈은 팀원 열 명이 나눠 가졌다.

*

신은 대학생 봉사단 활동도 여러 차례 했는데 대개 뒤끝이 좋지 않았다.

B 커피 프랜차이즈의 캠퍼스 봉사단은 모집 단계에서부터 팀 단위로 독특한 봉사 활동 아이템을 담은 기획서를 제출하라고 요구했다. 선발되면 활동비를 B 커피가 부담하겠다고 했다. 봉사단 발대식이 끝나자마자 방송사 카메라가 학생들을 따라다녔다. 일요일 아침에 하는 따분한 교양 프로그램이었다. 나중에 방영된 방송만 보면 전국 곳곳에서 자발적으로 다채로운 봉사 활동을 벌이는 대학

생들을 취재진이 하나하나 찾아낸 듯한 모양새였다. 그러는 가운데 틈틈이 학생들이 B 커피를 마시는 장면들이 나왔다. 처음부터 그런 조건으로 방송사와 B 커피 프랜차이즈 사이에 협약이 있었던 듯했다.

대학생 해외 봉사단원의 절반을 자사 임직원 자녀로 채운 기업도 있었다. 처음부터 그렇게 할당량이 정해져 있다고 했다. 봉사단이 해외 현장에 도착하니 해당 지역 법인장이 와서 제일 먼저 어떤 학생을 찾았다. 다른 대원들이 다 보는 앞에서 그 학생에게 아버지한테 안부 전해 달라, 잘 부탁한다고 말하기도 했고, 봉사 활동 하는 중간중간 그 학생만 따로 불러서 저녁을 사 주기도 했다. 그 학생의 아버지가 그룹 전략실의 고위 임원이라고 했다.

반면 G 제과 대학생 모니터단은 보수는 적어도 만족스러웠다. 대학생 모니터 요원은 일주일에 한 번 G 제과 본사에 모여 개발 중인 프리미엄 과자를 시식하고 어떤 느낌인지, 어떻게 포장하면 좋을지 의견을 냈다. 아이디어를 경쟁적으로 내지 않아도 괜찮았고, 제안에 대해 따로 평가를 받지도 않았다. G 제과 직원들이 대학생들의 이야기를 진지하게 경청하는 분위기도 마음에 들었다. 한 달 활동비보다 G 제과 본사까지 오가는 교통비가 더 든다는 점만 제외하면 다른 불만은 없었다.

G 제과 본사는 서울 종로에 있었다. 다음 날 1교시에 전공 수업이 있는 신은 회의 뒤에는 다른 학생들과 어울리지 않고 바로 기차역으로 갔다. 그러던 어느 날 지하철역에서 옛 K 은행 대학생 서포터즈 팀장을 우연히 마주쳤다. 눈물이 많던, 악바리 싸움닭이었던 그 여자아이였다. 1년 만이었는데도 팀장은 한눈에 신을 알아봤다. 팀장은 서울로 올라와 살고 있으며, 그날은 종로에 있는 영어 학원에 온 거라고 했다. 팀장은 학원에 늦었다고 하면서도 신과 헤어지기 싫어하는 눈치가 역력했다. 신은 팀장이 강의를 듣는 동안 밖에서 기다리겠다고 했다.

그들은 종로의 그렇고 그런 호프집에서 김빠진 맥주를 마셨다. 팀장은 1년 전에 비해 살짝 여성스러워진 것 같기도 했고 어른스러워진 것 같기도 했다. 신이 그렇게 말하자 팀장은 피식 웃었다.

"기가 죽어서 그런 거지. K 은행 대외 활동 마치고 반년이나 준비해서 K 은행 인턴을 했거든. 그런데 우수 인턴에 못 뽑혔어."

신은 우수 인턴이 뭐냐고 물었고, 팀장은 대외 활동과 인턴의 차이점을 설명했다. 그때까지 자기도 어디 가서 근성으로는 밀린 적이 없었는데 거기서는 상상도 못 한 독종들을 봤다며 그녀는 또 피식 웃었다.

그들은 1년 전 K 은행 대학생 마케터즈를 할 때 이야기를 하며 술을 마셨다. 그러다 불쑥 팀장이 신에게 "나 그때 너 좋아했어."라고 말했다.

나도 알았어, 신이 대꾸했다.

그런데 왜 나한테 대시 안 했어? 하고 여자아이가 물었다.

너는 나보다 그거 대상 받는 게 더 중요했던 거 아냐? 하고 신이 되물었다.

나 그때 필사적이었어 하고 팀장이 말했다.

지금은 아냐? 하고 신이 물었다.

팀장은 자신이 금융권 중에서도 K 은행만 노리고 전략을 짰다고, 그래서 꼭 대외 활동에서 상을 받아야 했다고 말했다. K 은행 인턴을 하기 위해 교환 학생도 포기했다고 했다.

술이나 마셔 하고 신이 말했다.

팀장은 2차를 가야 한다고 우겼다. 호프집을 나와 다음에 간 술집에서 팀장은 울음을 터뜨렸다. 대학생 마케터즈를 그렇게 열심히 할 필요가 없었고 교환 학생을 갔어야 했다며 울었다. 술에 취한 팀장은 오늘 내려가지 않으면 안 되느냐고 신을 붙들었다. 너무 마음이 헛헛하다고, 그날 밤만 좀 같이 있어 달라고.

그들은 어찌어찌 모텔에 갔고, 어찌어찌 같이 잤다. 팀장이었던 여자아이는 섹스를 하는 내내 엉엉 울었다. 성욕이 아니라 소리 내어 펑펑 울고 싶은 마음을 오랫동안 참은 것 같았다. 곤히 잠든 팀장을 깨우지 않고 신은 새벽에 모텔에서 혼자 나왔다. 아침 첫 기차를 타야 1교시 수업을 들을 수 있었다. 그가 한 번이라도 결석하면 F를 받아도 좋다고 큰소리쳤던 멘토 교수의 수업이었다. 졸업 학기라 어쩔 도리가 없었다. 새벽 기차를 타고, 앞 좌석 등받이에 머리를 박고 숙취로 고생하면서, 이렇게까지 해야 되나 하고 신은 생각했다.

하반기 공채 시즌에 신은 100군데가 넘는 기업에 입사 지원서를 보냈고, 그중 일곱 곳에서 서류 전형 합격 통보를 받았다. 그중 네 곳에서는 임원 면접까지 갔다. 신은 "안녕하세요, 대외 활동의 신입니다."로 시작하는 자기소개 원고를 달달 외웠다. 면접관들은 모두 그의 대외 활동 경력을 보고 입을 벌렸다. 면접관들은 신에게 왜 그렇게 대외 활동을 많이 했느냐고 묻고, 가장 기억에 남는 대외 활동은 뭐였느냐고 물었다. 그 많은 대외 활동은 결국 취업을 위한 것 아니었느냐고, 스펙 쌓기 아니었느냐고 압박하는 면접관도 있었다. 상사가 부정행위를 저지르면 어떻게 하겠느냐고 질문하는 사람도 있었다.

그리고 신은 단 한 곳도 합격하지 못했다.

*

"글쎄요, 뭐랄까. 허탈함? 공허함? 그냥 아무 생각도 안 들었습니다. 아무것도 하기 싫고, 아무도 만나고 싶지 않았습니다. 졸업을 하니까 서울에 올라와서 다시 부모님이랑 살아야 했는데, 처음 며칠 동안은 방에 틀어박혀서 밖으로 나가지도 않았습니다."

몸에서 쉰내가 날 때까지 이불을 덮어 쓰고 자다가 침대에 누운 채로 멍청히 천장을 바라보며 열흘가량을 보내고 겨우 몸을 일으켰다. 그렇게 백수가 되었다. 근처 구립 도서관에 토익 문제지와 자격증 수험서를 들고 나가 시간을 때우며 한 철을 보냈다. 삼각김밥과 편의점 도시락을 사 먹고, 시청각실에서 옛날 영화를 보고, 피시방에 가서 게임을 했다. 봄에는 도서관에 다니는 척하며 집 근처 노래방에서 아르바이트를 했다. 친구를 만나는 것도 싫어졌고, 모르는 사람과 눈을 마주 보고 대화하는 것도 점점 힘들어졌다.

이런 기분을 예전에 한번 느껴 본 적이 있었는데…… 신은 생각했고, 그게 재수 시절과 J 대학에 처음 입학했을 때였음을 깨달았다. 아무것도 할 수 없고 아무것도 될 수 없을 것 같은 열패감과 무력감. 어디에도 속하지 못하고 어디에서도 환영받지 못하는 듯한 소외감과 고립감. 자신이 그런 감정들을 어떻게 극복했는지 돌이켜 보자 금방 답이 나왔다. 그는 대외 활동을 다시 해야 했다. 그를 반겨 주고 인정해 주는 곳에 가야 했다. 설사 그들이 자신을 환영하는 이유가 값싼 노동력 때문이라 해도.

재학생이 아닌 졸업생도 참여할 수 있는 대외 활동은 많지 않았다. Y 제약 국토 대장정에 스태프로 참가하게 됐다고 이야기했을 때 아버지는 신에게 정신 나간 놈이라며 욕을 퍼부었다.

"나가 죽어라, 그런 걸 뭐 하러 하느냐, 돈도 안 되는 걸. 그딴 짓 할 시간에 자기소개서 한 장이라도 더 써라 그러셨습니다. 친구들도 난리가 났죠. 미친 거 아니냐, 마조히스트냐, 대외 활동 중독이냐. 왜 하필 국토 대장정이냐, 그거 다 국뽕이고 정신 승리인 거 모르냐. 물론 그 얘기들이 다 맞습니다. 다 맞는데, 저는 그때 그런 일이 필요했습니다. 아무리 설명해 줘도 다른 사람들은 이해 못합니다."

신은 국토 대장정 스태프 중에서도 가장 힘든 행진팀에 자원했다. 부산에서 서울까지 590킬로미터를 걷는 동안 참가 학생 옆에서 함께 걸으며 낙오자가 발생하지 않는지 살피고, 지나가는 차량이 가까이 오지 못하게 막아주는 역할이었다.

처음에는 부모님과 마주하지 않아도 된다는 사실만으로도 좋았다. 뒤처진 대원들을 챙기고 격려하는 일에서 보람도 느꼈다. 대열에서 행진팀만 유일하게 제복을 입고 선글라스를 쓸 수 있었는데, 그런 신의 모습에 몇몇 여학생들이 은근히 동경의 눈빛을 보낸다는 사실을 눈치채고 우습지만 조금 우쭐해지기도 했다.

장정이 중반을 넘기자 다들 힘들어했다. 어느 순간 그들은 한 덩어리로 뭉친 점액질 같은 존재가 되었다. 오르막길이 나오면 처음에는 이곳저곳에서 한숨 소리가 나왔다. 오르막이 얼마간 이어지면 여기저기서 "쫌만 버텨!" "조금만 힘내자!" 하는 고함 소리가 터졌다. 어느 순간 한 세포가 악을 쓰기 시작한다. 악! 악! 악! 왼발이 땅에 닿을 때마다 그렇게, 박자에 맞추어. 그러면 다른 누군가가 함께 소리를 친다. 악! 악! 악! 악! 나중에는 모든 대원들이 악! 악! 악! 악! 비명을 지르며 고개를 넘는다. 저녁에는 다들 목이 쉬었다.

악을 쓴다고 다리에 힘이 솟거나, 갈증이 해소되거나, 더위가 가시지는 않는다. 그것은 각성제도 스테로이드도 아니고, 인센티브도 페널티도 아니다. 육체적으로는 더 힘이 들고 더 고통스러워질 따름이다. 그럼에도 신은 대원들이 악을 쓰는 이유를 이해했다.

반복 동작으로 머리가 멍해질 때에는 그렇게라도 주의를 환기시켜야 한다. 그러지 않으면 실신해서 쓰러진다. 발바닥이 아프거나 자신이 한심하게 느껴져 울음이 나올 것 같으면 악을 쓰는 게 유용한 요령이다. 얼굴을 찡그리면서 눈물을 땀인 것처럼 위장하면 된다. 몇 시간 동안 거울로 제 얼굴을 보지도 못하고 다른 사람과 대화도 없이 땡볕과 아스팔트 열기 속에서 고행을 하다 보면 자기 자신이 존재한다는 감각이 희미해진다. 그럴 때에는 악을 써서 제 목소리를 귀로 들어야 한다. 그렇게 해서 현실감을 되찾아야 한다. 그렇게 악을 쓰는 건 일종의 대화이기도 했다. 나 죽을 것 같지만 조금 더 버틸게, 그러니까 너희도 버텨 하는.

신은 자신이 오래전부터 악을 써 왔다고 생각했다.

*

그해 말에 신은 Y 제약 공채에 최종 합격했다. 국토 대장정을 주최한 그 기업이었다.

"어리둥절했죠. 그해에는 Y 제약에만 서류 합격을 했는데 거기서 쭉쭉 면접을 다 통과해 최종 합격이 됐습니다. Y 제약 입사를 노리고 국토 대장정에 지원했던 건 아니었습니다. 국토 대장정 스태프로 활동한 게 서류 통과나 면접에 얼마나 영향을 줬는지도 모르겠습니다. 다른 합격자나 전년도 합격자 중에 국토 대장정 참가자는 없었습니다.

이런 일은 있었어요. 최종 면접을 보러 Y 제약 본사에 갔을 때 건물 로비에서 국토 대장정을 담당했던 부장님을 마주쳤습니다. 그런 만남을 의도했던 건 전혀 아니었습니다. 부장님이 저를 알아보시고는 '어, 너 여기 어떻게 왔어?' 하시더라고요. 면접 보러 왔다고 하니까 고개를 한번 끄덕이시더니 '알았어.' 하고 가시더라고요. 글쎄요. 그게 전부입니다."

Y 제약 입사가 확정된 뒤 K 은행 대외 활동 때 팀장이었던 악바리 여자아이에게 문자메시지를 몇 번 보냈다. 답은 오지 않았다.

신이 Y 제약에 최종 합격을 했다는 소식이 알려지자 J 대학 농경제학과에서 후배들을 상대로 특강을 해 달라고 요청이 왔다. 신의 멘토였던 교수는 신을 학생들에게 소개하면서 "대외 활동을 엄청나게 하면서도 한 번도 수업을 빼먹거나 지각하는 적 없이 학생의 본분을 지켰다."라고 강조했다.

후배들은 그에게 주로 대외 활동 합격 비결이나 정보를 얻는 방법에 대해 물었다. 그런 테크닉은 어차피 블로그에 자세히 올렸고, 대외 활동이 가산점을 받는 시절도 지나갔다고 여겼기에 신은 강연의 초점을 돌리려 애썼다. 명문대 학생들 앞에서 꿀리지 않는 자세, 된다 싶을 때 독하게 밀어붙이는 마음가짐을 강조하고 싶었다.

그렇게 바쁘게 살려면 연애나 취미 생활은 포기해야 하는 것 아니냐고 누군가 물었다. K 은행 대외 활동을 할 때 만났던 악바리 여자아이의 얼굴이 눈앞을 스쳤다. 신은 고개를 저으며 대답했다. 그는 치열하게 살았기 때문에 오히려 후회가 없다고, 바쁘게 자기 미래를 준비하는 사람들이 연애도 더 잘한다고 말했다.

신은 자신이 어떤 역할극을 수행하는 중이고, 그 자리에서 너무 순도 높은 진실은 피하는 게 낫다고 생각했다.

'저 학생들은 자신들의 상품성이 얼마나 떨어지는지 몰라.'

강연을 마치고 나갈 때 뒷줄에 있던 남학생이 자리에서 일어나며 작은 목소리로 "노오오오력."이라고 빈정댔다. 주변 학생 몇몇이 웃음을 터뜨렸다.

정말 아무 후회도 없느냐고 당신은 묻는다.

무엇을 후회한단 말입니까 하고 신은 반문한다.

신은 절대 가면일 수 없는 표정으로 당신을 똑바로 쳐다보며 말한다.

"그것도 고약한 질문이긴 마찬가지입니다. 제가 착취당했고, 그 바람에 인생에서 중요한 걸 놓쳤다는 말을 듣고 싶으신 거지요. 전 인정하지 않겠습니다. 그런 걸 인정해서 제가 얻는 게 뭡니까? 저는 성공했습니다. 제 동기들 중에 저보다 잘 풀린 사람은 없습니다. 수능을 다시 치거나 편입을 준비했던 친구들은 아직도 학교에 다니고 있습니다. 공무원 시험이나 공기업으로 방향 잡았던 동기들 중에 합격자는 아직 없고요. 취업에 성공한 애들은 전부 다 중소기업에 갔습니다. 장사하겠다면서 노점을 차린 친구가 한 명 있고, 나머지는 다 놀거나 알바 뛰고 있습니다.

제가 놓친 게 뭡니까? 애초에 뭔가 괜찮은 걸 노려볼 기회가 저한테 있기나 했습니까? 처음부터 컵에 물은 반밖에 없었습니다. 그 반 컵의 물을 마시느냐, 아니면 그마저도 마시지 못하느냐였습니다. 다시 대학교 1학년이 된다 해도 똑같이 할 겁니다. 대외 활동이 아니었다면 저는 대학 생활 내내 빌빌대면서 허송세월했을 겁니다. 그렇게 빌빌댈 수밖에 없는 처지였단 말입니다!"

3부

버티기

모두, 친절하다

여태까지 살면서 가장 운이 없었던 날에 대해 이야기하라고요? 바로 며칠 전이 그런 날이었는데…… 그런데 그날이 운이 없는 날이었던 건 맞지만, 그렇다고 남은 인생에 영향을 미칠 만큼 아주 결정적으로 불운한 날이었던 건 아니에요.

무슨 얘기인고 하니, 이를테면 지나가던 트럭에 치여 반신불수가 됐다든가, 공사 중인 빌딩에서 떨어진 벽돌 때문에 아이를 잃었다든가 하는 날은 아니었단 말입니다. 그냥 소소하게 짜증 나는 일이 겹쳤지만 결국은 그날 중에 다 해결됐고, 그날 그런 일들이 있었음으로 해서 이후에 저나 제 가정에 달라진 건 없거든요. 오히려 교통사고 같은 큰 불행을 액땜한 날인지도 모르죠.

제 대학 선배 중에 그렇게 운 없는 것인 줄 알았던 날이 나중에 돌이켜 보니 실은 굉장히 좋은 터닝 포인트였던 사람이 있어요. 이 형은 원래 용인에 살았는데 어느 날 폭설이 내려서 길이 엄청나게 막히는 바람에 서울까지 출근하는 데 네 시간이 걸렸어요. 그래서 그날 예정돼 있던 중요한 미팅에 참석을 못 하고 며칠 동안 준비한 작업이 헛수고가 됐죠.

너무 열이 받은 그 형은 그날 '내가 무조건 서울에서 살고야 만다.'라고 결심하고 얼마 뒤에 집 평수를 줄여서 송파로 이사 왔어요. 폭설로 고생하지 않았다면 그럴 수 없었겠죠. 그런데 새로 산 송파의 아파트가 그다음 2년 새 2억 원이 올랐고, 용인에서 살던 아파트는 집값이 쭉쭉 떨어졌답니다. 그렇다면 그 눈 쏟아진 날은 그 형에게 오히려 최고의 행운을 가져다준 날이라고 해야 하지 않겠어요?

그런 생각 하면 기분 이상하죠. 마트에서 어떤 물건이 더 싼지 살피고 할인 쿠폰을 모으고 포인트 챙기고 백화점 세일 기간을 노리고 휘발유 가격을 확인하고, 그런 노력들이 다 부질없게 느껴져요. 그래서 돈 얼마나 아낄 수 있다고…… 집 사고파는 타이밍 한번 잘 맞으면 다 끝나는 건데.

아무튼, 그렇게 소소하게 운 없었던 날을 말씀드려도
되는 거죠?

네, 알겠습니다.

*

그날은 아침에 출근을 하려는데 대구에 사는 친형으로
부터 문자메시지가 왔어요. 감명 깊게 읽은 책이 있어서
한 권 사 보내고 싶다고 제 집 주소를 물어보더라고요. 사
실 저는 그 문자가 별로 달갑지 않았는데, 저희 형이 좀
한량이거든요. 보통 형이 그렇게 작은 선물을 보내오면
그다음에는 꼭 귀찮은 부탁이 뒤따릅니다. 그래서 탐탁지
않은 마음에 아파트 엘리베이터가 오기를 기다리면서 "책
제목을 알려 주면 그냥 내가 직접 사 볼게"라고 답장을 보
냈어요. 물론 그런다고 저희 형이 고집을 꺾을 사람이 아
니죠. "형이 보내 줄 테니 집 주소 좀 알려 줘"라고 답장이
왔어요.

"서울시 마포구 현수동 현수현대아파트 2동 803호"라
고 집 주소를 쳐 보내고 났더니 아내가 "우리 아파트 이름
바뀌었어."라며 엘리베이터 안에 붙은 공고를 가리키더라

고요. 뻔히 보고 있었으면 송신 버튼 누르기 전에 좀 말해 주지.

저희 아파트 이름이 현수현대아파트에서 현수힐스테이트로 바뀐 것을 제가 깜빡 잊고 있었어요. 아파트 이름이 변경되는 걸 못마땅하게 여기고 있었던 터라 공고도 무의식중에 잘 살피지 않고 넘겼었나 봅니다. 현수현대아파트에서 현수힐스테이트로 이름이 바뀐다고 해서 저희 부부 같은 세입자들한테 좋을 건 없잖아요. 현대아파트에서 힐스테이트로 이름을 바꾸면 자산 가치가 올라간다며 '아파트 단지 명칭 변경 동의서' 서명을 받던데 아파트 가격이 올라가면 전세금도 덩달아 뛰겠죠. 그래서 저희는 경비실에서 입주자를 상대로 동의서에 서명을 받으려고 끈덕지게 찾아와도 끝까지 사인해 주지 않았죠.

저희 부부는 서명하지 않았지만 아파트 단지 이름은 바뀌었고, 그래서 주민 협의회가 감사하다며 수건을 돌린 게 사실 바로 그 전날이었어요. 엘리베이터에서 내려 형에게 아까 주소는 잘못 보낸 거라고, 현수현대아파트가 아니라 현수힐스테이트라고 문자를 보냈더니 형은 "그냥 너희 회사 사무실로 보낼게"라고 답장을 보내오더군요.

저와 아내는 지하철역까지 같이 간 뒤에 거기서 각각 다른 방향으로 열차를 탑니다. 아내가 그날 오후에 컨버터블 PC 수리를 받을 거라고 하더군요. 컨버터블 PC가 뭔지 아세요? 키보드 달린 태블릿 PC를 그렇게 부르더라고요. 아내가 쓰던 노트북을 교체할 때가 돼서 새 걸 사려다가 마침 가격도 괜찮기에 이 컨버터블 PC라는 녀석을 샀는데 이게 사람 꽤나 신경 쓰이게 하는 물건이더라고요. 뜨겁고, 소음이 크고, 키보드와 태블릿의 이음새가 어딘지 불안정하고, 배터리도 너무 빨리 닳고.

"다른 건 다 참겠는데 며칠 전부터 한참 쓰다 보면 이삼 분 정도 터치스크린에 입력이 안 돼. 어떤 때는 펜으로 입력하면 되는데 손가락으로 하면 먹질 않아. 어떤 때는 펜으로 터치해도 안 되고 손가락으로 해도 안 되고. 참고 써 보려 했는데 안 되겠어. 역시 중소기업 제품은 사는 게 아니었나 봐."

지하철역 앞에 있는 빵집에서 빵을 사면서 아내가 타다다다 쏟아 냈어요. 아내의 컨버터블 PC는 저와 함께 전자 상가를 둘러보다가 대기업 노트북이나 태블릿 PC보다 가격 대비 성능비가 높아 보여서 고른 국산 중소기업 제품이었어요. 집어 들 때에는 그래도 중국산보다 낫겠지 하는 마음도 있었죠.

"그 회사 애프터서비스 센터가 우리 회사 근처에 있는 거 같던데. 지나가면서 본 적 있어."

제가 말하니 아내가 괜찮다고 하더라고요. 자기가 오늘 신도림역 쪽으로 외근을 가는데 거기 테크노마트에 대리점이 있는 걸 인터넷으로 확인했다고요. 거기서 수리를 받든지 맡기든지 하겠다고 하더라고요.

"그래도 국산이라 애프터서비스가 싸고 편한 거야. 나 핸드폰 수리 제대로 못 해서 고생하는 거 봐."

아내 들으라고 제가 일부러 투덜거렸죠. 네, 저는 혁신의 아이콘으로 유명하고 애프터서비스를 받기 어렵기로도 악명 높은 글로벌 대기업 제품 씁니다. 1년쯤 쓰다가 바닥에 떨어뜨려서 액정에 금이 한 줄 갔는데 공식 서비스 센터에 맡기면 수리비가 35만 원이라는 거예요. 시간도 일주일이나 걸리고요. 그걸 정책이라고 부르더라고요. 정책이라는 단어가 그런 때 쓰는 건가요……? 자기들이 정부나 정당인가? 사설 업체에서 수리를 받으면 8만 원이면 충분하다는데 선택의 여지가 없잖아요.

그렇게 사설 업체에서 한번 수리를 받으면 다시는 공식 애프터서비스를 받을 수 없죠. 그것도 그네들이 제멋대로 정한 정책이죠. 저는 착한 백성처럼 따라야 하는. 그래서 그렇게 액정을 교환하고 나서 순댓국집에서 순댓국 먹다가 바보처럼 뚝배기 그릇 안에 휴대폰을 빠뜨리고 나서는 공식 서비스 센터에 갈 수가 없었죠. 다시 사설 수리

업체를 찾아가는 수밖에. 그런데 이건 잘 안 고쳐지더라고요. 그 뒤로 전화가 툭하면 끊어져요.

갈수록 증상이 심해지는 거 같은데…… 두 달만 참으면 약정 기간이 끝나거든요. 참아야죠, 별수 있습니까.

*

재작년에 본부장님이 새로 오셨거든요. 전에 무슨 독일계 회사 사장을 하셨다던데, 지금은 저희 회사의 떠오르는 실세시죠. 이분이 부사장으로 승진하면서 맡아 이끄시던 팀도 신사업개발본부에서 스마트사업본부로 이름을 바꾸고 사무실을 15층에서 17층으로 이사하게 됐어요. 그 대신 17층에 있던 브랜드관리실이 16층으로 한 층 내려오고, 16층에 있던 저희는 15층으로 자리를 옮기게 됐습니다. 스마트사업본부가 곧 자회사로 독립할 거라고, 조만간 그 회사로 갈 희망자를 받는 사내 공모가 있을 거라는 소문이 파다했어요.

이사 전날에 이사 전문 업체에서 16층이랑 15층 평면도를 들고 와서 저희 사무실에 있는 캐비닛이나 책상, 컴퓨터 같은 걸 어떻게 옮길지 그려 갔어요. 고작 한 층 내려가려고 야근하면서 이사를 준비하려니 좀 억울하기는 하더군요.

저희 팀 상은 씨가 배치도 초안을 그리고, 다른 팀원들이 다 돌려 보면서 조금씩 수정했죠. 그런데 어디 이사라는 게 그렇게 쉽게 되던가요. 15층이 16층이랑 평면 구조가 똑같은 줄 알았는데 미묘하게 다르데요. 16층에서는 벽에 다 붙여 세울 수 있었던 캐비닛들이 15층에는 안 들어가더라고요. 저희 건물이 밖에서 보기에 유선형으로 생겨서 그런 것 같아요. 보기엔 멋진데 안에서 살기엔 좀 이상해요. 그 탓도 있고, 또 바닥의 전원 아웃렛을 피하려다 보니 책상 배치도 좀 바꿔야 했고.

애꿎게 이사업체 직원분들만 고생했어요. 평면도대로 집기를 놓을 수가 없으니 일일이 "사장님, 이건 어디에 둘까요?" "이건 그냥 여기 둘까요?" 이렇게 물어봐야 했습니다. 상은 씨나 제가 보기에 괜찮다 싶어서 "네, 그냥 그렇게 두시면 되겠네요."라고 대답하고 나면 잠시 뒤에 차장님이 오셔서 "이 테이블은 문가에 두지 말고 저쪽 창가로 붙이면 어떨까?"라고 말씀하시고. 이사업체 직원들이 테이블을 창가로 들고 가서 "이제 됐어요?"라고 물어보면 차장님은 다시 "생각보다 별로네, 문가가 낫겠다."라고. 상상이 가시죠?

사실 "문가에 둬라."라는 정도로 확실하게만 말씀하셔

도 좋은데 저희 차장님 화법이 그렇지가 못해요. 매번 "내가 보기에는 창가보다 문가가 나은 것 같은데 임 과장 생각은 어때?"라고 저에게 물어보시는 거예요. 그러면 창가에서 문가로 테이블을 들고 간 이삿짐센터 직원들은 실낱같은 기대를 걸고 저를 바라보죠. 그런데 제가 거기서 어떻게 창가가 더 낫다고 말합니까. 차장님의 '숨은 니즈'를 재빨리 파악하고 "그러네요, 테이블을 저 자리에 두면 회의할 때 너무 직사광선을 받아야 돼서 눈이 부시겠습니다."라고 맞장구를 쳐 드려야죠.

저도 마음이 모질지 못해요. 저는 가만히 서 있으면서 땀 뻘뻘 흘리는 이삿짐센터 직원들에게 이리 가라, 저리 가라, 다시 이리로 가라, 여기서 딱 3센티미터만 오른쪽으로 밀어 줘라, 아니 너무 많이 갔다, 딱 0.5센티미터만 왼쪽으로 다시 밀어라, 이렇게 지시하려니 여간 미안한 게 아니었습니다. 나중에는 상은 씨가 나서서 인부들에게 이것저것 지시하는 걸 도맡아 했어요. 상은 씨도 저의 숨은 니즈를 알아챈 거죠.

"야, 상은 씨 일 잘한다. 상은 씨 밑으로 들어오지 않은 게 진짜 다행이다."

저랑 다른 남자 직원들은 상은 씨가 인부들을 부리는 걸 보면서 한발 물러나 칭찬만 했죠. 그런데 정말 상은 씨 일하는 걸 보고 있노라니 '저 아가씨 우리가 정직원으로 채용해도 되지 않을까.' 그런 생각이 들었어요. 아, 상은 씨는 저희 회사 정직원이 아니라 인력 회사의 파견 직원이에요. 저희가 흔히 협력 사원이라고 부르는. 저희 회사가 고졸이랑 전문대 졸업자는 정규직 채용을 안 하고 그렇게 협력 사원을 두거든요.

탕비실로 쓸 공간에 정수기와 커피 머신을 설치하고 잠깐 차를 마실 때 상은 씨한테 얘기했어요.

"혹시 상은 씨, 스마트사업본부가 독립해서 법인 등록하면 거기서 일할 생각 있어요?"

상은 씨가 무슨 영문인지 모르겠다는 듯이 약간 불안한 표정으로 저를 바라보더라고요.

"아니, 내 말은 그러니까 거기 본부가 곧 사내 공모를 해서 우리 회사에서 사원들을 경력직으로 많이 데려갈 텐데 내가 상은 씨를 거기에 추천하면 혹시 응할 생각이 있냐고요."

"정사원으로요?"

"그렇지."

"저야 너무 좋죠. 그렇게 갈 수 있나요?"

갑자기 상은 씨가 얼굴을 환히 밝히며 몸을 저한테 바싹 붙이는 바람에 좀 당황했습니다.

"아니, 그런 추천 같은 건 지금 받는지 안 받는지 모르 겠는데 그냥 혹시 상은 씨 의향은 어떤가 해서 물어본 거 예요. 출범하는 법인으로 가면 처음에는 일이 엄청 바쁘 고 정신없을 텐데 그래도 괜찮아요?"

"그럼요. 그래도 정사원이잖아요."

이 아가씨를 실망하게 만들긴 싫고 그렇다고 더 기대 를 품게 할 수도 없어서 말문이 막혀 있던 참에 마침 전화 가 걸려 와서 살았어요. 형이 인터넷 서점에서 구매한 책 을 들고 온 택배 서비스 아저씨였습니다.

"제가 지금 GK 빌딩에 거의 다 왔는데요, 몇 층으로 가 면 됩니까?"

"저희 사무실이 지금 이사 중이라서 제가 15층에 있을 수도 있고 16층에 있을 수도 있는데 로비에 와서 전화 주 시겠어요?"

대답이 없더라고요. 그새 전화가 끊긴 거였죠. "아 정말 뭐야."라고 혼잣말을 중얼거렸더니 마침 앞을 지나가던 이삿짐센터 직원이 자기한테 하는 말인 줄 알고 움찔 놀 라며 "죄송합니다, 따장님." 하고는 고개를 숙였습니다.

그 이삿짐센터 직원들이 발음들이 좀 이상하더라고요. 다들 혀 짧은 소리를 내는 게……. 그래서 저희가 뭐라고 지시하면 인부들이 못 알아듣고, 인부들이 뭘 물어보면 저희가 못 알아듣는 경우가 몇 번 있었어요. 상은 씨한테 "저 사람들 한국 사람들이 아닌가?"라고 물어봤더니 상은 씨도 "발음이 좀 이상하죠? 연변이나 북한 사투리도 아닌 것 같은데."라며 고개를 갸우뚱했습니다. 제가 "몽골 사람들인가?"라고 중얼거리자 상은 씨가 인부들에게 직접 물어보려고 하더라고요. 제가 말렸어요.

택배 기사님과 통화가 끊겼을 때 다시 전화를 드리지는 않았어요. 어차피 기사님이 건물 앞에 오면 저에게 연락을 할 거라고 생각해서였습니다. 30분쯤 지나서 택배 아저씨로부터 전화가 왔어요. 제가 그때 16층에 올라가 있었기 때문에 "16층으로 와 주실 수 있나요?"라고 여쭤봤더니 아저씨가 "이 건물에 16층이 없는데요."라고 답하시더라고요.

"이 건물 23층짜리인데요."

"여기 엘리베이터에 보니까 14층까지밖에 없는데요? 높은 층 올라가는 엘리베이터가 따로 있나요?"

그때서야 무슨 영문인지 알겠더라고요.

"아저씨, 혹시 지금 GK 그룹 본관 건물이 아니라 GK 건설 건물에 가 계신 거 아닌가요?"

"배송지가 중구 다동 GK 건물로 돼 있는데, 다동에 GK 빌딩이 이거 하나뿐이지 않나요?"

"저기, 그건 GK 빌딩이 아니라 GK 건설 빌딩이고요, GK 빌딩은 세종로 사거리 쪽에 있어요. 그렇게 멀지 않아요."

"다동 GK 빌딩이라고 돼 있어서 이리로 왔는데……."

저는 포털 사이트에서 GK 빌딩이라고 검색을 해 보고는 의심도 않고 배송지에 엉뚱한 건물 주소를 넣었을 형 얼굴을 떠올리며 "죄송합니다."라고 말했습니다.

"그럼 지금 계신 빌딩은 주소가 어디죠? 무슨 구예요?"

"그냥 청계천 따라서 두 블록만 오시면 돼요. 동아일보사 옆에 검은색 건물이에요."

"아니, 그게 구 이름을 알아야 되거든요. 배송지 변경 절차를 거쳐야 하기 때문에."

"여긴 종로구 서린동인데요."

"그러면 고객님, 이걸 제가 갖다 드리진 못하고 종로구 담당자가 이따 오후에 배달……."

거기서 또 전화가 끊겼습니다.

*

저희 건물에서는 점심시간 때 승강기 잡느라 전쟁이 벌어집니다. 엘리베이터가 넉 대 있는데 복도에서 버튼을 눌러 놓고 기다리면 그 층에 가장 먼저 설 것 같은 엘리베이터에 불이 켜지면서 땡 하고 종소리가 납니다. 그러면 엘리베이터를 기다리는 사람들이 우르르 그 앞에 가서 줄을 서요.

문제는 점심시간이 되면 사람들이 다 몰려나오기 때문에 18층이나 17층쯤에서 이미 엘리베이터 네 대가 다 만원이 된다는 거죠. 어떤 엘리베이터에 사람이 정원까지 타면 그 엘리베이터는 그다음부터 밖에서 누른 버튼을 무시하고 그냥 1층으로 내려가거든요. 그러면 복도에서는 원래 서겠다고 했었던 엘리베이터 칸에서 불이 꺼지고 정원이 차지 않은 다른 엘리베이터의 불이 켜지면서 땡 소리가 나는 거죠.

1호기 앞에 줄 서 있던 사람들이 3호기에서 땡 소리가 나면 3호기 앞으로 우르르 몰려가서 줄을 서요. 그런데 3호기도 곧 만원이 되고 그냥 16층을 지나쳐 버립니다. 그럼 2호기에서 땡 소리가 나고 이번에는 사람들이 2호기 앞에 다시 줄을 서요. 임원분들도 다 그렇게 똑같이 엘리베이터를 기다리고 있으니까 아무도 화도 안 내고 웃지도 않아요.

11시 50분쯤 되면요, 저층에 있는 사람들이 내려가는 엘리베이터는 포기하고 올라가는 엘리베이터를 잡기 시작합니다. 꼭대기 층까지 올라갔다가 내려오려고요. 그러면 그렇게 위로 올라오는 엘리베이터가 이미 만원 상태라서 15층, 16층에서는 올라가는 엘리베이터도 내려가는 엘리베이터도 잡을 수가 없어요.

계단으로 한두 층을 올라가거나 내려가서 엘리베이터를 탈 수 있으면 좋을 텐데 그것도 안 됩니다. 계단 통로에서 어떤 층으로 들어가려면 보안 시스템에 사원증을 갖다 대야 하고, 각자 자기 사원증으로 출입할 수 있는 층이 정해져 있어요.

광화문 근처에서 밥을 먹는 것도 저희 회사 엘리베이터 잡는 일과 비슷하죠. 좀 싸고 괜찮다 싶은 집은 11시 30분부터 자리가 차서 밥을 먹으려면 10분이고 20분이고 기다려야 하니까요. 제가 참 끝까지 적응이 안 되는 게요, 그런 식당에서 가끔 합석을 시키는 게 싫어요. 둘이서 밥을 먹으러 갈 수도 있는데 테이블은 4인용이라고 모르는 사람 두 사람을 합석시키면 멋쩍어서 젓가락질이 잘 안 됩니다.

그렇게 김치찌개를 먹고 있는데 아내한테서 전화가 왔어요. 주변이 어찌나 시끄러운지 아내가 뭐라고 말하는지 하나도 안 들렸고, 그냥 밥을 한 4분의 1 정도 남긴 채 식당에서 나와 버렸어요. 뭔가 성난 목소리였는데 그럴 때 얘기를 끝까지 안 들어 주면 나중에 뒤탈 납니다, 하하하.

아내는 테크노마트의 컨버터블 PC 회사 대리점에 갔다가 제품을 수리하지도 맡기지도 못해서 열이 받았더라고요. 대리점 직원이 그 컨버터블 PC가 고장 난 게 아니라 펌웨어 문제인 것 같다고, 펌웨어 업그레이드를 받으면 괜찮을 거라고 설명을 하더랍니다. 애프터서비스 센터에 가면 금방 해 줄 거라면서요.

그 업그레이드라는 게 사실 간단해서 집에서 컴퓨터에 프로그램을 내려받아 혼자 할 수도 있는 건데 자기네들은 해 줄 수 없다는 거예요. 자기들은 그 제조사의 정식 지점이 아니라 계약을 맺고 판매만 해 주는 곳이고, 대리점에서 그런 사설 서비스를 해 주는 걸 본사가 엄격히 금지한다네요. 대리점에서 수리를 받다가 기계가 고장이 나면 책임 문제가 불거진다고요. 아내가 "제가 다 책임질 테니까 그냥 업그레이드해 주세요."라고 고집을 부렸는데도 대리점에서는 완강히 거절하더라는 거예요.

아내를 달래 주고, 제가 몇 시에 퇴근할지는 모르겠지만 아무튼 저녁에 광화문에서 만나기로 했어요. 제가 늦으면 자기는 근처 커피점에서 차를 마시거나 교보문고에 가서 책을 읽겠다고요.

회사로 돌아왔더니 이삿짐센터 직원들이 점심시간에

도 쉬지 않고 일을 해서 큰 짐 옮기는 작업은 거의 다 끝났더라고요. 나머지 버릴 물건 버리고 서류철이나 캐비닛 정리하는 건 저희가 해야 할 것 같아서 고맙다고 인사하고 인부들을 보냈죠. 사람들이 워낙 열심히 일해서 뭔가 만 원짜리라도 두어 장 드리고 싶었는데 1, 2만 원을 드렸다가는 오히려 불쾌해할 것 같기도 하고 그렇다고 한 사람 앞에 만 원씩 주려니 그럴 돈은 없어서 찜찜했어요.

상은 씨는 뭘 그런 걸 걱정하고 그러냐며 웃더라고요. 이미 회사가 다 비용 냈을 거고, 우리가 워낙 진상 안 부리고 예의 바르게 지시를 한 만큼 저 이사업체 직원들이 오히려 속으로 우리에게 고마워할 거라는 주장이었죠.

그 대신 상은 씨는 냉장고에서 캔 커피를 몇 개 꺼내서 인부들에게 건넸는데 작업자들은 그마저도 극구 사양하더라고요. 자기네 팀장인 것 같은 사람 눈치를 살피면서. 고객에게서 뭘 받거나 얻어먹거나 마시면 안 된다는 매뉴얼 같은 게 있는 듯했어요. 워낙 완강하게 거절하기에 상은 씨도 나중에는 포기하고 음료 캔들을 다시 냉장고에 집어넣었습니다.

작업자들이 간 다음에 한참 지나서야 사무실 유선 전화가 설치되지 않았다는 사실을 깨달았어요. 전화기가 그냥 선만 꽂혀 있고 통화 연결음이 안 들리는 거였습니다.

"일 열심히 하는 것 같더니 보이는 데만 대충 했구만. 이래서 옆에 붙어서 감독을 해야 해."

다들 그렇게 한마디씩 했죠.

명함을 보고 이사업체 팀장에게 전화를 걸었더니 화들짝 놀라며 자기들이 뭐 잘못한 게 있느냐고 물어보더군요. 자초지종을 설명했더니 안도하면서 자기들은 그냥 전화기 기계만 옮기지 그 전화를 실제 연결하는 일은 하지 않는다고 말하더라고요. 그게 말이 되느냐고 한참 따지는데 그 팀장이라는 사람이 특유의 혀 짧은 목소리로 "따장님, 그게 아니고요, 따장님."이라고 뭐라 뭐라 설명을 하는 게 무슨 말인지 하나도 못 알아듣겠는 거예요. 다행히 그때 또 전화가 끊겼어요.

왜 그게 다행이었느냐 하면 제가 그 이사업체 팀장에게 다시 전화를 걸기 전에 혹시나 싶어서 브랜드관리실에 있는 제 입사 동기한테 물어봤거든요. 너희는 이사할 때 전화를 어떻게 했느냐고, 이사업체가 전화도 설치해 줘야 하는 거 아니냐고. 그랬더니 아니래요. 이사업체는 전화기 기계만 놔 주고, 실제 전화를 개통하는 건 저희 회사 통신 설비팀에 이야기해야 한대요.

얼굴이 조금 붉어져서 통신 설비팀에 전화를 걸었어요. 저희 사무실을 옮겨서 전화를 새로 개통해야 한다고. 그랬더니 이사를 언제 하느냐고 묻더라고요.

"조금 전에 했는데요."

"네? 오늘요? 아니 그걸 오늘 말씀하시면 어떡합니까?"

저도 당황했지만 전화를 받는 쪽도 상당히 당혹스러워
하는 것 같았어요. 이게 그냥 뚝딱 되는 게 아니더라고요.
전화만 새로 개통해야 하는 게 아니라 팩스랑 프린터 복
합기도 세팅을 새로 맞춰야 하고, 사내 방송을 틀어 주는
TV도 그냥 선만 연결한다고 화면이 나오는 게 아니었어
요. 컴퓨터는 제대로 인터넷 연결이 된 줄 알았는데 그건
외부 회선이어서 보안이 안 된다네요.

기사 한 분이 올라와서 컴퓨터마다 무슨 시스템 설정
을 바꾸고, 켰다가 끄면서 프린터를 연결하고, 시험 출력
을 해 보고는 다시 연결선을 뽑고 그럽디다. 구형 레이저
프린터에 랜 포트가 없고 USB 포트만 있어서 뭐가 설치
가 어렵다고, 통신 설비팀 직원이 프린터 서버라는 작은
상자 같은 기계 못 봤느냐고 묻는데 그 말을 듣고 이해하
는 사람이 저희 중에 아무도 없었죠.

그렇게 전화랑 컴퓨터랑 팩스랑 프린터랑 TV랑 다 설
치하고, 각자 자기 자리 정리하고, 매일 꼭 해야 하는 일
상적인 일들 몰아서 하고 나니 오후 8시였습니다.

"오늘은 야근하지 말고 집에 가서 집밥 먹자."

그러고 팀원들이 다 같이 퇴근했어요. 아내도 이미 퇴근해서 이태원에서 광화문으로 넘어오는 중이었고요. 그래도 용케 시간은 맞췄다 싶어서 그 컨버터블 PC 회사의 애프터서비스 센터가 있는 건물 앞에서 만나기로 약속을 했죠.

빌딩을 나서자마자 전화가 걸려 옵디다. 인터넷 서점이었어요. 택배 아저씨는 아니고 콜센터 직원이었어요. 배송지 변경 건으로 심려를 끼쳐 드려 죄송하다 그러는데 그게 뭐 그 회사가 미안해해야 할 일인가요? 저희 형이 잘못 주문한 건데.

아무튼 새 배송지를 확인하겠다고 종로구 서린동 GK 빌딩 맞느냐고 물어봐서 "맞긴 한데 이미 회사에서 나왔고 지금 사무실에 남은 사람도 없다, 내일 배달해 주면 안 되겠느냐."라고 했더니 안 된대요. 당일 배송 옵션으로 이미 계산을 한 거라서 설사 배송지를 잘못 적은 경우라도 당일 배송을 해야 한대요. 아예 집 주소를 불러 주면 밤늦게라도 집으로 갖다주겠다고 하더라고요.

"저는 괜찮은데요. 오늘 배달 안 해 주셔도."

"그래도 이게 처음에 당일 배송으로 주문하신 거라서……."

이야기해 봐야 통하지도 않겠다 싶어서 집 주소를 불

러 줬죠. 그런데 그만 또 "서울시 마포구 현수동 현수현대아파트"라고 말해 버린 거예요. 얼른 실수를 깨닫고 콜센터 직원이 "서울시 마포구 현수동 현수현대아파트 2동 803호 맞으십니까."라고 확인차 물어볼 때 얼른 "현수현대아파트가 아니라 현수힐스테이트예요."라고 정정하려 했는데 그 순간 전화가 끊어져 버렸어요. 아, 정말.

걸려 온 번호로 얼른 전화를 다시 걸었는데 이게 국번 1544번으로 시작하는 그 자동 응답 시스템 번호더라고요. 아시죠? "안녕하십니까? 인터넷 서점 해피북 고객 만족 센터입니다. 저희 회원이시면 1번, 비회원이시면 2번을 눌러 주십시오." 상담원을 연결하겠다고 0번을 누르니 모든 상담원이 통화 중이라고 나오고, 주문 상황 조회를 하겠다고 2번을 누르니 주문 번호를 입력하라고 하고……. 배달하는 아저씨가 답답하면 나한테 전화하겠지, 이런 걸로 스트레스 받지 말자, 그러고 포기했습니다.

*

아내를 만나서는 컨버터블 PC 회사 애프터서비스 센터에 갔죠. 센터가 오후 10시인가, 11시인가까지 문을 연다고 나와 있어서 참 늦게까지 한다고 생각했었는데 가

보니 그 시각까지 해야겠더라고요. 서울에서 고객들이 다 몰려오는데 기사님은 달랑 네 분이었거든요.

그리고 그 기사님 얼굴들이 참…… 학대받는 동물의 표정 같았다고 하면 너무 실례가 되려나요. 사람이 매일 혼나고 야단맞으면 움츠러들고 기를 못 펴는 태도가 몸에 배게 되잖아요. 딱 그랬어요. 그 제품이 불량이 자주 나기는 하나 봐요. 제 아내처럼 대리점 거쳐서 온 사람들은 센터 문을 들어설 때부터 심사가 꼬여 있을 거고요.

번호표를 뽑고 20분쯤 기다린 뒤에 상담을 받았어요. 다행히 아내의 단말기는 대리점 직원 말대로 펌웨어가 문제인 게 맞았고요, 그건 그 자리에서 업그레이드를 받았어요.

"이거 앞으로 두 번만 더 고장 나면 신품으로 교환해 주는 거죠? 홈페이지에 그렇게 써 있던데."

아내가 제품을 받아 시험을 해 보면서 물었어요.

"저희가 세 번 고장 난 기기에 대해서는 무상 교환을 해 드리는데 지금 고객님 기기는 고장 났던 게 아닙니다."

기사님이 난처한 얼굴로 대답했어요.

"고장 났던 게 아니냐뇨? 펜으로도 손가락으로도 화면 클릭이 안 됐잖아요."

"그건 펌웨어 충돌 문제였고요, 고장은 말 그대로 기기

부품에 하자가 있어서 제품 구동이 정상적으로 안 되거나 내구성이 약해서 외부 충격에 부서진 걸 말하거든요."

"아니, 고장이라는 말뜻이 뭔가요? 그러니까 조금 전에 이 기계가 고장 났던 게 아니면 정상적으로 작동하고 있었던 건가요?"

"정상적으로 작동하지는 않았죠."

기사님은 이마에서 땀을 훔쳤고, 저는 그 자리에서 그냥 도망가고 싶었어요.

"그럼 그게 고장이 아니라 뭐예요?"

"그건…… 고장이 아니라 오작동이죠."

"오작동이 고장 아니에요? 자기야, 자기 핸드폰으로 고장이라는 말 국어사전에서 좀 찾아봐 줄래? 사전에 뭐라고 나와 있어?"

아내가 저를 보고 말했습니다.

"고객님께서 화를 내시는 이유는 알겠습니다만…… 저희도 어쩔 수 없습니다. 이건 고장이 아니에요."

"아니, 지금 제가 화를 내고 말고가 문제가 아니라 그쪽이 말도 안 되는 얘기를 하고 계시잖아요. 아까 내구성이 약해서 외부 충격에 부서진 건 고장이라고 하셨죠? 그럼 제가 이거 바닥에 던져서 부서지면 그건 고장이에요? 앞으로는 화면이 좀 안 나온다 싶으면 일단 바닥에 던져 부수고 나서 여기로 갖고 올게요."

그렇게 한참 실랑이를 벌였습니다. 변명이 스스로 생
각하기에도 억지스러운지 아내의 눈치를 살피며 쩔쩔매
던 기사분이 아내가 포기하고 몸을 돌리자 얼른 자리에서
일어나 후다닥 출구 쪽으로 달려가더군요. 그러더니 문을
열어 우리가 지나가는 동안 허리를 90도로 숙이고, 문을
닫고서는 또 우리를 앞질러 엘리베이터 앞까지 달려가 우
리를 위해 버튼을 눌러 줬어요. 고객 응대 매뉴얼에 그렇
게 하라고 적혀 있는 거겠죠, 아마.

그런다고 아내의 화가 풀리지는 않았습니다. 아내는 지
하철을 타고 가며 왜 편을 들어 주지 않았느냐고, 왜 국어
사전에서 '고장'의 뜻을 찾아 주지 않았느냐고 저를 타박
했어요.

"뭐 어쩌겠어. 그 사람들도 다 회사 정책이 그래서 그
렇게 말하는 걸 텐데. 아무리 얘기를 해도 안 통할 상황이
었다고."

제가 그렇게 다독이는데 아내가 갑자기 비명을 질렀습
니다. 주변 사람들이 다 저희를 쳐다봤어요. 그놈의 컨버
터블 PC의 터치스크린이 또 제대로 작동을 안 하는 거예
요. 아내는 너무 분해서 눈물을 다 글썽이더라고요. 자기
가 내일 그 회사 홈페이지랑 각종 가격 비교 사이트에다

가 다 악플을 달고 터치스크린 먹통 현상을 찍은 사진도 올릴 거라고 씩씩댔어요.

"그러지 말고 그냥 어디 가서 맥주나 한잔하면서 풀자. 보니까 그 회사도 곧 망할 것 같더라. 그 컨버터블 뭐시기는 그냥 버리고 노트북이면 노트북, 태블릿이면 태블릿 한 대 사자. 이도저도 아닌 애들이 늘 별로더라고. 짬짜면도 그렇고."

제가 이렇게 달래 줬더니 겉으로만 씩씩하고 속으로는 여린 아내는 기운이 빠져서 "그렇게 물건을 막 사면 언제 돈 벌고 언제 집 사?"라며 한탄했어요.

아내도 저도 그때까지 저녁을 못 먹었습니다. 저는 점심도 부실하게 먹어서 뱃가죽이 등에 들러붙는 것 같았습니다. 집에 들어가서 피자를 시켜 먹기로 했어요. 피자를 안주로 맥주나 마실 생각이었죠.

*

피자 배달이 올 때까지 아내는 얼굴을 씻었고 저는 소파에 몸을 파묻고 멍하니 웹 서핑을 했어요. 노스페이스를 입은 여드름쟁이 남자애 하나가 쭈뼛쭈뼛 집 안에 들어와서 피자 상자를 바닥에 내려놓고 이동식 카드 단말기를 허리춤에서 꺼냈어요.

"저기…… 신용카드로 계산하신다고 하셨죠?"

"예. 이 카드요. 그리고 이 쿠폰이랑 같이 쓸게요. 그러면 2만 7800원이죠?"

아내가 내민 체크카드와 쿠폰을 받은 피자 배달 소년은 머리를 긁적이더니 몹시 난감한 표정으로 눈을 껌뻑이며 뭔가를 한참 생각하더라고요.

"왜요? 이 쿠폰이랑 이 카드 할인이랑 같이 받을 수 있지 않아요? 홈페이지에서 중복 사용 가능하다고 확인했는데."

"아…… 중복 사용은 가능한데요…… 이 카드는 할인이…… 할인한 걸 청구하는 건지…… 아니면 그냥 원래 금액을 입력하면 저절로 할인이 되는 건지……."

"몰라요?"

"요즘 카드가 너무 종류가 많아서…… 이게 카드마다 다르거든요……. 저희 제휴 카드는 그냥 금액을 입력하면 저절로 할인되는 거고, 다른 카드는 처음부터 할인 금액을 입력하는 건데…… 저희가 표를 적어 다니는데 이 카드는 표에도 없어서……."

아내가 배달 소년을 상대하는 동안 저는 피자를 조용히 식탁으로 가져갔어요. 피자 냄새가 향기롭고 고소했습니다.

"그럼 전화해서 물어보세요."

"저…… 그게…… 그럼 전화기 좀 빌릴 수 있을까요?"

"아니, 전화기 없어요?"

"그게…… 제가 이번 달에 '알'을 다 써서……."

"'알'이 뭐죠?"

"제가 원래 알을 200개 구입을 해서 전화를 쓰는데 이번 달에는 돈이 없어서 150개만 구입했거든요……."

아마 그게 무슨 청소년용 휴대전화 선불 요금제 이름인가 보죠? 알이라는 게.

"전화 한 통 할 돈이 없는 거예요, 지금?"

"예……."

소년은 고개를 푹 숙이고 있었어요. 정말 그 '알'을 다 소진했는지, 아니면 자기 '알'을 업무용으로는 쓰지 않겠다고 다짐한 건지 알 수 없었지만 별수 있나요, 저희 전화기를 빌려주는 수밖에. 저는 현금이 있었더라면 아마 현금으로 계산했을 거예요. 그런데 제가 그랬다면 아내가 가만 놔두질 않았겠죠.

소년이 복도에서 전화하는 걸 들어 보니 자기 가게가 아니라 다른 아르바이트생에게 전화를 건 것 같고, 전화를 받은 아르바이트생도 답을 잘 모르는 것 같았어요. 소년은 통화를 마치고 우리 집 문을 열고 들어와서 기어들어 가는 목소리로 "죄송한데요…… 한 통화만 더 할 게요……."라고 말했습니다.

이번에는 가게로 전화하는 게 확실했어요. 왜냐하면 "아니요, 아니요! 배달은 아까 했고요……."라고 기겁을 하는 소년의 목소리가 들렸거든요.

아내의 카드는 할인한 금액을 단말기에 입력하는 거라 더군요. 소년은 "죄송합니다."라고 90도로 허리를 숙이더니 투다다닥 발소리를 내며 복도를 달려갔습니다.

식탁에 돌아와 보니 잔에 따라 놓은 맥주는 김이 다 빠졌고, 피자는 온기는 있는데 뜨겁지는 않아서 데워야 하나 말아야 하나 주저하게 되는 딱 그런 상태였습니다. 그냥 먹었죠. 아니, 먹으려고 했죠.

막 한 조각을 입에 넣고 삼키려는 참에 누군가가 복도를 달려오는 소리가 들리고, 곧 초인종이 울리기에 다시 현관으로 나가야 했습니다. 그 배달 소년, 어벙하게 보이더니 뭔가 계산을 잘못한 거로군, 그렇게 지레짐작하고 말이죠.

피자 배달 소년이 아니라 책을 들고 온 택배 아저씨였어요. 오후 11시가 다 되어 가는데 아저씨가 곁에 두고 있는 간이 카트에는 아직 더 배달해야 하는 물품이 두세 개

남아 있더라고요.

"아파트 이름이 바뀐 줄 모르고예, 옆에 강변현대아파트를 갔다 와서……."

제가 사인을 하는 동안 아저씨가 미안해하는 건지 나무라는 건지 알 수 없는 어조로 말했습니다. 아저씨는 제 사인을 받자마자 엘리베이터로 뛰어갔습니다.

"그래서, 무슨 책이야?"

식탁에 다시 앉았을 때 아내가 물어봤고, 저는 커터 칼을 가져와서 비닐 포장을 벗겨 냈습니다.

책이요? 코이케 류노스케라고 일본 스님 아세요? 그분이 쓴 『화내지 않는 연습』이라는 책이었어요. 그냥 표지를 보고 웃고 말았어요.

달리 뭐 할 수 있는 일도 없었으니까요.

음악의 가격

몇 년 전 크툴루라는 이름의 홍대 클럽에서 지푸라기 개를 처음 만났다. 클럽은 홍대 상권의 치솟는 임대료를 감당하지 못해 문을 닫을 예정이었고 과거에 거기서 공연했던 뮤지션들이 「안녕 크툴루, 새우깡은 고마웠어요」라는 제목으로 나흘간 연속 공연을 펼치는 중이었다. 클럽 자리에는 프랜차이즈 이자카야 매장이 들어온다고 했다.

나는 함께 독서 팟캐스트를 진행하던 뮤지션 Y의 공연을 보러 그 자리에 갔다. 행사 뒤풀이 자리에서 어떤 사내가 테이블을 돌아다니며 사람들에게 종이를 한 장씩 돌렸다. 그가 지푸라기 개였다. 받아 보니 '음악노동자연대 가입 신청서'라고 적혀 있었다.

단체 이름도 낯설고 전단의 글씨체도 구린 데다 인디 뮤지션들은 대부분 개인주의자들이고 연대 회비도 푼돈이라고만은 할 수 없는 금액이었다. 주변에 신청서를 작성하는 사람은 거의 보이지 않았다. 지푸라기 개는 한 사람 한 사람 얼굴을 빤히 바라보며 신청서를 회수했다. 연대에 가입하지 않을 거면 죄책감이라도 가지라는 듯한 분위기였다. 그게 기분 나빴는지 "이게 저한테 무슨 도움이 돼요?"라며 따지듯 묻는 사람도 있었다. 지푸라기 개는 단체 홈페이지에 와서 설명을 봐 달라며 논쟁을 피했다.

지난달에 지푸라기 개를 다시 만났다. 이번에는 하남시에서 열린 북 콘서트였다. 50명쯤 되는 하남 시민 앞에서 그가 노래를 세 곡 부르고 내가 두 시간 동안 강연하는 행사였다. 지하철과 버스를 타고 도서관에 갔다. 시립 도서관 사서는 행사 전까지 잠시 기다려 달라며 작은 회의실로 나를 안내했다. 먼저 와 있던 창백한 얼굴의 사내가 나를 보고는 엉거주춤 일어나 인사하면서 "오늘 공연을 맡은 지푸라기 개라고 합니다. 잘 부탁드립니다."라고 말했다.

나는 그의 이름을 기억하고 있었다. '안녕 크툴루' 공연이 있고 나서 얼마 뒤 크툴루 사장이 자살했기 때문이었다. '크툴루 고별 공연장에서 지푸라기 개라는 인디 뮤지션이 음악노동자연대 가입 신청서를 돌렸는데 누군가 그게 무슨 도움이 되느냐고 물었고, 며칠 뒤 크툴루 사장이 한강에 몸을 던졌다.'라는 일화가 머릿속에 한 묶음으로 남아 있었다.

물론 지푸라기 개에게 그런 이야기를 하지는 않았다. 우리는 과자와 음료수를 앞에 두고 어색하게 앉았다. 나는 그에게 지푸라기 개가 무슨 뜻이냐고 물었고, 그는 그게 자신의 예명이자 지금은 3인조인 자기 밴드의 이름이기도 하다고 대답했다. 그날은 베이시스트와 드러머 없이 혼자 왔지만.

"원래는 『도덕경』에 나오는 말이죠. 거기에 '천지는 어질지 않아 만물을 짚으로 만든 개처럼 여긴다.〔天地不仁, 以萬物爲芻狗〕'라는 구절이 있거든요. 그 말이 멋있어서 거기서 따왔어요. 지푸라기 개는 그만큼 하찮은 물건이라는 뜻이죠."

대화를 나누다가 그가 약간 사팔눈임을 알게 됐다. 다소 특이한 사시였다. 검은자가 가운데로 몰리거나 밖으로 벌어지지는 않았는데, 오른쪽 눈동자가 왼쪽 눈동자보다 더 위를 향하고 있었다. 두 눈의 시선을 맞추기 위해서인지 그는 앞을 바라볼 때 고개를 오른쪽으로 기울이는 버릇이 있었다. 상대방 입장에서는 지푸라기 개가 못마땅한 표정으로 자신을 빤히 바라본다고 오해하기 쉬웠다.

"옛날 중국 사람들은 지푸라기로 개를 만들었나 보죠? 인형 같은 건가요?"

"하늘에 제사를 지낼 때 짚으로 개를 만들어서 세워 뒀다가 제사가 끝나면 불에 태웠다고 합니다." 하고 그가 설명했다. 예명을 정할 즈음에는 『도덕경』을 테마로 콘셉트 앨범을 내는 게 꿈이었다며 웃었다. 입을 활짝 벌리고 눈가에 주름을 잔뜩 만들어도 소리는 나지 않는 웃음이었다. 지푸라기 개가 콘셉트 앨범이라는 게 뭔지 설명하려 들기에 나는 비틀스의「서전트 페퍼스 론리 하츠 클럽 밴드」와「월」을 말했다. 지푸라기 개는 앨런 파슨스 프로젝트와 데이비드 보위를 얘기했다. 그가 나인 인치 네일스의「더 다운워드 스파이럴」을, 내가 마릴린 맨슨의「안티크라이스트 슈퍼스타」를 말했다. 그가 와스프의「크림슨 아이돌」을 언급하자 갑자기 친해진 것 같은 느낌이 들었다.

지푸라기 개는 내게 소설에도 콘셉트 앨범 같은 것이 있는지 물었다.

"글쎄요. 연작소설 같은 게 콘셉트 앨범하고 비슷하다고 할 수 있을 것 같습니다. 작품 하나하나는 독립적인데 그게 모여서 어떤 테마를 이룬다는 점에서요."

그는 내게 연작소설을 쓴 적이 있느냐고 물었다. 나는 『뤼미에르 피플』이라는 연작소설집을 낸 적이 있고, 요즘은『산 자들』이라는 제목의 책을 연작소설 형태로 쓰고 있다고 대답했다.

"음악 쪽에서는 콘셉트 앨범이라는 장르 자체가 없어졌어요. 콘셉트 앨범은 어떤 음반을 산 사람이 그 음반에 있는 곡을 순서대로 듣는 걸 전제하고 만들어지는 물건이니까요. 그런데 이제 음악을 그렇게 듣는 사람은 없죠."

지푸라기 개가 말했다.

"그렇네요. 이제는 다들 음원을 사니까."

내가 고개를 끄덕였다.

"지금은 음원 사는 사람도 없죠."

"그래요?"

"지금은 다들 무제한 스트리밍이죠. 어떤 음악 사이트에서는 처음 가입하는 사람은 100원으로 두 달 동안 모든 곡을 무제한으로 들을 수 있는 프로모션도 해요. 여러 사이트를 돌아다니면서 그런 프로모션을 골라 먹는 사람들도 있죠."

소비자가 스트리밍 서비스로 한 곡을 들을 때 뮤지션이 가져가는 돈이 1원도 안 된다는 말에 나는 깜짝 놀랐다. 한 곡을 재생하면 매출이 7원쯤 발생하는데 거기서 1.3원쯤 되는 돈을 작곡자, 작사자, 편곡자, 보컬, 연주자가 나눠 갖는다고 했다. 그 1.3원도 서비스 가입자가 아무 할인을 받지 않고 정가로 서비스 요금을 낼 때 얘기였다.

"어지간히 유명한 뮤지션도 스트리밍으로는 1년에 100만 원도 못 벌어요. 유명하면 행사, 안 유명하면 레슨이죠. 그래도 수입이 부족하니까 다들 알바를 뛰어요."

*

자기 노래를 부른 뒤 당연히 떠났으리라 생각했는데, 뜻밖에도 지푸라기 개는 내가 강연을 마칠 때까지 행사장에 남아 있었다. 끝까지 들으려 했던 건 아니었는데 듣다 보니 궁금해져서 계속 들었고, 내 강연이 좋았다고 했다. 나도 그의 공연이 좋았다고 화답했는데 빈말은 아니었다. 그는 세 곡을 연주했는데 그중 두 곡은 관객 서비스용 올드 팝과 옛 가요였다. 그 두 곡이 아닌, 지푸라기 개의 자작곡이 좋았다. 스매싱 펌킨스의 언플러그드 버전 같았다고 했더니 그는 입을 활짝 벌리고 소리 없이 웃었다.

지푸라기 개가 집이 어디냐고 묻기에 신도림이라고 대답했더니 자기 집은 부천이라며 내가 차가 없다면 태워 주겠다고 했다. 강연을 마치면 보통 녹초가 되어 다른 사람과 함께 있고 싶지 않지만 하남시에서 대중교통으로 신도림으로 오는 게 만만치 않았다. 그래서 고맙다고 하고 그의 차에 올라탔다. 나온 지 15년은 넘은 구형 모델이었다. 심지어 카스테레오에 카세트테이프를 넣는 구멍도 있었다.

밤 10시였는데도 도로에는 차가 많았다. 미사대로에서는 그럭저럭 앞으로 나아가는 듯했는데 서울로 들어서자 가다 서다를 반복했다. 지푸라기 개는 고개를 오른쪽으로 기울인 채 조용히 차를 몰았다. 그는 아무 음악도 틀지 않았고 나는 뭐라도 말해야 할 것 같은 의무감을 느꼈다.

"스트리밍 서비스가 도입돼서 수입이 줄어들 때 음악 하시는 분들은 충격이 컸겠네요."

나는 행사 전 대화 주제를 꺼냈다.

"그렇지도 않았어요. 그 전에도 버는 돈이 많지 않았으니까요. 폐허 위에 폭탄이 터져 봤자 폐허잖아요. 음원 다운로드로 한 달에 10만 원 벌다가 스트리밍으로 2만 원 벌게 되면 벌이가 8만 원 줄었다고 느끼지, 수입이 80퍼센트 감소했다고 생각하지는 않죠. 1억 벌던 분 연봉이 2000만 원으로 주는 거랑은 다르죠. 그래서 그렇게 다들 별 저항도 하지 않고 가만히 있었던 것 같아요. 우리가 언제 배부른 적 있었느냐 하면서."

그는 소설이나 출판 시장에는 그런 일이 벌어진 적이 없는지 물었다. 질문을 받고 곰곰 생각해 보니 그건 우선 콘텐츠가 추가 비용 없이 품질이 떨어지지 않고 무한대로 전송되거나 복사될 수 있느냐에 달린 문제 같았다. 나는 소설의 경우에는 아직 종이책에 애착을 품은 독자들이 많아서 전자책 보급률이 높지 않다, 하지만 전자책의 경우에는 불법 복제본이 엄연히 있고 몇몇 전자책 업체들은 이제 막 정액제 서비스를 도입했다, 8000~9000원쯤 내면 무제한으로 책을 읽을 수 있는 서비스가 생겼다고 설명했다.

"그러면 그건 저자들한테 돈이 어떻게 지급되는 겁니까? 누군가 작가님 책을 한 권 읽을 때마다 몇십 원이나 몇백 원씩 받게 되시는 건가요?"

나는 잘 모르겠다고 대답했다. 전자책 업체에서는 독자가 어떤 책을 어디까지 읽었는지 알 수 있기 때문에, 저자 몫의 책 대여료도 읽은 비율만큼만 지급하려는 움직임도 있다고 말했다. 소설 시장도 폐허나 다름없어서 그 위에 어떤 폭탄이 터지든 크게 더 나빠질 것 같지 않았다. 전자책 대여 방식은 과거의 도서 대여점보다는 저자에게 유리했다. 그러고 보면 음악 스트리밍 서비스도 불법 복제보다는 나았다.

"생각해 보니 이미 책 한 권을 몇십 회로 조각내어 웹소설 플랫폼에서 회당 얼마씩 받고 파는 결제 방식이 있네요. 디지털 전송료인가 하는 항목으로 분기에 얼마씩 들어

오긴 하는데 뭘 어떻게 정산하는 건지는 모르겠어요."

"저희도 그래요. 합계는 몇 푼 되지도 않는데 내역이 엄청 복잡해요. 건당 스트리밍 수익료 몇십 원, 100곡 이상 스트리밍 상품에서 몇십 원, 복합 스트리밍 상품에서 몇 원, 스트리밍 라디오에서 몇 원, 이러는데 뭐가 뭔지 알 수가 없어요. 어떤 건 매달 들어오고 어떤 건 두 달에 한 번 들어오고. 그런데 그거 알아볼 시간에 잠을 자는 게 더 이득이죠.

그래도 글 쓰시는 분들은 음악하는 사람들하고는 달리 세상 물정도 잘 아시고, 사회 지도층 인사들하고도 인맥이 있으니까 저희처럼 손 놓고 당하지는 않으시겠죠."

지푸라기 개의 말에 나는 헛웃음을 터뜨렸다. 그럴 리가.

"소설이랑 음악이랑 다른 점도 있긴 해요. 음악은 되풀이해서 듣지만 소설은 한 책을 몇 번씩 읽는 경우는 좀처럼 없거든요. 그리고 음악은 누구나 듣지만 책을 읽는 사람은 적죠."

내가 말했다. 말해 놓고 보니 그게 유리한 점인지 불리한 점인지, 그래서 소설 시장은 어떻게 달라질 것인지 알 수가 없었다.

"그런데『도덕경』을 테마로 어떻게 콘셉트 앨범을 만들 수가 있나요?『도덕경』에 무슨 스토리가 있나요?"

"그런 건 아니고…… 이제 다 까먹어서 쑥스러운데…….
첫 곡이 큰 가뭄에 대한 거예요. 이 노래 끝부분에서 왕이
제사를 소집합니다. 두 번째 곡은 제사를 묘사하는 거예
요. 제관들이 지푸라기 개를 여러 개 만들고 제사가 끝난
다음에 불에 태우려 합니다. 그런데 지푸라기 개 한 마리
가 불을 피해 도망칩니다. 이 개가 들판에서 지푸라기를
모아 몸을 꾸미고는 사람 흉내를 내고 다니죠. 나중에는
장수가 되어서 군사를 일으키고, 그랬다가 전쟁에 져서
또 도망가고, 다시 세상을 떠돌다 시간 여행도 하고……
그러면서 거기에 『도덕경』의 구절들이 조금씩 들어가는
구성입니다. 당황스럽죠?"

나는 정말로 재미있게 들린다고 말했고, 지푸라기 개는
내가 쓰려는 연작소설은 어떤 내용인지 물었다.

"어…… 2010년대 한국에서 먹고사는 문제에 대한 단
편들 모음인데요, 취업, 해고, 구조조정, 자영업, 재건축
같은 소재로 단편을 하나씩 쓰려는 거예요. 총 열 편으로
하고요."

나는 최대한 짧게 설명하려 애썼다.

지푸라기 개 역시 내 소설이 정말 재미있게 들린다고
고개를 끄덕였다. 그는 몇 편을 썼느냐고 물었고 나는 아
홉 편을 써서 이제 한 편 남았다고 했다. 그가 예술 노동

자에 대한 소설은 쓰지 않느냐고 물어서 나는 머리를 긁적였다.

"제가 예술가가 주인공인 소설에는 좀 알레르기가 있어서……. 그리고 프리랜서들한테 사람들이 늘 하는 말이 있잖아요. 그거 네가 원해서 하는 거 아니냐고. 하기 싫으면 하지 말라고. 편의점 나가서 일하면 최저임금은 받을 수 있다고. 반박하기가 어렵더라고요."

"하긴, 그렇죠."

지푸라기 개가 고개를 끄덕였다. 음악노동자연대에 대해서는 입을 열지 않았다. 집 앞까지 태워다 주겠다는 그를 극구 말려 신도림역 앞에서 내렸다. 집도 멀지 않으니 언제 만나서 맥주나 한잔하자는 지키지 못할 약속을 하고 헤어졌다.

*

원래는 특수 고용 노동자에 대한 소설을 쓰려 했다. 택배 기사, 학습지 교사, 골프장 캐디, 보험 설계사처럼 고용된 것도 아니고 고용 안 된 것도 아닌 직종 이야기. 내가 인터뷰를 하려고 섭외한 이는 농협의 전직 임대차 조사원이었다. 그런데 그이가 막판에 내 전화를 받지 않았다. 농협과 벌이던 소송이 끝나지 않아서인 것 같았다.

원고 마감일이 사흘 앞으로 다가왔을 때 특수 고용 노동자와 퇴직금 소송을 소재로 한 단편소설을 포기했다. 내 경우는 단편소설을 한 편 쓰는 데 열흘가량 걸린다. 잡지사에서도 며칠 정도는 봐줄 테지만……. 지쳐 있기도 했고, 만나 줄 것처럼 말하다가 자꾸 태도를 바꾸는 전직 임대차 조사원이 피곤하기도 했다.

경제학에서는 인간을 경제적으로 합리적인 의사 결정을 내리는 주체, 이콘이라고 가정한다. 경제학 밖에서는 말도 안 되는 소리라고 비판한다. 진실은 언제나 꼬여 있다. 인간은 이콘이 아니다. 하지만 완전히 아닌 것도 아니다. 소설을 쓸 때마다 내 안의 이콘이 그렇게 공들일 필요 있느냐며 딴죽을 걸었다. 강연 한 회 수입이 단편소설 고료와 비슷하거나 더 높다. 하필 이번에 원고를 청탁한 잡지의 고료는 장당 1만 원도 되지 않았다. 수입 내역만 놓고 보면 나는 소설가가 아니다. 강연업자이자 2류 방송인이라고 불러야 한다. 지금 한국 소설가들에게는 그렇게 불릴 수 있는 것이 축복이고 영광이다.

강연업자이자 2류 방송인 활동을 유지하기 위해서는 신작이 필요하다. 강연과 방송 업계도 휴대폰이나 자동차 업계와 비슷해서 첨단이라는 이미지가 중요하고, 그런 이미지를 위해 꾸준히 신제품을 발표해야 한다. 스타 강사들도 그래서 2~3년에 한 번씩 책을 낸다. 여기까지는 내 안의 이콘도 인정하는 바였다. 그러나 새 소설집에 꼭 단편 열 편을 실어야 할 이유는 없었다. 아홉 편, 여덟 편, 아니 일곱 편이나 여섯 편도 충분할 터였다.

그만 써. 이콘이 말한다. 단편을 한 편 더 쓰는 데 드는 한계비용이 수록작 수가 늘어나서 얻을 수 있는 한계수입보다 더 커. 생산량을 줄여야 해. 기회비용도 너무 커. 강연이랑 시간당 생산성이 열 배도 넘게 차이 나. 소설 쓰는 데 들이는 시간을 최대한 강연과 방송으로 돌려야 해.

장기 투자 개념으로 봐야지. 강연비나 방송 출연료는 상한이 있잖아. 나이 먹으면 불러 주는 곳도 없을 테고. 나는 내 안의 이콘을 설득하려 든다. 인세야말로 한계가 없고 지속 가능한 수입이지. 언젠가 내가 정말 근사한 작품을 쓸 수 있을지도 몰라. 그러기 위해서는 끊임없이 실력을 갈고닦아야 해. 『산 자들』은 디딤돌 같은 단계일 수 있지.

그냥 쓰고 싶어서 쓴다고 해. 이콘이 코웃음을 친다.

나는 지푸라기 개에게 전화를 건다. 어쩌면 음악노동 자연대 이야기가 특수 고용 노동보다 더 재미있을지도 몰라. 나는 내 안의 작가를 설득해 본다. 작가는 대꾸하지 않는다. 그는 내가 조금이라도 쉬운 길을 택하거나 계획을 변경하면 상업 논리에 굴복한 거라고, 내가 그렇게 어정쩡한 2류 문필업자 겸 2류 방송인으로 끝날 거라고 여긴다.

*

현대 경제학은 노동가치설을 부정한다. 어떤 재화나 용역이 가치를 갖는 것은 누군가 그걸 만들어 내느라 고통을 참고 정성을 들였기 때문이 아니다. 보석 반지가 비싼 이유는 세공사의 노력 때문이 아니다. 보석의 원석이 부족하기 때문이다. 재화와 용역의 가치는 투입한 노동이 아니라 구매자의 주관적인 효용과 공급량, 보완재와 대체재의 가격 같은 요소들에 의해 결정된다.

그러므로 나는 열흘 동안 쓰는 원고가 두 시간 남짓 떠드는 강연보다 가격이 낮게 책정되는 데 대해 불만을 품지 않았다. 그것은 내가 어찌할 수 있는 문제가 아니다. 동시에 경제적으로 완벽하게 합리적인 일이다.

이 현상의 원인과 해법에 대해 『도덕경』은 이렇게 말한다.

세상 사람들 모두 쓸모가 있는데, 나 혼자 고루하고 촌스럽네.

나만 홀로 사람들과 다르니, 그저 먹고사는 데 힘쓰리라.

衆人皆有以, 我獨頑似鄙

我獨異於人, 而貴食母

그런데 나는 그렇다 치고, 다른 사람들은 왜 경제적으로 비합리적인 선택을 하는 걸까? 그게 한동안 풀리지 않는 의문이었다. 스타 강사가 하는 말은 어차피 책으로 다 나와 있지 않은가. 그 책을 사서 읽어 보면 될 텐데 왜 굳이 강연장에 가서 같은 이야기를 귀로 듣는 걸까? 글자를 읽는 게 그렇게 싫다면 오디오 북을 구입하면 될 텐데. 요즘은 내용을 소리 내어 읽어 주는 전자책 뷰어도 있는데. 유튜브로 검색해도 어지간한 강연은 동영상을 찾을 수 있을 텐데.

강연에서 사람들이 원하는 바가 내용이 아님을 뒤늦게 깨달았다. 사람들은 콘텐츠가 아니라 아우라를 원한다. TV에 나오는 유명인을 직접 만난다는 경험은 콘텐츠보다 더 큰 주관적 효용을 주며, 공급량이 적고, 복사나 전송이 불가능하다. 그러므로 책보다 강연에 더 큰 금액을 지불하는 것 역시 경제적으로 완벽하게 합리적인 소비였다.

지푸라기 개는 스무 살쯤에 이미 자신이 파는 상품이 순수하게 음악만은 아님을 눈치챘다. 그때 그는 대학 밴드의 기타리스트였다.

"방송국에서 그림 세션이라는 아르바이트를 했거든요. 가요 프로그램 무대에서 록 스타일의 노래를 부르는 가수 뒤에서 기타를 치는 흉내를 내는 일이죠. 실제로 음을 내지는 않아요. 그림 세션을 한 번 뛰면 7만 원을 받았는데, 받을 때마다 그게 기타를 연주해서 받는 돈인지 아닌지 헷갈리더라고요."

그는 녹음 음원을 틀어 놓은 무대가 라이브 공연인 것처럼 보이게 하고 밴드 활동을 한 적 없는 가수가 밴드 음악인인 것처럼 보이게 한 대가로 돈을 받았다. 말하자면 고급 포장지 역할이었다. 상품을 더 진실성 있게 보이게 하려고 속임수를 쓴다는 역설을 젊은 지푸라기 개는 이해해 보려 애썼다.

유명한 곰탕집에 3대째 내려오는 비법이 미원이라면 그건 사기인 걸까? 지푸라기 개는 어느 고등학교 축제에서 무대에 오를 순서를 기다리며 생각했다. 거기서도 그가 판매하는 것은 음악보다는 아우라 쪽이었다. 그들을 부른 교무 부장도, 무대 아래에 있는 학생들도, 지푸라기 개가 속한 대학생 밴드를 알 턱이 없었다. 고교 교사와 학생들이 원하는 것은 아무 밴드나 와서 잠시 동안 안전하고 적당한 자유와 해방과 일탈의 이미지를 자신들에게 선사하는 것이었다.

"아무려면 어때요? 록은 옛날부터 쇼 비즈니스였잖아요. 피트 톤젠드가 기타를 때려 부순 것도 그냥 멋있어 보이니까 그런 거죠. 처음에는 기타가 부러진 김에 그냥 부수는 척 쇼한 거였다던데."

공연을 마치고 술을 마실 때 베이스를 맡은 후배가 말했다. 공연 수입은 전부 밴드 활동비 계좌에 입금했기 때문에 뒤풀이 술값조차 각자 내야 했다.

"앨리스 쿠퍼랑 오지 오스본도 독실한 기독교 신자래."

드러머가 말했다.

"지미 페이지는 마약이랑 섹스에 빠진 척하면서 아침마다 조깅으로 몸을 다졌어."

보컬이 덧붙였다.

*

그 시절 지푸라기 개에게 음악은 음악 그 자체였을 뿐 다른 무언가의 비유나 상징이 아니었다. 자신은 음악을 팔고 사람들은 이미지를 사는 거래라면 나쁘지 않다고 생각했다. 자신이 어디까지 타협할 수 있는지에 대해서도 잘 안다고 믿었다. 힙합이 더 잘 팔린다고 해서 힙합을 하지는 않을 것이고 힙합 스타일로 옷을 입지도 않을 것이다. 그러나 자기 음악에 이런저런 포장지를 두르는 걸 반대하지는 않을 것이다. 자기 노래가 광고 음악으로 쓰이는 걸 반대하지도 않을 것이다.

2000년대 초반에는 다른 멤버들과 함께 숙식하며 밴드 활동을 했다. 그는 학원에서 기타와 베이스를 가르치고 돈을 벌었는데 밴드 리더는 낮에 음식을 배달했다. 형도 레슨을 하지 왜 그렇게 힘들게 돈을 벌어요 하고 물으면 리더는 야, 나 같은 놈이 무슨 레슨이야, 제대로 배우지도 못했는데라고 대답했다. 리더는 지푸라기 개가 기타를 연주할 때 역시 배운 놈은 다르다며 감탄했다. 독학으로 기타를 배운 리더는 재즈아카데미를 졸업한 지푸라기 개를 부러워했다. 지푸라기 개가 듣기에는 그와 자신의 연주 실력에 별 차이가 없었음에도 불구하고.

지푸라기 개는 자신들에게 모자란 것이 작곡이나 연주 실력이 아니라 기획력이라고 생각했다. 수없이 쏟아지는 밴드들 사이에서 시장의 눈길을 끄는 능력. 우리는 어떤 놈들이라고 한 줄로 설명하고 개성을 대중에 각인시키는 능력. 그게 자신들이 갖지 못한 유능한 프로듀서들이 하는 일이라고 생각했다. 지푸라기 개는 음악 시장이라는 것 자체가 사라지고 있음을, 유능한 프로듀서는 음악이 아닌 다른 것을 프로듀싱하고 있음을 몰랐다.

이제 시장에서 거래되는 것은 이미지, 캐릭터, 스토리였다. 지푸라기 개가 포장지라고 여겼던 것이 진짜 상품이었고 음악이 포장지였다. 왜냐하면 음악은 너무 쌌기 때문이다. 상품 가치는 희소성에서 나온다. 지푸라기 개와 밴드 멤버들이 팔 수 있는 것과 없는 것을 순진하게 고민할 때 미국에서는 프로듀싱 팀 매트릭스가 소녀 로커 에이브릴 라빈과 그녀의 자작곡이라는 「스케이터 보이(Sk8er Boi)」를 선보였다. 라빈이 실제로 곡과 가사를 쓴 것이냐, 아니, 스케이트보드를 탈 줄 알긴 하느냐는 논란이 벌어지자 곡은 더 유명해졌다.

톰 모렐로는 가끔씩 공화당 전당대회나 뉴욕 증권거래소 앞에서 공연을 벌이고는 경찰에 체포되면서 저항 뮤지션으로서의 캐릭터를 유지했다. 트위터에서 논쟁할 때에는 자신이 하버드 출신임을 강조했다. 지푸라기 개는 모렐로의 기타 사운드를 연구하면서도 그가 팔 수 없는 것을 팔고 있다고 생각했다.

레이디 가가는 스스로를 뮤지션을 넘어선 무언가로 규정했다. 그녀는 패션과 생활양식을 디자인하는 예술가였으며 음악과 뮤직비디오는 그녀가 판매하는 라이프 스타일의 무료 샘플이었다. 레이디 가가는 자신이 화장품이나 전자 제품을 광고하는 것이 아니라 그 회사들과 파트너십 관계를 맺고 크리에이티브 디렉터로서 제품의 정체성에 간여한다고 주장했다. 그녀는 그렇게 소비재 브랜드가 되었다. 나이키나 P&G 같은.

한국에서는 기획사들이 아이돌을 상상의 연인으로 포장해 팬 미팅 티켓과 한정판 굿즈를 팔았다. 유사 연애는 한국 음악 시장에서 몇 안 되는 검증된 비즈니스 모델이었다. 공영방송에서 야심 차게 시작한 밴드 경연 서바이벌 프로그램에서는 밴드의 연주 대신 멤버들의 감동적인 인생 사연을 보여 줬다. 그나마도 시청률이 낮아 오래가지 못했다.

그러는 사이 지푸라기 개는 노래방에 고음질 음원을 납품하는 벤처기업에서 아르바이트를 했다. 매일 스튜디오로 출근해 신곡을 듣고 기타 리듬을 분석해 다시 연주하는 일이었다. 하루에 세 곡씩 녹음하고 한 달에 200만 원을 받았는데 회사가 얼마 못 갔다.

"노래방 손님들이 좋은 음악에 돈을 쓸 거라고 믿은 우리가 바보지. 그냥 쨍쨍 울리는 미디 반주면 충분한데."

같이 아르바이트를 하던 다른 기타리스트가 말했다.

펜타포트나 밸리 록 페스티벌에 다녀온 밴드들은 록 페스티벌 기대하지 말라고 푸념했다.

"가 보면 엄청 열광적이야. 우리가 노래하면 밑에서 사람들이 환장하면서 좋아해. 그런데 다음 달에 CD가 한 장이라도 더 팔리느냐 하면 아니더라고. 거기 온 사람들 대부분은 음악을 들으러 온 게 아니야. 그냥 록 페스티벌에 있는 자기 자신이 좋아서 오는 거야. 온 김에 셀카도 몇 장 건지고 SNS에서 자랑도 하고. 여행 상품 같은 거야."

*

음악노동자연대 이야기는 길고 괴로웠다.

"처음부터 관심을 못 받았고, 하다 보니 동력이 떨어졌죠. 사무실 임대료도 걱정이었고요. 나중에는 운영위원회의를 하는데 저 포함해서 세 명 나오더라고요."

지푸라기 개가 말했다. 나는 원고 마감일 전날 신도림역의 패밀리 레스토랑에서 그를 만났다.

음악노동자연대는 일렉트로니카 뮤직 페스티벌 보이콧 사태에서 출발했다. 페스티벌 주최 측이 유명한 해외 뮤지션은 거액을 들여 초청하면서 국내 인디 밴드들에게는 교통비만 지급하려다가 사달이 났다. 행사 참여를 거부한 인디 밴드들과 홍대 클럽들이 자체적으로 지역 록 페스티벌을 열었다. 그때까지 시위 한번 참가해 본 적 없는 지푸라기 개가 거기서 프로그래머 역할을 맡았다. 록 페스티벌 준비위원회가 음악노동자연대 발기인이 되었다. 발기인 모임에서 자기소개를 할 때는 각자 자작곡을 한 소절씩 불렀다.

"처음에는 뭔가 많이 할 수 있을 줄 알았는데 잘 안 되더라고요. 다 같이 멜론이나 벅스에 음악 공급 안 하면 확 바꿀 수 있을 것 같은데 그게 절대 안 돼요. 행사비를 5만 원 밑으로는 받지 말자는 결의도 안 돼요. 그거라도 받고 공연하고 싶다는 사람도 있으니까요.

해야 할 일은 많고 힘은 약하고. 1기 운영진이 너무 고생하는 걸 보니까 2기 운영진 하겠다고 나서는 사람이 없었죠. 실태 조사도 하고, 기자회견도 하고, 국회에서 간담회도 열고, 그래도 바뀌는 건 없고. 그리고 거기도 사람들 모임이니까 알력이 생기죠. 힙합 하는 분들이랑 록 하는 분들이랑 민중 음악 하는 분들이 성향도 다르고 생각도 다르고, 장르가 같아도 사이가 안 좋은 분도 있고, 정치 행사에 참여하는 걸 부담스러워 하는 분도 있고, 세대 갈등도 있고, 패거리도 있고, 친목질도 있고."

삼성이 음악 스트리밍 사업에 진출했을 때 그들은 삼

성전자 사옥 앞에서 릴레이 버스킹을 했다. 갤럭시 휴대폰으로 음악을 들으면 스트리밍 서비스가 무료인 통합 상품을 광고하면서 삼성전자가 "넌 아직도 돈 내고 음악 들어?"라는 문구를 쓴 것이 발단이었다. 공짜 노래를 부릅니다, 돈 내고는 못 듣습니다, 최신 핸드폰으로는 들을 수 없는, 짭조름한 내 공짜 노래. 지푸라기 개는 그런 자작곡을 즉석에서 지어 불렀다. 노래를 부르다가 그는 그만 허탈해졌다.

"왜요?"

"노래가 별로였거든요. 아무리 즉흥적으로 만든 곡이었다고 하지만. 전 가사를 그렇게 직설적으로 안 써요. 내가 돈 벌겠다고 노래를 대충 만든 적이 없는데 왜 운동한다고 함부로 만드나 싶더라고요.

삼성전자가 뮤지션들한테 돈을 안 주는 건 아니었어요. 휴대폰값이랑 통신 요금에 스트리밍 서비스 가격이 반영돼 있는 거였죠. 받는 돈으로 치자면 다른 스트리밍 서비스랑 액수가 같았습니다. 저희는 음악은 싼 것, 돈 안 내고 들어도 되는 것이라는 인식을 바꿔 보겠다고 그 자리에 선 거였고요. 그런데 어차피 대세는 스트리밍으로 넘어갔다는 걸 저도 알고 있었어요."

여기서 이러면 뭐가 바뀔까, 요율(料率)을 높여서, 그래서 한 달에 2만 원 받는 걸 4만 원으로 올리는 게 내가 원하는 일인가. 찢어진 운동화를 신고 낡은 기타를 들고 먼지를 뒤집어쓴 채로 그는 생각했다. 이미 세계의 질서가 정해졌는데 거기에 맞서는 기획이 얼마나 가망이 있을까. 질서는 시스템이고 기획은 이벤트다. 이벤트는 시스템을 결코 이길 수 없다. 성 평등 운동, 소수자 인권 운동, 환경 운동, 동물권 운동, 그런 기획들은 정말 세상을 바꿀 수 있을까? 거대한 질서가 새로 생길 때 개인이 할 수 있는 일이라고는 그 변화를 잘 타고 미끄러지는 것 정도가 아닐까?

지푸라기 개가 머리를 바로 세워 앞을 보자 시선의 불균형이 도드라졌다. 위로 올라간 오른쪽 눈 때문에 그는 꿈을 꾸는 것처럼 보이기도 했고 약간 미친 것처럼 보이기도 했다.

"이건 지구적인 현상입니다. 디지털 유통 기술이 도입되면 음반사나 출판사 같은 기존 아날로그 유통사와 유통망은 필연적으로 망하게 됩니다. 디지털이 훨씬 더 싸고 편리하니까요. 플랫폼 업체는 기존 유통사 자리를 대신하고, 콘텐츠 시장에도 직접 뛰어들게 되죠. 지금도 벌써 플랫폼 업체인 카카오가 스트리밍 사이트인 멜론을 운영하면서 연예 기획사를 여러 개 보유하고 있어요. 아이

유도 카카오 소속이죠. 출판계에도 플랫폼을 자처하는 회사들이 나올 거예요. 그 회사 소속 아티스트가 되셔야 해요. 그래야 스트리밍 사이트 첫 화면에 이름을 올릴 수 있게 됩니다."

*

"어렸을 때에는 음악을 카세트테이프로 들었죠. 정식 라이선스를 받은 카세트테이프 음반도 가끔 샀지만 대부분은 1000원 안팎인 공테이프를 사서 정품 테이프 음반에 있는 음악을 복사했어요. 음반을 사서 서로 빌려주고 복사하는 패거리들이 있었고, 그 녀석들을 만나러 학교에 갔습니다.

복사 테이프의 음은 멀고 둔탁하죠. 게다가 테이프는 여러 번 들으면 늘어나서 음이 변하잖아요. CD가 최고였는데, 비싸서 살 수가 없었죠. 수입 음반은 2만 원을 넘는 경우도 있었으니까. 학원 전단지를 돌리는 아르바이트를 해서 정말로 아끼는 앨범 몇 장만 CD로 샀죠. 그렇게 산 앨범은, 대회를 앞둔 보디빌더가 웨이트트레이닝을 하듯이 집중해서 모든 음을 놓치지 않고 열심히 들었습니다. 고막에 근육이 있다면 커다랗게 '왕(王)' 자가 생겼을 겁니다. 저는 음악이 '배경'이 될 수 있다는 말을 이해하지 못했습니다.

어릴 때는 원하는 음악을 원하는 때 CD 음질로 들을 수 있는 부자가 되는 게 인생 목표 중 하나였습니다. 그 시절 물가로 최소한 1억 원은 있어야겠더라고요. 보유하고 싶은 CD가 6000~7000장은 넘어서요. 그때 노래 한 곡을 원하는 때 고음질로 듣기 위해 지불해야 하는 돈은 몇천 원 수준이었다고 생각합니다. CD 플레이어 가격이나 전기료 같은 건 제외하고요. 1만 5000원짜리 CD 한 장에 열 곡이 들어 있다고 해서 한 곡 가격이 1500원인 것 같지는 않아요. 한 곡만 따로 살 수가 없었으니까요. 음반사들도 그걸 알아서, 리믹스 버전이니 경음악 버전 따위를 넣는 식으로 수록곡 수를 부풀렸죠.

그것도 100년 전에 비하면 엄청나게 싸진 거죠. 20세기 전까지 세계 인구의 99퍼센트 이상이 평생 베토벤을 한 번도 제대로 듣지 못하고 죽었어요. 19세기 말 벨기에가 배경인 『플랜더스의 개』에서 네로는 관람료가 없어서 루벤스의 그림을 보지 못하죠. 그 그림은 그냥 성당에 걸려 있었는데. 그 시대 사람들에게 「운명 교향곡」을 듣는 것은 루벤스의 그림을 보는 것보다 몇백 배 더 어려운 일이었습니다. 그 앞에 전문 연주자 수십 명이 모여야 했으니까요. 민요와 떠돌이 악사가 있긴 했습니다만 20세기 전까지 좋은 곡과 연주는 절대적으로 왕과 귀족들을 위한 것이었습니다. 축음기로 3분 이상 녹음을 할 수 있게 된 게 1903년이고, 스테레오 녹음 기술이 상용화된 건 1950년대입니다.

음악의 가격은 2000년대 초에 곡당 700원 정도로 떨어집니다. 음원 다운로드 정가가 그 정도였죠. 그것도 100년 전에 비하면 어마어마한 하락이지만, 그 뒤 10년 사이에 일어난 가격 변화는 현기증이 일 정도입니다. 스트리밍 시대의 음악 가격은 어떻게 계산해야 할지 모르겠지만, 아무튼 엄청나게 쌉니다. 팝콘 한 알보다 더 쌉니다. 매출액이 그렇다고 하니까 곡당 7원이라고 해야 하나요? 아니면 고음질 전용 서비스 가격 월 1만 2000원으로 3000만 곡을 들을 수 있으니까 곡당 0.0004원인가요?

음악의 가격이 10년 사이에 100배, 어쩌면 175만 배 싸진 것은 받아들이겠습니다. 상품의 가격은 판매자의 노동이 아니라 구매자의 주관적 효용과 공급량, 보완재와 대체재의 가격에 달려 있다고 하니까요. 저는 다른 게 이해가 안 갑니다. 음악이 그렇게 싸져서 모든 사람이 거의 공짜로 음악을 즐기게 됐는데 사람들이 음악으로부터 얻는 효용은 얼마나 늘어났나요? 음악을 듣는 사람들이 그

10년 사이에 175만 배나 100배, 아니 열 배라도 더 행복해졌나요? 오히려 반대 아닌가요? 사람들은 이제 음악을 공기처럼, 심지어 어떤 때는 공해처럼 받아들입니다. 사람들은 크리스마스 시즌이 되면 캐럴이 듣기 싫어 괴롭다고 하고, 마음을 편안하게 해 주는 잔잔한 음악을 엘리베이터 뮤직이라며 조롱합니다. 음악은 이제 침묵보다도 더 값싼 것이 되었습니다."

*

한때는 지푸라기 장수로 불렸던 지푸라기 검객은 자기 이야기를 어느 현자가 시로 만들었다는 소문을 들었다. 지켜야 할 도(道)와 이뤄야 할 덕(德)에 대한 긴 시였다. 지푸라기 검객은 현자가 은둔하고 있다는 깊은 산의 암자를 물어물어 찾아갔다. 그러나 암자에는 현자는 없고 대신 현자의 제자가 혼자 책을 읽고 있었다.

지푸라기 검객은 제자에게, 시의 두 구절이 이해가 가지 않는다고 말했다.

"어느 구절입니까?"

제자가 물었다.

"'천지는 어질지 않아 만물을 짚으로 만든 개처럼 여긴

다.'라는 구절과 그다음인 '성인도 어질지 않아 백성을 짚
으로 만든 개처럼 여긴다.〔聖人不仁, 以百姓爲芻狗〕'입니다.
세상이 살기 힘든 곳이며, 우리 삶이 고통으로 가득하다
는 사실은 저도 알고 있습니다. 그런데 성인이 백성을 신
경 쓰지 않는다니 그게 무슨 뜻입니까? 어질지 않은 자가
어떻게 성인이 될 수 있습니까?"

"나그네께서는 첫 구절을 오해하고 있습니다. 첫 구절
은 천지의 잔인함이 아니라 무위(無爲)의 오묘함을 말하
는 것입니다. 만약 늑대에게 잡아먹히는 사슴을 하늘이
가엾이 여겨 늑대를 숲에서 몰아낸다면 어떤 일이 벌어지
겠습니까? 사슴이 늘어나 숲의 풀과 나무를 다 뜯어 먹고
말 것입니다. 그러면 풀을 먹고 사는 다른 동물들까지 굶
주리게 되고 숲은 황폐해집니다. 풀을 가엾이 여겨 사슴
을 없애거나, 늑대를 가엾이 여겨 범을 없앤다 해도 마찬
가지 일들이 일어납니다. 곧 천지가 만물을 짚으로 만든
개처럼 대하는 것이 모든 생명에게 최선이라는 이야기입
니다."

제자가 말했다.

"그러니 성인도 백성을 가엾게 여기지 말아야 한다는
말입니까?"

"바로 그렇습니다. 사람들의 관계 아래에는 깊은 질서

328

가 있습니다. 늑대가 사슴 고기를 원하듯 백성들은 이익을 좇습니다. 농사로 돈을 벌겠다는 사람, 장사로 돈을 벌겠다는 사람, 목공으로 돈을 벌겠다는 사람들이 있습니다. 만약 어느 해 쌀이 모자라 값이 오른다면 당장은 사람들이 배를 주리겠으나 장사꾼과 목수가 이를 보고 이문을 얻기 위해 농사를 짓게 될 것입니다. 그러면 이듬해에는 쌀이 충분히 걷혀 굶주리는 사람이 사라질 것입니다. 이는 마치 물이 높은 곳에서 낮은 곳으로 흐르는 것과 같습니다. 소금이 넘쳐 값이 떨어지면 소금 장수들이 소금을 팔지 않고 농사를 짓거나 나무를 자르겠지요. 그러면 소금값은 원래대로 돌아옵니다. 임금이 여기에 끼어들어 사람들이 쌀을 얼마 이상에 사고팔지 못하게 하거나 어떤 사람은 소금만을 팔아야 한다고 법을 만들면 필시 부작용이 생깁니다. 법규가 많아지면 도둑이 늘어날 뿐입니다.〔法令滋彰, 盜賊多有〕"

"비단이나 삼베의 가격이 한없이 떨어지기만 하면 어떻게 해야 합니까?"

"사람들이 그 물건을 원하지 않는다는 뜻이므로 그대로 두어야 합니다."

"역병이 돌아 숲의 짐승들이 모두 죽을 때에도 그대로 두는 것이 지켜야 할 도입니까?"

"역병에는 역병의 역할이 있습니다."

"어린아이가 배가 고파 울부짖을 때에도 아무것도 하지 않는 것이 이뤄야 할 덕입니까?"

"사사로움에 얽매이지 말아야 합니다."

"죽어 가는 아이에게 아무것도 해 줄 수 없다면 도와 덕이 무슨 소용이 있습니까?"

"무엇이 어질다거나 바르다는 것은 큰 도가 닫혔을 때 나오는 이야기입니다.〔大道廢, 有仁義〕모두가 선하다고 하는 것은 알고 보면 선하지 않은 경우가 많습니다.〔皆知善之 爲善, 斯不善已〕"

"내가 이 자리에서 칼을 휘둘러 그대의 목을 베려 한다면 어찌하시겠소? 그때도 무위를 행하시겠소?"

"제가 무어라 답하든 나그네께서 칼을 휘두를 것임을 이미 알고 있습니다."

지푸라기 검객은 제자의 목을 베었다. 제자의 의연한 자세가 지푸라기 검객에게 큰 인상을 남기지는 못했다. 그 사실은 제자가 자기 말과 달리 무언가를 추구했음을, 무위가 아니라 인위로 거기에 도달하려 했음을 증명할 뿐이었다.

제자는 자신의 품위를 목숨보다 더 중요하게 여겼다. 지푸라기 개에게 음악이 그러하듯이.

*

내가 강연업자가 된 것처럼 지푸라기 개는 교육업 종사자가 됐다. 가장 안정적이고 벌이가 괜찮은 일은 방과 후 학교 강사였다. 그는 학기 말마다 중학교와 고등학교를 찾아다니며 지원서를 넣었다.

"초등학생도 한 번 가르쳐 봤는데, 그건 너무 힘들더라고요."

지푸라기 개가 입을 크게 벌리고 소리 없이 웃었다.

방과 후 학교 강사가 되면 일주일에 두 번 학교에 나가 두 시간씩 기타나 우쿨렐레를 가르치고 한 달에 48만 원을 받았다. 노인 복지관에서 어르신들을 가르치기도 하고, 통기타와 전자 기타, 베이스 개인 레슨도 했다.

여름에서 가을 사이에는 행사 수입이 들어왔다. 3인조 밴드 전체가 참여하면 30만 원에서 150만 원을 받았다. 하남시 도서관에서 했던 것처럼 북 콘서트나 토크 콘서트에 참여하기도 했다. 가격을 흥정할 때면 옛날 떠돌이 악사들은 얼마를 받았을지 궁금했다. 결혼식 축가는 혼자 불렀고, 수도권 기준으로 30만 원을 받았다. 가끔 연극 사운드트랙을 만들었다. '지푸라기야, 지금 우리가 음악에 쓸 수 있는 돈이 딱 150만 원인데 50만 원으로 다섯 곡만 만들어 줄 수 없을까. 내년에 큰 거 하는데 그때 반까이 할게.' 그런 식으로 요청이 왔다. 수락하면 다들 덤으로 한두 곡 더 만들어 주길 원했다.

"음악과 관련한 수입은 그게 전부인가요?"

"여차하면 악기나 장비를 팔기도 하죠. 그러면 급전은 마련할 수 있죠. 그것도 음악 관련 수입이긴 하겠네요. 굳이 덧붙이자면 인강 사이트에서 성우로 일하는 게 있습니다. 포토샵이나 3D 맥스 같은 프로그램을 가르치는 전문 강사분들이 발음이 안 좋거나 사투리를 쓰시는 경우가 있거든요. 그분들이 말씀하시는 내용을 녹음한 파일을 받아서 듣고 제가 다시 녹음해서 드리죠. 홈 레코딩 장비가 있어야 할 수 있는 알바니까 음악하고 관련이 있긴 합니다. 천천히 녹음하면 시급 8000원, 집중해서 빨리 하면 2만 원 정도 나옵니다."

지푸라기 개는 구로구에서 만든 청소년 음악 학교에서 재희를 처음 만났다. 다문화 가정, 결손가정 청소년에게 노래나 악기를 가르치는 프로그램이었다. 재희는 기타를 왜 배우려고 하느냐고 물었을 때 힙합반에 신청자가 너무 많아서요라고 대답한 아이였다. 재희는 첫 수업에 빠졌고, 두 번째 수업 시간에는 자기보다 한 살 많은 다른 아이에게 주먹을 날리려고 들었다. 뜻밖에도 기타를 조금 칠 줄 알았는데 중국 동포인 아버지에게서 배웠다고 했다.

세 번째 수업 시간에 지푸라기 개는 집중력이 오래 못 가는 아이들의 관심을 끌고자 스튜디오에서 일렉트릭 기타를 들고 「파 비욘드 더 선(Far beyond the sun)」을 조금 연주했다. 그때 지푸라기 개는 자신이 아이들의 가슴속 스위치를 켰음을 알았다. 재희는 활활 타오르는 눈길로 그 정도 치려면 몇 년 걸려요 하고 물었다. 글쎄, 노력하기에 달렸지. 21세기에도 윙베 말름스텐이 소년들을 사로잡는다는 사실에 지푸라기 개가 오히려 놀랐다.

재희는 센스가 좋았고 무섭게 기타를 배웠다. 날뛰는 망아지 같던 아이의 눈에 점점 기품이 깃드는 과정은 신기하기도 하고 감동적이기도 했다. 담임선생님이 거짓말 같다며 기뻐했다고 복지사로부터 전해 들었다.

음악이 너무 싼 시대여서 아무 곡이나 검색하면 유튜브에서 다 들을 수 있었다. 지푸라기 개는 소년에게 자신이 사랑했던 노래를 소개하면서 요새는 이런 거 아무도 안 듣지만 하고 멋쩍게 덧붙였다. 소년은 한 음 한 음 빨아들일 듯이 눈을 크게 뜨고 휴대폰 영상을 보았다.

"선생님, 한번 봐 주세요."

어느 날 재희가 자작곡을 들고 와서 불렀다. 소년이 가사를 그렇게 잘 쓸 줄 몰랐다. 입을 벌린 지푸라기 개에게 뺨이 빨갛게 상기된 소년이 물었다. 어때요? 아이의 몸 전체가 크리스마스트리처럼 반짝반짝 빛났다. 내가 이 아이를 알기 때문에, 이 아이를 가르쳤기 때문에, 이 노래를 바로 앞에서 들었기 때문에, 전혀 예상치 못했던 일이라서, 이렇게 감동받는 거겠지. 이 노래도 커피점에서 배경음악으로 듣는 사람에게는 그저 그런 수많은 곡들 중 하나로 들리겠지. 지푸라기 개는 떨리는 마음을 수습했다.

"대학이요? 안 갈 건데요."

그런 이야기를 할 때면 소년의 눈은 총기를 잃고 다시 바보스러워졌다.

"음악으론 돈 못 벌어, 인마. 결혼도 못해."

"상관없어요. 다른 거 해도 어차피 못 벌어요."

소년이 속으로 무슨 생각을 하는지 지푸라기 개는 훤히 알 것 같았다. 짐 모리슨이나 커트 코베인처럼 스물일곱에 요절하면 된다는 마음이겠지. 25년 전 그가 꼭 그랬던 것처럼.

성인이야말로 '욕망하지 않음'을 욕망하고 얻기 어려운 재화는 귀하게 여기지 않는다(欲不欲, 不貴難得之貨)고 하던데. '배우지 않음'을 배워 사람들의 잘못을 바로잡는다(學不學, 復衆人之所過)고 하던데.

하긴 어쩌면 네 말 그대로일지도 몰라. 지푸라기 개는

나중에 생각했다.

네가 어른이 되면 의사도 변호사도 다 스트리밍 서비스에 밀려날지 몰라. 인공지능 로펌이 월 8800원에 무제한 법률 상담을 해 줄지도 모르지. 한 달에 2만 9900원을 내면 정수기처럼 로봇 의사를 집에 설치할 수 있을지도 몰라. 그때는 모든 것의 가격이 같아질 거야. 법무, 의학, 투자, 분석, 관리, 강연, 방송, 교육, 소설, 청소, 운전, 모든 게. 유사 연애조차도. 개개인의 취향을 파악한 맞춤형 월정액 가상현실 소프트웨어에게 아이돌들이 자리를 내줘야 할 테니까.

그리고 그건 그리 나쁜 일이 아닐지도 모르지. 모든 재화와 용역에 무제한 스트리밍으로 접근할 수 있는 세상이 오면, 사물의 가치를 평가하는 시스템을 다시 세울 수 있을 테니까. 그래야 할 테니까. 공급량, 보완재, 대체재를 넘어서.

그러면 좋은 음악은, 다시 소중해질지도 몰라.

새들은 나는 게 재미있을까

"급식 비리 더는 못 참아" 학생들도 나섰다

기사 입력 2015-10-06 14:12

서울시 교육청 특별 감사에서 최소 1억 8000만 원어치의 식자재를 빼돌린 것으로 드러난 세영고에서 학생들이 학교 측을 비판하는 전단을 배포했다.

6일 이 학교 3학년 김기준, 성제문, 우주원 군은 등굣길에 친구와 후배들을 상대로 교육청의 보도 자료 등을 담은 전단을 돌렸다. 김 군은 "학교가 학생들에게 사과하기는커녕 감사 결과 자체를 부정하는 걸 보면서 크게 실망했다."라며 "이 사태를 동료 학생들에게 제대로 알려야겠다고 생각했다."라고 말했다.

성 군은 "학교가 재단 측의 일방적인 주장만 담은 벽보를 복도 곳곳에 붙이고 학생과 학부모들을 상대로 하루에도 몇 번씩 '일부 언론과 진보 교육감의 사학 죽이기 선동에 속지 말라.'라는 문자메 시지를 보낸다."라고 거들었다.

우 군은 "학교에서 주는 급식이 너무 질이 떨어져 그동안 늘 이 유가 궁금했다."라며 "점심 급식비가 한 끼에 4800원인데 그보다 훨씬 싼 편의점 도시락보다 반찬 양도 적고 맛도 형편없다."라고 말했다.

한편 전국교직원노동조합 서울지부와 참교육학부모실천연대 는 이날 오전 세영고 정문 앞에서 학교 재단을 규탄하는 기자회견 을 열었다. 이들은 "세영중·고는 이번 급식 비리와 교감의 막말 사 태 전에도 공사비 횡령 등 학원 비리가 최근 5년간 31건이나 적발 된 '막장 학교'"라며 "현 재단 이사들을 전부 퇴출시키고 관선 이사 를 파견해야 한다."라고 주장했다.

교육청은 세영고가 식용유를 여러 차례 재활용하거나 급식 관 리 인력 수를 조작하는 등의 수법으로 5억여 원을 횡령했다고 4 일 발표했다. 이에 앞서 지난 6월에는 세영고 교감이 급식비를 내 지 않은 학생들에게 "밥을 먹지 말라."라고 발언해 물의를 빚은 바 있다.

장휘영 기자 hwi@

*

 교육청 보도 자료 첫 장 내용과 연합뉴스 기사를 위아
래로 붙인 전단은 한 장짜리였다. 우리는 그 사본을 각각
300장 정도씩 들고 있었다. 학생 수만큼 프린트하지는 못
했다. 피시방에서 한 장 한 장 프린트했는데 돈이 모자랐
다. 밤에 기준이가 자기 집에서 프린트를 더 해 왔지만,
다 합쳐도 900장 정도였다. 주원이가 교무실에서 복사하
자고 아이디어를 냈지만 기준이가 반대했다. 새벽에 교무
실 문이 열려 있는지도 알 수 없었고, 자칫하면 일을 벌이
기도 전에 선생님들에게 걸릴 수도 있다는 이유에서였다.
그래서 그냥 전단은 있는 만큼만 돌리기로 했다.

 그날 아침에는 정말 떨렸다. 무슨 독립운동이라도 하는
기분이었다. 더구나 경비 아저씨가 15분 만에 우리가 뭘
하는지 알아차리는 바람에…… (경비 아저씨가 그렇게 눈썰미
가 좋고 날렵한 사람인 줄 처음 알았다.) 전단 몇 장 뿌려 보지도
못하고 교무실로 끌려가는구나 싶었다.

 경비 아저씨는 학교 건물로 달려가서 체육 선생을 데
리고 돌아왔다. 별명이 '핏불'인 선생이었다. 핏불은 교문
을 채 나서기도 전에 "이 새끼들, 너희들 여기서 뭐 하는
거야!" 하고 사자후를 토했다.

'아, 젠장, 망했다.'라고 생각했을 때 분식집 앞에 서서 우리를 지켜보던 중년 남자가 핏불을 가로막았다. 안 그래도 기준이가 아침에 그 남자와 아는 척을 하며 서먹하게 대화를 나누는 걸 보고 저 남자는 정체가 뭔가 하던 참이었다.

알고 보니 그 남자는 민주당 ○○○ 국회의원실 보좌관이었다. 남자가 길을 건너와 명함을 건네면서 "저희 의원님은 국회 교육위원회 소속이시고, 이번 세영고 급식 사건에 대해서도 아주 관심이 많으십니다."라고 말하자 핏불은 갑자기 꼬리를 내렸다.

"선생님들의 학생 지도 활동에 간섭할 의도는 전혀 없습니다. 학생들에게 하실 말씀 있으시면 편히 하십시오. 저는 저쪽에 그냥 서 있겠습니다."

보좌관이 고개를 숙이자 핏불도 황급히 머리를 조아렸다. 똑같은 인사인데도 보좌관은 당당했고, 핏불은 비굴하기 짝이 없어 보였다. 핏불은 우리에게 등교 시간 지나기 전에 들어오고 전단은 바닥에 떨어지지 않게 하라고 더듬더듬 말하고는 교문 안으로 들어가 버렸다.

시간이 조금 지나자 언론사 취재 차량 몇 대가 학교 정문 앞에 섰다. 기자들은 전날에도 등교하는 학생들을 붙잡고 "학교 급식 어때요? 어제도 튀김 나왔어요? 어떻게 나왔어요?"라고 물으며 난리를 피웠다. 그러다가 교장의 차가 나타나자 우르르 몰려가 차를 가로막고 마이크와 녹음기를 창문으로 들이대며 "한 말씀만 해 주세요!"라고 소리쳤다.

이날 기자들은 교장이 아니라 기준이에게 질문을 퍼부었다. (기자들은 우리 중에 누가 리더인지 날카롭게 간파했다.) 기자들은 기준이에게 왜 이런 일을 하는지, 평소 급식의 질이 어땠는지, 사진을 찍어도 되는지, 이름을 써도 되는지를 물었다. 기준이는 기자들에 둘러싸인 상태에서도 떨지 않고 의연하게 또박또박 할 말을 다 했다. 우리도 가끔 거들었다.

전단을 다 돌린 뒤 우리는 나란히 서서 비장한 마음으로 정문에 들어섰다. 이날 정문 안쪽에서 선도부와 나란히 서 있던 선생님은 작년에 나를 가르쳤던 국어 선생님이었다. 선생님은 호통을 치거나 우리를 따로 불러 세우는 대신 고개를 돌리며 눈을 피했다. 주원이가 배짱 좋게 "쌤, 안녕하세요?"라고 인사를 했는데 아무 대답도 없었다.

"인사를 뭐 하러 하냐?"

정문을 지났을 때 내가 주원이에게 핀잔을 주었다.

"나 1학년 때 담임이었단 말이야, 븅신잡채야."

주원이가 대꾸했다. '존나무침'이니 '씨발나무'니 하는

족보 없는 희한한 욕을 만들어 내는 게 주원이의 취미이
자 특기였다.

기준이는 전단이 쓰레기통에 없다며, 아이들이 거의 안
버리고 교실로 들고 간 모양이라고 말했다. 그 말대로였다.

주원이는 기준이에게 국회의원 보좌관이 여기에 왜 왔
느냐고, 네가 불렀느냐고 물었다. 기준이는 자기 아버지
가 불렀다고 대답했다.

"너 우리가 전단 나눠 줄 거라고 아버지한테 얘기했어?"

주원이가 물었다.

"어젯밤에 집에서 전단 프린트하다가 들켰어. 내가 '죽
어도 내일 학교에서 이거 돌릴 거다, 막으면 그길로 집 나
가겠다.'라고 했더니 아버지가 잘못하면 죽도 밥도 안 된
다면서 아침에 누구 한 명 보내 주겠다고 한 거야."

기준이가 설명했다.

"너희 아버지랑 민주당 국회의원이랑은 무슨 사인데?"

내가 물었다.

"몰라, 나도. 어차피 그 바닥에서는 서로 다 잘 알지 않
을까?"

기준이가 말했다.

……기준이의 아버지는 변호사이자 유명한 사회운동
가다.

우리는 어떤 식으로든 학교가 보복할 거라고 예상했는데, 전단을 돌린 당일에는 아무 일도 일어나지 않았다.

선생님들은 이날 우리를 없는 사람 취급했다. 대단한 처벌을 각오하고 있었는데 고작 이건가 싶어 안도감도 들었다. 하지만 평소 수업 시간에 우리 학교의 문제점을 이야기하거나 줄기차게 정부를 비판하던 선생님들까지 나를 못 본 척하는 데에는 적잖이 놀랐다. "고생이 많았겠다."라거나 "아침에 잘 봤다."라는 말씀 정도는 해 줄 거라고 내심 기대하던 터였다.

게다가 아이들까지 우리를 슬금슬금 피했다. 나는 3학년 교실 복도에서 "쟤야?"라고 수군거리는 소리를 두 번이나 들었다. 그러다 보니 마냥 마음이 위축되었다.

점심시간에 나는 책상에 엎드려 자는 척하며 급식실로 내려가지 않았다. 비난과 호기심이 반씩 섞인 다른 아이들의 눈초리를 감당하기도 힘들었고, 배식 형님들에게 해코지를 당하지 않을까 겁이 나기도 했다.

(그렇다. 배식 아주머니가 아니라 배식 형님이다. 우리 학교에서는 국과 반찬을 떠 주는 사람이 흰옷을 입은 조리사 아주머니가 아니라 파란 티셔츠를 입고 팔에 문신이 많은 형님 두 분이다. 이 형님들 앞에서는 반찬이 적다거나 음식이 맛이 없다는 투정 따위는 절대로 할 수가 없다. 급식 업체 사장이 학교 이사장의 조카인데, 그 조카가 전

직 조폭이네 어쩌네 하는 불길한 소문이 있다.)

그렇게 자는 척을 하고 있을 때 호웅이가 나를 불렀다. 머리가 엄청나게 커서 별명이 '대두' 또는 '빅대갈'이지만, 그만큼 머리가 좋기도 한 친구다. 작정하고 나서면 논리로는 기준이에게도, 말발로는 주원이에게도 밀리지 않는다. (참고로 내 별명은 '섹스' 또는 '성제문'다. 이름이 성제문이기 때문이다.) 깊은 잠에서 깬 척 연기를 하는 나를 호웅이는 사람이 없는 자습실로 데려갔다.

"너희들 왜 나 빼고 모였어?"

자습실에 들어가자마자 호웅이가 따졌다. 나는 무슨 영문인지 몰라서 "뭔 소리야?"라고 대꾸했다.

호웅이의 설명으로는, 전단을 돌리자는 계획을 전날 밤 기준이가 시사 토론 동아리 부원 다섯 명 중에서 자기만 쏙 빼고 알렸다는 것이다. 그렇게 연락을 받은 네 명 중 기준의 제안에 응한 사람이 나와 주원이었다.

"난 당연히 너한테도 기준이가 연락한 줄 알았는데…… 안 보이기에 너는 빠지겠다고 한 줄 알았지."

내가 말했다.

"아까 기준이 만났어. 나는 왜 안 불렀느냐고 물었더니 나를 왜 불러야 하느냐고 되묻더라. 자기는 시사 토론 동아리 부원들한테 연락한 게 아니라면서. 그냥 마음 맞는 친구들한테 연락했는데 공교롭게 나를 제외한 시사 토론 동아리 부원들이었다면서. 너는 그게 말이 되는 소리 같냐?"

"……아니."

(설마 기준이가 그런 변명을 했단 말이야? 정말?)

"기준이 그 자식, 그때도 이렇게 전단 뿌리고 시위하려고 했던 거야. 그런데 그때는 나 때문에 그러지 못했던 거고."

호웅이가 씩씩댔다. 호웅이는 '그때'가 언제인지 설명하지 않았지만, 나는 바로 알아들었다. 1학기 때다. 급식비 안 낸 사람은 밥 먹지 말라는 교감의 발언이 언론에 알려져 물의를 빚었을 때.

수능 점수가 내신에 비해 이상할 정도로 잘 나오는 극소수를 제외하고, 재학생이면 거의 다 정시보다는 수시 합격을 바랄 거다. 특히 우리 학교는 더 그랬다. 워낙 후진 학교라, 역으로 학생들이 내신에서 두세 등급 이득을 보는 셈이었다. 아이들은 대부분 수시, 그중에서도 학생부 종합 전형에 올인했다.

특목고나 자사고는 생활기록부나 자기소개서에 쓸 수 있는 각종 프로그램을 다양하게 제공한다. '고교 ― 대학

연계심화과정'이나 '원어민과 함께하는 영어 캠프'처럼
거창한 이름이 붙은. 우리 학교는 그런 거 없다. 서울 속
시골인 도봉구에서도 주로 소득 수준이 낮은 가정에서,
천재나 영재는 분명히 아닌 애들이 온다. 학교는 학교대
로, 언제 무너질지 모르는 수십 년 된 건물을 제대로 수리
하지도 않고 근성으로 버티는 가난한 곳이다. 그래서 자
율 동아리 활동이 비교적 활발하다. 학교는 돈이 안 들어
서 좋고, 학생들은 학적부와 자소서에 그거라도 한 줄 써
넣는 일이 시급하다.

　시사 토론 동아리는 기준이가 만들었다. 사형 제도니
안락사니 하는 케케묵은 주제에 대한 얘기는 그냥 찬반양
론을 책 보고 외우면 되는 거 아니냐, 수시 면접에서 어떤
질문이 나올지 모르니 따끈따끈한 시사 문제를 놓고 토론
하자는 취지였다. 우리 학교는 여섯 명이 모이면 자율 동
아리를 만들 수 있는데, 기준이는 딱 다섯 명을 불렀다.

　시사 토론 동아리는 처음 몇 달은 정말 잘되었다. 그러
다 유월에 기준이가 우리 학교에서 터진 '급식비 미납 학
생 공개 사건'을 주제로 토론하자고 제안했다. 호웅이가
언짢은 기색을 대놓고 비치는데도 불구하고 기준이는 그
주제를 고집했다.

　"우리는 세영고 학생들이고, 이건 지금 엄청 유명한 이

슈라고. 수시 면접 때 교수가 모교의 처사를 어떻게 생각
하냐고 물어보면 어쩔 거야?"

호웅이에게는 미안했지만, 나도 다른 멤버들도 그 말에
설득되었다.

그런데 정작 토론을 시작하자 교감을 옹호하고 나선
호웅이가 반대 의견을 펼친 기준이를 박살 냈다.

"장애가 있는 학생이 학교에 들어오면 다들 그 장애가
안 보이는 척하고 그 학생을 위한 특별 시설을 지어 주지
않을 겁니까? 아니지요. 우리는 오히려 장애가 있는 학생
과 함께 어울리면서 그 장애가 별것 아님을 배워야 합니
다. 그렇게 어울리는 법, 몸이 불편한 친구를 편견 없이
바라보는 법을 학교가 가르쳐야 합니다. 그게 교육입니
다. 가난에 대해서도 마찬가지입니다. 가정 형편이 어려
워 급식비를 못 내는 게 그 학생 잘못은 아니잖아요? 왜
그걸 무슨 큰 죄나 흉터처럼 취급해서 낙인으로 만들려
합니까?"

교감이 그런 훌륭한 교육적 목적으로 급식비 안 낸 애
들 이름을 부르고 호통을 쳤던 건 분명 아니었다. 그러나
그날 토론에서 기준이가 호웅이의 주장에 제대로 반박하
려면 그때까지 자기가 쌓은 몇몇 논리나 근거를 철회해야
했다. 자신이 가난을 부끄러운 것이라고 여기고 가난한

학생을 차별했음을 인정해야 했다. 기준이는 머뭇거렸고, 호웅이는 그 틈을 몽구스처럼 집요하게 물고 늘어졌다.

"기준이 그 자식, 그때도 토론을 빙자해서 우리를 선동하려 했던 거야. 우리가 다 자기 의견에 찬성했다면 다음 날쯤 전단을 돌리자고 했을걸? 그런데 그날 내가 논쟁에서 이겨 버리는 바람에 그럴 기회를 놓쳤던 거지."

호웅이는 기준이가 나중에 정치를 하려고 지금부터 스펙을 쌓아 놓는 거라고 주장했다. 예전에 기독교계 학교에 다니던 어떤 고등학생이 종교의 자유를 주장하면서 단식투쟁해서 이름도 알리고 서울대에도 갔다며. 근거를 묻는 내게 호웅이는 "오늘 아침에 국회의원 보좌관이 왔다는 게 제일 큰 근거 아냐?"라고 반문했다.

"다른 학생들한테 알릴 내용이 있으면 문자나 카톡으로 보내면 되지, 그걸 굳이 기자들 앞에서 전단으로 뿌린 이유가 뭐겠냐? 그리고 기준이가 정치하고 싶어 하는 건 비밀도 아니야. 자기소개서에 그렇게 썼다는데, 뭐. 너 기준이가 S대 NGO 학과에 수시 원서 낸 건 알아? 거기 엄청 진보적인 곳이야. 이번 일이 거기 합격에 유리하면 유리했지 불리하진 않을걸?"

호웅이는 기준이가 애초부터 자신이 무슨 일을 저지를 때 뒤에서 받쳐 줄 2중대가 필요해서 시사 토론 동아리를 만든 거라고 악담을 퍼부었다. 나는 발끈했다.

"야, 대두. 너 내가 김기준 셔틀로 보여? 그리고 솔직히 내가 기준이라도 전단 돌리기 전에 너한테 연락하지는 않았을 거다. 누구라도 그럴걸?"

"왜? 왜 나한테는 연락을 안 해?"

"너 정말 몰라서 묻냐?"

호웅이는 대답하지 않았다. 나는 콧바람을 세게 뿜고 자습실에서 나왔다.

······호웅이의 아버지는 우리 학교 수학 선생님이다. 머리가 아주 큰.

*

전단을 돌린 다음 날 저녁, 나는 '기준이가 앞으로 뭘 하든 거기에 동참하지 않겠다.'라고 약속했다.

그날 아침에는 진보 교육 단체 소속 아주머니들이 교문 앞에서 학생들에게 주먹밥을 나눠 줬다. 주먹밥에는 "어른들이 미안해"라는 문구가 적힌 스티커가 붙어 있었다. 맛은 그저 그랬지만 더 달라고 하면 두 개, 세 개도 줬기 때문에 교실마다 아침부터 주먹밥 냄새가 진동을 했다. "어른들이 미안해" 스티커도 여기저기 굴러다녔다.

오전에는 젊은 선생님들이 모든 층을 돌아다니며 새벽보를 붙였다. 학교 재단 측이 교육청 감사관을 명예훼손 혐의로 형사 고발한다는 내용이었다. (사실 내가 보기에는 학교가 붙인 벽보가 명예훼손 소지가 더 많았다. 교육청 감사관이 현 교육감이 특채한 외부 출신이라거나, 교사 시절 성희롱성 발언으로 물의를 빚은 적이 있다는 등, 이번 일과 상관없는 이야기까지 적혀 있었다.)

낮에는 학교운영위원회 학부모들이 정문 앞에서 교육청 감사 결과는 전부 소설이라며 교육감의 사과를 요구하는 기자회견을 벌였다. 학교운영위원회 학부모들은 자신들이 조리사와 배식 용역업체 직원들을 직접 만나 사실을 확인하고 근무 일지도 검토했다고 주장했다. 연이어 보수 교육 단체 소속 아주머니들이 몰려와 전교조를 비판하는 구호를 외쳤다.

학교는 학부모와 학생들에게 긴 문자메시지를 두 건 보냈다. 처음 듣는 이름의 인터넷 신문에서 우리 학교 이사장과 교장을 각각 인터뷰한 기사였다. 기자는 마지막 문단에서 '이번 사태는 좌파 세력의 큰 패착이 될 것'이라고 전망했다.

나는 내내 교실에 있었고, 휴대전화도 조회 때 담임에게 제출해 버려서 그날 오전에는 정확히 무슨 일이 벌어지는지 몰랐다. 그래도 학교가 혼돈의 카오스이자 무질서의 아노미 상태가 됐다는 사실은 피부로 느낄 수 있었다.

원래도 고3들은 2학기 중간고사가 끝나면 수시 대비 모드로 들어가기 때문에 1~2학년들이 보기에는 저게 교실이야 휴게실이야 싶은 상태가 된다. 논술 전형 준비하는 학생은 혼자 글을 쓰고, 학생부 종합 전형 준비하는 학생들은 서로 짝을 지어 면접을 대비하고, 수능 준비하는 학생은 이어폰을 꽂고 문제지를 푼다. 수업 시간과 쉬는 시간 구분도 없다. (나도 작년과 재작년에 그런 3학년들의 모습을 보면서 두려워하기도 하고 조금은 부러워하기도 했다.)

그런데 교육청 감사 결과 발표 뒤에는 그런 수준을 넘어, 학교 전체가 거의 무정부 상태가 되었다.

일단 각 반 담임선생님들은 쉴 새 없이 쏟아지는 항의와 문의 전화를 받느라 정신이 없었다. 선생님들은 진땀을 흘리며 복도에서 전화를 받았다. '저희 학교 조리 종사원은 두 종류고 용역비 지급도 따로 합니다.(그래도 급식 질이 그렇게 형편없는 건 설명이 안 되는데.)'에서 시작해 '어머님, 저희를 믿어 주십시오.'에까지 이르려면 최소 15분, 길게는 한 시간도 걸렸다.

담임을 맡지 않은 선생님들도 분주했다. 젊은 교사들은 학교 곳곳에 보초를 서게 되었다. 교문과 급식실 앞, 그리고 담장이 낮은 곳이나 뛰어넘기 좋은 곳에 한두 사람씩. 경계병처럼 쉴 새 없이 복도를 돌아다니는 교사도 있었다.

이들 보초들의 임무는 두 가지였다. 첫째는 학교 안에 들어와 급식실 사진을 찍고 교장이나 교감을 인터뷰하려고 호시탐탐 기회를 노리는 기자들을 저지하는 것이었다. 사진기자들은 어디를 어떻게 뚫고 들어왔는지 용케 학교 안에 들어와 대포처럼 커다란 카메라를 메고 급식실 주변에서 셔터를 누르다가 쫓겨났다. 어떤 사진기자는 보초 선생님과 추격전을 벌이다 3학년 교실이 있는 4층까지 올라왔다. 아이들이 그 광경을 옆에서 지켜보며 "오오, 달려! 달려!" 하고 소리를 질렀다.

보초 선생님들의 두 번째 임무는 학교 밖으로 나가려는 학생들을 막는 것이었다. 월담하려는 학생들 중에는 아수라장을 틈타 땡땡이를 치려는 아이들도 있었지만 밖에 나가서 밥을 사 먹고 들어오려는 아이들도 있었다. 뉴스를 접하고 난 뒤 자식들에게 돈을 주면서 급식 먹지 말고 나가서 사 먹으라고 당부한 학부모들이 꽤 있었던 것이다.

"그런데 오늘은 급식도 먹을 만하던데? 우리 학교 3년 다니면서 카레 국물에 건더기 있는 거 처음 봤어. 튀김도 색깔이 까맣지 않고 노란색이야."

급식을 먹고 온 같은 반 아이가 내게 말해 주었다. 학교를 비판하는 기사가 하도 쏟아지다 보니 나를 보는 아이들의 태도도 전날과는 조금 달라져 있었다. 나는 교실에 돌아다니는 주먹밥으로 끼니를 해결한 참이었다.

"그거 건더기 맞아? 벌레 빠진 거 아니야?"

"아무튼 꽤 괜찮아졌어. 아, 급식실 탁자에 식탁보도 깔았더라. 창문에 커튼도 달고."

그날 오후에 우리는 교감실에 불려 갔다. "3학년 김기준, 성제문, 우주원 학생은 지금 즉시 교감실로 내려오시기 바랍니다."라는 방송이 나왔다. '올 것이 왔구나.' 하는 심정으로 교실을 나섰다.

복도에서 주원이와 기준이를 만났다. 기준이는 평소처럼 늠름한 자세에 반듯한 표정이었고, 주원이는 오히려 지루한데 잘됐다는 듯한 얼굴이었다. 위축된 건 나뿐이었다.

"이런 좆탱구리, 어느 교감이 부른 거지?"

주원이가 교무실 앞에서 물었다. 그런 질문이 가능한 것은 우리 학교에 교감 선생님이 두 분 계시기 때문이다. 학생 교감과 교무 교감이었다.

"딱 보면 모르냐? 교무 교감이지."

기준이가 망설임 없는 발걸음으로 교무 교감실을 향

했다.

1학기에 급식실 앞에서 급식비 납부 현황표를 들고 급식비를 내지 않은 학생들에게 일일이 주의를 준 사람이 바로 교무 교감이었다. 훤하게 벗어진 정수리를 옆머리로 필사적으로 가리고, 구부정한 어깨에 눈을 부라리며 하루 종일 교무실과 건물 앞 화단 주변을 어슬렁거리는 인물이었다.

이 교무 교감은 직함만 교감일 뿐, 하는 일은 각종 실무, 그것도 잡무에 가까운 일이었다. 선생님도 학생들도 그를 은근히 깔봤다. 솔직히 급식비를 안 낸 학생들을 찾아 일일이 급식실 앞에서 주의를 주는 것도, 그 일이 정당한지 아닌지 여부를 떠나 학교의 2인자인 교감이 직접 할 일은 아니지 않은가? 상당히 성가신 일 아닌가? 행정실장에게 맡기면 되지 않을까?

하지만 우리 학교에서는 그럴 수 없다. 왜냐하면 행정실장이 이사장의 아들이니까.

애초에 밥 먹으러 급식실에 들어가려는 학생들을 다 세워 놓고 그렇게 난리를 친 것도, 이사장이 급식비 납부액을 보고 그날 아침 교무 교감에게 전화를 걸어 고래고래 소리를 질렀기 때문이라고 했다. 아마 그 이사장이 이번에는 우리가 나온 기사를 읽고 고래고래 소리를 친 것 같았다.

교감은 다짜고짜 물었다. 전단을 뿌린 주동자가 누구냐고. "저희가 다 같이 생각한 건데요."라고 우리가 대답하자 그는 같은 질문을 다시 던졌고, 우리는 했던 답변을 되풀이했다. 교감의 얼굴이 일그러졌다.

"저희가 돌린 전단은 공신력 있는 기관과 언론에서 작성한 자료, 그것도 인터넷으로 누구나 확인할 수 있는 내용을 출력한 것이고, 문제될 부분은 없다고 생각합니다."

기준이가 대답했다.

"야 이 자식아, 내가 지금 그거 물어봤어? 너희 중에 그자료를 출력해서 뿌리자는 얘기를 누가 제일 처음에 꺼냈는지 그걸 묻는 거잖아! 이사장님께 너희 셋이 동시에 시작했다고, 세 놈이 다 주동자라고 보고할까?"

교무 교감이 탁자를 치며 화를 냈다. 기준이가 고개를 똑바로 들고 "제가 먼저 하자고 했습니다."라고 말했다. 그러자 교감이 일장 연설을 시작했다.

"지금 입시가 한창이고 다들 수시 준비하느라 바쁜데, 너희들 이렇게 전단 돌리기 전에 친구들이 어떤 피해를 입을지는 생각해 봤어? 조신하게 마음 가다듬고 면접 준비에 집중해야 할 때 이게 무슨 면학 분위기 떨어뜨리는 짓이냐? 너희, 담임 추천서는 받았어?"

교감실을 나오자마자 주원이가 분통을 터뜨렸다.

"지금 저 문어자지가 우리 추천서 안 써 주겠다고 협박한 거냐?"

나도 주원이만큼이나 놀란 상태였다. 교감이라는 위치에 있는 어른이 그리도 뻔뻔하고 멍청하다는 사실이 충격적이었다.

교감이야말로 지난 몇 달간 학교를 혼란의 구렁텅이에 몰아넣은 장본인이었다. 학교 면학 분위기를 떨어뜨린 일등 공신이 있다면 바로 그였다. 따지고 보면 시 교육청이 우리 학교에 대해 급식 감사를 벌인 것도 교무 교감의 입 탓이었다.

교무 교감은 그 일 이후 넉 달 가까이 온갖 언론과 시민단체로부터 집중포화를 받았다. 학교 안에서도 나이 든 선생님들은 교무 교감을 싸늘한 눈길로 바라보고, 대놓고 무시했다. 인사를 안 받아 주는 선생님들 때문에 풀이 죽었던 나 같은 사람은 교무 교감의 위치에 있었더라면 혀를 깨물고 죽었을지도 모른다. 그런데 당사자는 아무렇지도 않은 것 같았다. 남들이 뭐라고 하건 말건 그의 머릿속은 온통 이사장님, 이사장님, 이사장님 생각뿐이었다.

솔직히 나는 그가 "이사장님께 너희 세 놈 다 주동자라고 보고할까?"라고 말할 때 웃음을 터뜨릴 뻔했다. 차라리 핏불 체육 선생을 부른다고 을러댔다면 더 긴장했을 거다. 다른 사람들한테는 이사장이 그리 큰 존재가 아닐 수 있다는 상상조차 교무 교감에게는 어려운 모양이었다.

그리고 지능지수가 어느 정도 된다면, 막말 사태에서 배운 게 있어야 할 것 아닌가. 학교를 비판한 시위를 벌인 학생들을 불러, 추천서를 안 써 줄 수 있다는 뉘앙스의 말을 한 사실이 밖으로 알려지면 어떤 후폭풍이 닥칠지 정말 모르는 걸까? (게다가 그 학생들 중 하나는 유명한 사회운동가의 아들인데?)

나는 바로 그 사회운동가의 아들이 어떤 반응을 보일까 궁금해 기준이를 바라봤다. 기준이가 입을 열었다.

"마침 시간도 딱 맞네. 우리, 교실로 바로 올라가지 말고 자습실로 갈래? 나랑 같이 재밌는 일 좀 하자."

"왜? 뭘 하려고?"

내가 물었다.

"팟캐스트 출연"

기준이가 대답했다.

회당 다운로드 수가 수십만 건이나 된다는 유명 시사 관련 팟캐스트에서, 우리 학교 학생들의 목소리를 듣고 싶어 했다. 우리 학교 급식이 실제로 어떤 수준인지가 초

미의 관심사였기 때문이다. 팟캐스트는 녹음 방송이었지만, 진행자들이 하루 종일 스튜디오에 있는 건 아니기 때문에 미리 시간을 정해 놓고 전화로 출연하기로 했다고 기준이는 설명했다.

"평소에 우리 담임은 조회 시간에 휴대전화 걸어 가는 거 그냥 널널하게 하거든. 그런데 어제오늘은 아주 기를 쓰고 다 챙겨 가더라. 그러고 나서도 내가 전화기를 냈는지 안 냈는지 다시 확인하더라고."

기준이가 말했다.

"그러면 그 팟캐스트 피디 연락을 어떻게 받았어?"

내가 물었다.

"전화기 낼 때 얼른 가방 안에서 유심 칩을 빼고 냈지. 그리고 옆 반 가서 공기계를 하루 빌렸어."

기준이가 팟캐스트 피디의 휴대전화 번호로 연락을 하자 피디가 잠시 뒤 유선전화로 다시 전화를 걸어왔다. 자습실에서 몰래 통화하는 거라 선생님이 들어오면 끊어야 한다고 기준이가 말했더니 피디는 오히려 좋아하면서, 그 이야기를 녹음할 때 다시 해 달라고 부탁했다. 기준이가 "옆에 친구 두 명이 같이 있어요."라고 했더니 피디는 혹시 스피커폰으로 통화할 수 있느냐며, 친구들도 같이 출연했으면 좋겠다고 했다. 나는 손사래를 쳤지만 주원이는

"개꿀리용!"이라고 외치며 좋아했다.

그렇게 기준이와 주원이는 자습실 한구석에서 팟캐스트 방송에 출연했다. 물론 가명을 썼다. 하지만 이야기 내용이나 말투를 들으면 우리 주변 사람 누구라도 기준이와 주원이를 떠올릴 수 있을 것 같았다.

"어떤 반찬들은 맛이 좋고 나쁘고를 떠나서 기본적으로 맛 자체가 전혀 느껴지지 않을 정도입니다. 뭔가를 오랫동안 삶았는데 그게 뭔지, 보지 않고 먹으면 이게 야채인지 고기인지도 알 수 없는 수준입니다."

기준이는 이런 톤으로 말했다.

"한마디로 썹창노맛이죠. 우리 집에서 키우는 개도 맛없다고 안 먹을 거예요. 제가 전에 한번 어떤 맛인지 궁금해서 개 통조림을 먹어 봤거든요. 그런데 우리 학교 급식보다 개 통조림이 더 맛있어요, 진짜. 더 고급스럽고."

주원이는 이런 식으로 말했다. 팟캐스트 진행자들은 주원이가 '개썹똥맛'이니 '폭망물맛'이니 하는 괴상한 단어를 입에 올릴 때마다 빵빵 터졌다.

팟캐스트 녹음은 20분 정도 걸렸다. 통화를 마칠 때 주원이는 싱글벙글 웃고 있었고, 기준이는 표정이 다소 어두웠다. 자신이 주인공이 되지 못해서였을까? '그 녀석은 정치하려고 스펙 쌓는 거'라던 호웅이의 말이 잠시 머리에 스쳤다.

"너 혹시 S대 NGO 학과에 수시 원서 냈냐?"

자습실에서 나올 때 나는 불쑥 기준이에게 물었다.

"왜, 너도 그 헛소문 믿는 거냐? 나 S대 정도는 아무것도 안 해도 그냥 들어갈 수 있어."

기준이가 대꾸했다.

······재수 없는 자식. (나는 "좋겠다, 씨발."이라고 대답할 뻔했다.)

하지만 그날 내가 '기준이가 앞으로 뭘 하든 거기에 동참하지 않겠다.'라고 약속한 것은, 팟캐스트나 S대 NGO 학과와는 아무 관련이 없었다.

그건 어머니 때문이었다.

보충수업과 야간 자율 학습을 마치고 집에 들어간 시각은 밤 11시쯤이었다. 현관으로 나오는 걸음걸이와 눈빛만으로도 나는 어머니가 드디어 이번 사태를 알아차렸음을 깨달았다.

"가방 놓고 여기 앉아 봐라, 제문아."

어머니가 식탁을 가리키며 말씀하셨다, 어머니의 눈은 깊게 패여 있었다. 평소보다 몇 년은 더 늙어 보였다. 나는 방에 들어가서 최대한 천천히 옷을 갈아입고 나왔다.

"내가 아들 소식을 꼭 인터넷 기사로 알아야겠니? 오늘 낮에 인터넷으로 너희 학교 기사 찾아 읽다가 네 사진 보고 정말……. 내가 꿈을 꾸는 줄 알았다."

어머니는 중견 제약 회사에 다닌다. 직급은 부장이다. 글재주가 뛰어나 회사에서 사보를 만드는 일을 하기도 했고, 에세이 책을 한 권 발표한 적도 있다.

"죄송해요."

내가 고개를 숙이고 말했다.

"내가…… 그래, 하나뿐인 자식 내놓고 키운 못난 엄마지만 그래도 이건 아니지 않니? 나한테 귀띔이라도 해 줄 수는 없었니?"

(그 에세이는 많이 팔리진 않았지만 재미있었다. 어머니가 에세이 작가로서 평균 이상이라고 생각한다. 아닌 척하면서 어머니가 속으로는 다음 책을 구상하고 있다는 사실도 안다.)

"미리 말씀드리면 절대로 안 된다고 하실 것 같았어요."

"그러면 전단 돌리고 나서라도 이야기를 해 줬어야지! 이거 오늘도 아니고 어제 있었던 일이라며!"

(어머니가 쓴 책은 결혼 5년 만에 남편과 사별한 30대 여성이 직장과 가정에서 겪은 일화를 엮은 내용이다. 그렇다. 우리 어머니는 싱글 맘이다. 16년 동안 회사에 다니며 혼자 힘으로 나를 키웠다.)

"어젯밤에는 엄마가 새벽 1시에 들어왔잖아요! 술 취

해서! 이야기를 꺼낼 틈이 없었다고요!"

거짓말이었다. 어머니가 새벽 1시에 들어온 것은 사실이고 술에 취한 것도 사실이었지만, 애초에 나는 가능하면 이 일을 오래 숨기고 싶었다. 그래도 내 반격에 어머니는 대꾸하지 못했다. 그 틈을 타서 나는 어머니를 더욱 몰아붙였다. 세상에서 내가 제일 존경하는 사람을.

"저는 엄마가 칭찬해 주실 줄 알았어요. 불의에 맞섰잖아요. 우리 학교 진짜 이상한 학교예요. 돈 아끼려고 교실 페인트칠을 학생들한테 시키고, 학교 건물 공사에도 학생들 동원하고, 교실에 선풍기도 없고, 유리가 안 끼워진 창문도 많다고요. 2학년 애들 중에서 반의 반 정도는 메인 반찬은 먹지도 못할 걸요? 그 시간쯤 되면 반찬이 다 떨어지기 때문에……."

그렇게 한 15분 정도는 떠들었던 것 같다. 어머니가 한 손을 들더니 "알았어, 알았어."라고 말하고 냉장고에서 맥주를 두 캔 꺼내 왔다.

어머니는 맥주를 마시며 말했다.

"우리 예전에 대전에서 살 때 기억나지? 엄마가 대전 지사에서 일할 때……. 그때 사무실 인테리어 공사를 하는데 지사장이 자기 친척한테 공사를 맡기고 공사비를 횡령했어. 잘 쓰던 책상이랑 의자를 더 안 좋은 제품으로 바꿔 오니까 이건 뭔가 문제가 있다는 걸 다들 알았지. 어떤 젊은 직원이 그걸 회사 감사실에 알렸단다. 결과가 어땠을 거 같니? 그 직원만 좌천당했어. 그리고 밀고자라는 낙인이 찍혀서 그 이후에도 회사 생활이 힘들었어."

"그거 혹시 엄마 얘기예요?"

맥주 한 캔을 마시고 알딸딸하게 취한 내가 물었다. 어머니는 그 질문에는 답하지 않았다.

"제문아, 세상에는 정말 불의가 많아. 그 무수한 불의를 혼자서는 도저히 다 바로잡을 수가 없어……. 그것도 힘없는 보통 사람이라면 더욱. 그 고등학교 이제 몇 달만 더 다니면 되잖니. 다시 볼 학교도 아니잖니. 그냥 그 몇 달만 꾹 참고 지내 주지 않을래? 이 엄마를 위해서 말이야. 아직 입시도 안 끝났고…… 아들이 불이익을 입을지도 모른다고 생각하니 엄마가 너무 무섭다. 제발 부탁할게. 응? 이제 세상을 조금씩 바꿀 수 있는 기회가 너한테도 점점 많이 생길 거야. 대학 들어갈 때까지만 참아 줘."

*

학생들은 두 패로 갈렸다.

한쪽은 김기준을 열렬히 지지하는 무리였다. 처음에는

우리 '삐라 삼총사'에게 말도 안 걸던 아이들이 점점 기준이에게 모여들고 있었다. 여론의 움직임이라는 게 얼마나 얄팍하고 치사한가를 알게 되는 기회이기도 했다.

이 파는 수가 늘어날 수밖에 없었다. 애초에 우리 학교 학생이라면 누구나 이 거지 같은 학교의 부조리를 다 알고 있었기 때문이다. 그 부조리에 너무 익숙해져서 침묵을 당연한 것으로 받아들이고 있었을 뿐. 기준이가 꾸준히 목소리를 내고, 입소문을 일으키고, 무엇보다 학교를 비판하는 목소리가 외부에서 쏟아지자 아이들도 그제야 정상으로 돌아왔을 뿐이었다.

교육청에서 급식 비리 감사에 대한 추가 자료를 공개했는데, 여기에는 우리 학교 '배식 형님' 한 분의 증언도 있었다. (그분이 급식의 질 문제로 그렇게 양심의 가책을 느끼고 있을 줄은, 우리는 아무도 몰랐다.) 관련 기사가 쏟아진 뒤, 그 배식 형님은 갑자기 일을 그만두었다. 그래서 1학년들이 급히 당번을 정해 배식 작업을 도와야 했다.

교육청에서 학생 인권 옹호관이라는 분이 공무원 스무 명 정도와 함께 와서 교실마다 들어와 급식 만족도를 묻는 설문지를 돌렸다. 기자들도 학생 인권 옹호관을 따라 그토록 염원하던 대로 급식실에 카메라를 가지고 들어갈 수 있었다. 이날은 점심 급식이 초호화판으로 나왔다. 그

러나 기자들은 두 사람이 작업하기에는 터무니없이 작은
조리실이나 기름때가 덕지덕지 낀 조리 기구, 갈라진 벽,
너덜너덜한 방충망, 급식실 한쪽에 아직도 걸려 있는 칠
판 같은 것을 찍어 갔다.

세영고 총동문회는 비상대책위원회를 만들어 학교를
방문하고 조리실과 급식실 앞에 CCTV를 설치했다. 식자
재를 몰래 빼돌리는 일이 벌어지는지 감시하겠다는 것이
었다.

아이들은 이제 진보 교육 단체가 교문 앞에서 기자회
견을 열면 창문에 매달려 환호하며 응원했다. 보수 교육
단체 사람들이 오면 야유를 퍼부었다. 복도에서 기준이를
마주치고는 "선배님, 정말 존경합니다."라며 꾸벅 인사를
하는 1~2학년들도 있었다.

그 반대편에 호웅이와 학교운영위원회 학부모의 아이
들, 그리고 여전히 기준이를 불편해하는 아이들이 있었
다. 이 아이들은 공개적인 자리에서 자기 의견을 밝히지
는 않았지만, 수가 적지는 않았다. 나는 호웅이가 화장실
에서 다른 아이를 상대로 이런 얘기를 하는 걸 우연히 들
었다.

"어차피 지금 교육청에서 감사 결과 발표했고, 검찰에
고발했고, 그래서 검찰에서 수사한다잖아. 그러면 우리가

뭘 하든 바뀌는 건 없는 거 아냐? 왜 이걸 더 시끄럽게 만들어야 해? 안 그래도 학교 분위기 완전 개판인데 더 어수선하게 만드는 이유가 뭐야? 급식 개선이 아니라 다른 목적이 있는 거지.”

이런 얘기를 하는 애들도 있었다.

“우리 학교가 급식 비리로 악명을 떨쳐서 우리가 얻는 게 뭐야? 우린 결국 세영고 학생이고, 졸업하면 세영고 동문이 되는 거야. 넌 사회 나가서 ‘나 세영고 나왔다.’라고 할 때 사람들이 ‘아, 급식 비리 학교?’ 이러고 말하면 좋겠어? 당장 수시 면접 볼 때도 그 대학 교수들한테 ‘세영고 출신’이라는 게 밝은 이미지면 더 낫지 않겠어?”

‘저 자식은 왜 저렇게 나대냐?’ 하고 고까운 시선으로 기준이를 보는 안티들도 있었다. 특히 기준이가 주말에 전교조에서 개최한 학생 대회에 패널로 나가 우리 학교 급식 비리를 재차 고발한 것에 대해서는 그렇게까지 할 필요 있느냐고 부정적으로 보는 애들이 대부분이었다.

두 패는 시월 둘째 주가 지나기 전에 한판 붙었다.

……정확히 말하면, 기준이 무리와 호웅이가 한판 붙었다. 아주 이상한 방식으로.

아마 기준이나 주원이도 갑작스럽게 결정한 일 같았다.

주원이가 불쑥 아이디어를 내고는 그대로 밀어붙인 일 아니었을까. (그렇게 진행되는 편이 차라리 낫다. 기준이가 기획을 했더라면 기자들과 카메라를 불렀을지도…….)

그날 오전에 주원이가 3학년 교실을 돌아다니며 동조할 것 같은 학생들을 상대로 계획을 전파했다. 점심시간이 되면 다 같이 교문으로 몰려가서 학교 밖으로 나가서 밥을 사 먹고 오자는 것이었다. 한두 명이라면 보초 선생님이 막을 수 있겠지만, 수십 명이 한꺼번에 가면 어쩌지 못할 거라는 얘기였다.

계획에 호응한 학생 수는 상당했다. 한 반에 적어도 네댓 명씩, 마흔 명은 되지 않을까 싶었다. 일단 부모님에게서 급식을 못 믿겠으니 밥은 밖에 나가서 사 먹으라며 돈을 받는 학생들이 여러 명 있었다. 기준이 주변의 아이들은 정의감에 도취되어 있었고, 또 기준이가 전단을 돌리고도 별다른 처벌을 받지 않는 걸 봤기 때문에 겁도 없었다. (그래, 졸업 전에 집단행동 한번쯤은 해 봐야 하지 않겠어?) 무엇보다 남자 고등학생들이란, 뭉칠수록 테스토스테론이 점점 더 많이 분비되는 족속들이다.

나는 어머니와의 약속 때문에 이즈음 기준이와는 적당히 거리를 두고 있었다. 기준이가 전교조 대회에 갔다 온 일은 나도 마뜩잖았고……. 하지만 기준이 무리가 교문을 뚫는다면 나도 뒷줄에 서 있다가 눈치를 봐서 밖에 나가 밥을 먹고 올 작정이었다. 그때까지도 여전히 급식실 출입이 썩 마음 편치 않았기 때문이다.

그렇게 학교 건물에서 나와 우르르 교문으로 돌진하는 아이들을 호웅이가 운동장 한가운데서 단신으로 막았다. 호웅이는 연극배우처럼 양팔을 벌리고 햇빛 아래 섰다.

"너희 꼭 이렇게까지 해야겠냐?"

"어라? 니미랄라, 지금 뭐 하자는 거냐?"

주원이가 걸어 나와 호웅이 앞에 섰다. 둘은 서로 팽팽하게 눈빛을 주고받았다.

"이건 도를 넘었다고 생각하지 않냐? 급식이 입에 안 맞으면 매점에서 다른 거 사 먹으면 되잖아. 그리고 밖에 나가서 먹고 싶다 해도 굳이 이렇게 교문을 단체로 통과해서 갈 건 없잖아."

호웅이가 말했다.

"이런 갓댐처치, 곳곳에 선생들이 서 있는데 다른 데 어디로 나가? 그리고 담 넘는 건 괜찮고 교문으로 나가는 건 안 괜찮냐? 아니, 그거보다 왜 네가 여기 끼어들어? 너희 아빠가 선생님이지 네가 선생님이냐?"

그 순간 호웅이가 주먹을 날렸다. 보기 좋게 한 대 맞은 주원이 "빽킹대두!"라고 외치며 호웅이에게 덤벼들었다. 나머지 아이들이 주원이를 뜯어말렸다. (평소 우리는 다른 아이들의 주먹싸움을 학수고대한다. 일대일 결투는 절대로 말리지 않는다. 하지만 이때는……)

하지만 주원이는 곧 잠잠해졌다. 왜냐하면 한 대도 맞지 않은 호웅이가 우리에게 뭐라고 욕을 퍼부으려는 듯하다가 갑자기 울음을 터뜨렸기 때문이다.

"이런 씨발! 너희들은 뉴스도 안 보냐? 교육청에서 우리 학교 설립 인가 취소 검토한대! 그렇게 학교 문 닫으면 좋아? 그러면 속이 시원하냐?"

호웅이 울면서 고래고래 소리를 쳤다. 우리는 뒤로 물러났다. 호웅이는 쭈그리고 앉아 흐느꼈다.

"보건실 뒤로 가……. 거기 우리 아버지 계신다. 그리로 담 넘어가서 다들 꺼져 버려. 잡지 않으실 거니까. 맛있는 밥 실컷 먹고 와라."

호웅이는 우리를 쳐다보지 않았다. 우리는 천천히 흩어졌다.

그날 저녁 야간 자율 학습 시간에는 작은 소동이 벌어졌다.

호웅이가 화장실에 있던 청소용 고무장갑을 머리에 쓰고 미친놈처럼 복도를 달렸다. 빨간 고무장갑의 손가락

부분이 호웅이 머리 위에서 덜렁거리는 꼴이 무슨 닭 볏 같았다. 가뜩이나 머리가 큰 녀석이 고무장갑을 무리해서 쓰니 눈이며 코가 위로 바짝 끌려 올라가 만화책에서 그대로 튀어나온 인물 같았다. 모두 그 모습에 "미친놈아, 뭐하는 짓이야."라며 배를 잡고 웃었다.

희한하게도, 야자 감독 선생님도 그런 호웅이에게 주의를 주지 않았다. 야자가 다 끝나 갈 때여서 그랬는지도 모르지만.

호웅이는 아마 그런 식으로 그날 낮의 눈물을 털어 버리고 싶었던 것 같다.

(……아니면 아이들로부터 인기를 되찾는 길이 그것뿐이었는지도.)

*

학교는 보름을 버티지 못했다.

젊은 선생님들이 학교를 돌아다니며 붙어 있던 벽보를 뗐다. 검찰 수사관들이 교무실에서 종이 상자로 몇 개 분량이나 되는 서류를 압수해 갔다. 교장과 교감이 바뀌었다. 교감은 두 사람 모두 교체됐다. 학교 홈페이지에 재단 이사장 명의로 사과문이 올라왔다.

기자들은 더 이상 학교에 찾아오지 않았다. 바뀐 교장과 교감은 며칠 동안 급식실에 내려와 문신 있는 형님 대신 집게와 국자를 들고 배식을 했다. 새 교무 교감은 기준이, 주원이, 나를 교감실로 불러 그동안 우리 학교 급식에 문제가 있었다고 생각한다, 급식실은 리모델링할 계획이다, 앞으로 잘해 볼 테니 너희도 도와주길 바란다고 말했다.

정의의 승리냐고?

……천만의 말씀.

재단 이사장 명의의 사과문은 학교 홈페이지에 딱 사흘 걸려 있었다. 학교는 그걸 학부모들에게 메시지로 보내지 않았다. 언론용이었다.

새로 바뀐 교장은 전날까지 세영중학교에서 교장을 하던 사람이었다. 그리고 전날까지 세영고등학교 교장을 하던 사람이 중학교 교장이 되었다. 두 교장이 그냥 서로 자리만 바꾼 것이었다.

새 교무 교감은 행정실장이었던 이사장 아들이었다. 머리가 벗어진 전 교무 교감은 행정실장으로 강등되었다. 어차피 그가 하는 일은 달라지지 않았다.

조리사나 영양사는 충원되지 않았고, 1학년과 2학년이 번갈아 가며 당번을 정해 배식 형님을 돕는 시스템이 정착되었다.

결과적으로 이사장은 아무 책임도 지지 않았고 어떤

손해도 입지 않았다. 교장과 교감은 형식적으로나마 자리에서 물러났는데, 이사장은 그런 것도 없었다. 오히려 배식 형님 한 명분의 인건비를 절감하게 됐다.

(……나는 이런 구체적인 사실들은 어머니에게 알리지 않았다. 어머니에게는, 그냥 정의가 승리한 것처럼 이야기했다.)

그러나 이 모든 일들보다 훨씬 더 내 마음을 괴롭힌 것은, 아이들이 이제 호웅이를 투명 인간 취급한다는 사실이었다. 이미 경험해 봤기에, 나는 호웅이가 위축되어 있는 걸 알아차릴 수 있었다. 몇 번은 그 녀석에게 말을 걸어 보려 하기도 했다. 그러나 호웅이는 자존심이 센 놈이어서, 내 호의에 관심이 없는 척했다.

새 학생 교감은 예전 교무 부장이었다. 그는 학생 교감이 되고 며칠 뒤 보충수업 시간에 3학년들을 전부 세미나실로 불렀다. 미리 준비된 파워포인트 화면에는 '수시 면접 예상 질문 총정리'라는 제목이 올라와 있었다.

학생 교감은 아마 이날 '수시 면접에서 우리 학교 비리의혹에 대한 질문을 받으면 어떻게 대답해야 할지'에 대해 우리에게 말해 주고 싶었던 것 같다. (학교에 문의 전화를 해 온 수험생 학부모들이 여럿 있었다는 이야기도 나중에 전해 들었다.) 그런데 차마 제목을 그렇게 붙일 수는 없어서 에둘러 간 것 같았다.

학생 교감이 제시한 지침은 '무조건 피하라'는 것이었다. 개인적으로는 급식을 잘 먹었다. 비리가 있었는지 학생으로서는 알 수 없다. 아직 명확히 사실 관계가 밝혀지지 않았으니 지켜봐야 한다……. 좋은 요령이라고 생각했다. 하지만 학생 교감이 그렇게 말하니 웃겼다.

(우리는 그렇게 대답할 수 있지만, 당신은 그러면 안 되지 않나? 비리가 있었는지 없었는지, 검찰 수사 결과가 나와야 알 수 있다고? 당신이?)

호웅이가 혼자 앉아 있는 걸 보고 나는 자습실로 들어갔다. 호웅이는 흘끗 나를 쳐다보고는 말없이 제 자기소개서 출력물로 눈을 돌렸다.

"대두, 어제 K대 면접 보고 왔다며? 거기선 질문 뭐 나왔어?"

나는 호웅이에게서 조금 떨어진 자리에 앉으며 물었다.

"별다를 거 있었겠냐. 다 똑같지."

호웅이가 우물거리는 말투로 대답했다.

"기준이는 H대 합격했다더라."

내가 말했다.

"들었어."

호웅이가 고개를 까닥했다.

11월이었다. 수시에 합격한 아이들은 학교에 나오지 않았다. 학교도 딱히 그 학생들을 결석 처리하지 않았다. 합격 발표 소식을 듣는 순간 그 자리에서 짐을 싸서 집에 가는 아이도 있었다. 하지만 기준이는 그러지 않았다.

그 대신 기준이는 그날부터 학교를 다니며 '새 급식실 환경을 위한 학생 의견 조사'라는 걸 했다. 급식실 리모델링을 약속한 교무 교감이 기준이에게 "학생들 의견도 적극 수렴하겠다."라고 말했기 때문이다. 빈말이었을 테지만 기준이는 인터뷰 용지를 만들어 중학생부터 고등학생까지 다양한 학생을 만나 아이디어를 구했다.

기준이는 그냥 멋있는 녀석이었다. NGO 학과 얘기가 나왔을 때 그 녀석이 왜 울컥했는지도 알 것 같았다.

주원이는 수시 서류 전형을 통과한 학교가 두 군데였는데, 그 두 군데 대학 모두에서 불합격 통보를 받았다. 녀석은 별로 기가 죽은 기색도 아니었다. 녀석은 "졸라리 뷰, 남자라면 수능이지."라고 말했다.

"면접 연습하는 거 도와줘?"

내가 호웅이에게 물었다.

"아니."

호웅이는 고개를 저었다.

나는 자습실에서 나왔다. 그리고 화장실에 오줌을 누러

갔다가 세면대 아래 양동이에 놓인 고무장갑을 보고, 그걸 집어 들었다.

고무장갑을 머리에 쓰고 자습실에 들어간 나를, 호웅이는 태연하게 무시하려 했으나 잘 되지 않았다. 결국 웃음을 터뜨렸다.

"미친놈아, 뭐 하는 거야. 집중 안 되게."

나는 낄낄 웃으며 고무장갑을 벗으려 하다가 아파서 비명을 질렀다. 손가락이 있는 부분을 확 잡아당겼는데, 고무에 찰싹 달라붙은 피부가 그대로 끌려 올라가려고 했다.

"아오! 아오!"

"야, 그거 그렇게 벗기면 안 돼. 이리 와 봐."

호웅이가 고무장갑 벗는 걸 도와주었다. 우리는 한동안 말없이 앉아 있었다. 나는 고무장갑의 손가락을 잡아당겼다 놓으며 딱, 딱 하는 소리를 냈고 호웅이는 볼펜을 복잡한 궤도로 빙글빙글 돌렸다.

"어제 K대 교수가 너희에 대해서 묻더라."

호웅이가 불쑥 말했다.

"뭐? 면접에서? K대 교수가 우리를 어떻게 알아?"

나는 깜짝 놀랐다.

"방에 들어가서 자리에 앉자마자 '자네 세영고 다니는군.' 하더라고. 그 K대 교수 되게 유명한 사람이야. 신문

에 엄청 보수적인 칼럼 쓰거든. 그래서 각오는 단단히 했
는데, 정말 생각지도 못한 걸 묻더라고."

"무슨 질문이었는데?"

"학교에서 전단 돌린 학생들에 대해 아느냐고, 그 학생
들이 그런 일탈 행위를 저지르게 된 배경에 대해 논해 보
라는 거야."

내가 입을 떡 벌리고 있는 동안 호웅이는 킬킬 웃었다.

"그래서 뭐라고 했어?"

"대답을 못했어. 너무 어이없는 질문이라……. 그랬더
니 또 묻더라고. 학생들의 일탈 행위를 교권 추락과 연관
지어서 논해 보라고. 그건 더 말이 안 되는 얘기 같아서
이번에도 또 대답을 못했지. 그렇게 앉아 있다가 나왔어."

"……미안해."

"뭐가?"

"우리 때문에 면접을 망쳐서."

"그게 왜 너희 때문에 망친 거냐? 그런 좆 같은 질문을
한 교수 새끼가 개노답이지. 그리고, 남자라면 수능이지.
수시 따위, 흥."

할 말이 없어진 나는 다시 고무장갑의 손가락을 잡아당
겼다 놓으며 딱, 딱, 소리를 냈다. 호웅이가 말을 이었다.

"그리고 난 너희가 일탈 행위를 저질렀다고 생각하지

않아. 돌이켜 보면 기준이가 옳았어. 다만……."

"다만?"

"모르겠어. 사람마다 다 각자의 사정이 있어. 나도 만약……."

호웅이는 말을 흐렸다. 나는 그냥 고개를 끄덕였다.

(만약 어머니가 우리 학교 선생님이었다면……. 나는 어떻게 행동했을까?)

"사형 제도니 안락사니 하는 케케묵은 문제로 토론하는 건 그냥 찬반 양측 의견을 책 보고 외우면 되지 않아? 진짜 수시 전형 면접 평가에서 어떤 시사 주제가 질문으로 나오든지 막힘없이 대답할 수 있는 능력과 테크닉을 키워야지."

시사 토론 동아리 부원을 모집하면서 기준이가 말했다.

"꼭 시사 토론으로 해야 돼? 어차피 지금 시의성 있는 주제라도 10월, 11월이 되면 다 지난 이슈일 거 아냐. 그거보다 진짜 아무도 생각 못한 주제로 토론을 해 보는 게 어때?"

호웅이가 말했다.

"예를 들어?"

"왜 이는 매일 닦아야 하는데 코딱지는 파면 안 되는가."

"뭐여, 더럽게."

내가 말했다. (코딱지를 파면 안 되는 거였나?)

"아니면 새들은 나는 게 재미있을까."

마침 창밖으로 날아가는 까치를 보며 호웅이가 말했다.

"당근빠침 재미없겠지. 걔들은 그게 노멀 모드인데. 사람한테 거는 게 재미있지는 않잖아."

주원이가 말했다.

"걔네들한테 나는 건 오히려 힘든 일 아닐까? 비둘기들 보면 날아도 되고 걸어도 될 때에는 걸어가잖아. 그렇게 오래 걷다 보면 타조나 닭처럼 되는 거 아닐까?"

기준이도 끼어들었다.

그랬다. 시사 토론 동아리 최초의 토론 주제는 '새들은 나는 게 재미있을까'라는 문제였다. 처음에는 농담처럼 시작했는데, 나중에는 진지해졌다. 하긴 '박쥐가 된다는 것은 어떤 것일까'라는 유명한 철학 논문도 있다지 않은가.

그 최초의 토론으로부터 8개월이 흘러, 지금 나는 이렇게 생각한다. 나는 게 새들에게 일상적인 일은 아닐 거라고. 비행에 최적화된 기관을 가지고 있다고 해서, 또 자주 날아다닌다고 해서, 새들이 비행에서 별 감흥을 못 느낄 거라고 단정할 수는 없다.

나는 외려 새들이 날 때 상당한 기쁨을 맛볼지도 모른

다고 추측한다. 너무 어린 새나 늙은 새, 다친 새는 날 수 없다. 많은 새들이 날 수 있는 힘이 있지만, 실제로 그 힘을 발휘할 수 있는 때는 한정되어 있다. 놓칠 수도 있었던 잠재력을 깨닫고 목적에 맞게 쓴다는 것은 무척 즐거운 일 아닐까?

행정실장이 된 옛 교무 교감이나, 유체 이탈 화법을 쓴 학생 교감을 보며 내가 왜 이마를 찌푸렸는지, 이제는 설명할 수 있다.

그것은 사람의 잠재력과 관련이 있다. 사람은 대부분 옳고 그름을 분간하고, 그른 것을 옳게 바꿀 수 있는 능력이 있다. 그러나 모든 사람이 그 능력을 실제로 사용하는 것은 아니다.

행정실장과 학생 교감은 날지 않는 새들 같았다. 마지막으로 날아 본 게 언제인지도 모를 비둘기들이었다.

나는…….

(어머니는 세상에는 정말 불의가 많고, 그 무수한 불의를 한 사람이서는 도저히 다 바로잡을 수가 없다고 했다. 그러면서 세상을 바꿀 수 있는 기회가 나에게 조금씩 생겨날 거라고 했다. 그렇다면 언제 그기회가 올까? 내게 맞는 기회가 왔다는 걸 어떻게 알 수 있을까? 직접 덤벼 보기 전에 그게 적당한 기회인지 과연 알아챌 방법이 있을까?)

작가의 말

「모두, 친절하다」와 「공장 밖에서」를 발표하고 나서
'2010년대 한국에서 먹고사는 문제를 주제로 한 연작소
설을 쓰자'고 마음먹게 됐습니다. 이후 4년 동안 느릿느
릿 단편 여덟 편을 더 썼습니다.

지금 여기서 우리가 매일 이야기하는 한낮의 노동과
경제 문제들을 기록하고 싶었습니다. 부조리하고 비인간
적인 장면들을 단순히 전시하기보다는 왜, 어떻게, 그런
현장이 빚어졌는지를 소설이라는 형식으로 들여다보고
싶었습니다. 공감 없는 이해는 자주 잔인해지고, 이해가
결여된 공감은 종종 공허해집니다.

책에 실린 작품들 중 일부는 실제 사건을 모티브로 했습니다. 그러나 그런 경우에도 제가 지어낸 내용이 상당 부분 섞여 있으며, 소설 속 묘사는 실제로 있었던 일과 아주 많이 다릅니다.

간혹 등장하는 현실 세계의 고유명사들은 '진짜 같은 느낌'을 주기 위한 소설적 이용으로 이해해 주시기를 부탁드립니다. 현수동은 서울 마포구 현석동과 신수동을 적당히 합친 가상의 동네이며, 창원 MBC는 존재하지 않는 회사입니다.

자료 수집과 취재에 많은 분들의 도움을 받았습니다. 모든 분들께 고개 숙여 감사드립니다. 그중에서 '작가의 말'에 자기 이름을 언급해도 좋다고 허락해 주신 분들의 성함만 따로 적습니다.

「대기발령」을 쓸 때에는 이지현 선생님의 도움을 받았습니다.

「현수동 빵집 삼국지」를 쓸 때에는 강유리 선생님, 윤방춘 선생님, 박정자 선생님의 도움을 받았습니다.

「카메라 테스트」를 쓸 때에는 이경주 아나운서님과 이미란 선생님의 도움을 받았습니다.

「대외 활동의 신」을 쓸 때에는 김준영 선생님의 도움을 받았습니다.

「새들은 나는 게 재미있을까」를 쓸 때에는 유효준 블록
워치 대표님의 도움을 받았습니다.

쓰면서 여러 번 부끄러웠습니다.

단행본 구상 때부터 함께해 준 박혜진 편집자와 민음사
편집부에 감사드립니다. 작품 「상하이」를 표지에 사용할
수 있게 허락해 주신 민준기 작가님께도 감사드립니다.

그리고 HJ에게, 사랑해. 정말 고마워.

2019년 초여름

장강명

산 자들

장강명 연작소설

1판 1쇄 펴냄 2019년 6월 21일
1판 13쇄 펴냄 2024년 5월 21일

지은이 장강명
발행인 박근섭·박상준
펴낸곳 (주)민음사

출판등록 1966. 5. 19. 제16-490호
주소   서울시 강남구 도산대로1길 62(신사동)
          강남출판문화센터 5층(06027)
대표전화 02-515-2000 | 팩시밀리 02-515-2007
홈페이지 www.minumsa.com

ⓒ장강명, 2019. Printed in Seoul, Korea

ISBN 978-89-374-4191-2 (03810)